Emanuele Angione

KRÒNACHIA

MNAMON

Alla mia famiglia e Giovanna con amore infinito

Prologo

Dunque, non seppero mai se fosse l'inizio della fine o la fine dell'inizio ma quello che contò di più nei loro animi fu il folle desiderio di provarci...

Dell'astuzia e dell'intelligenza ne fecero armi e della volontà la forza per continuare nell'ardua impresa. Uomini e donne così simili e così differenti, in amori, odi e rancori, si adoperarono fino allo spasimo avvinghiati l'un l'altro al comune destino.

Non dar mai per scontato di conoscere te stesso e saper leggere il tuo animo; in te, inconsciamente, si cela l'altro dal multiforme aspetto che si fa beffe e muove i fili del tuo volere... ma la tua secretata essenza di essere, come una immagine, come un simbolo, come un fregio ti indicherà la via e farà il tuo cammino.

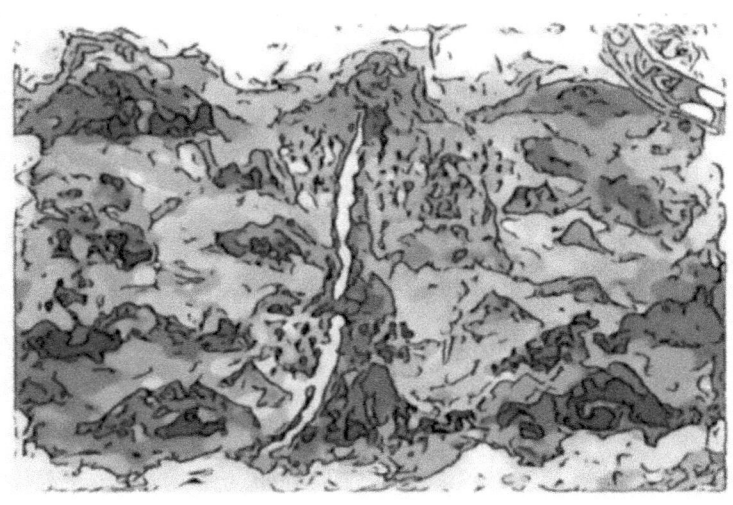

Misurazione del Tempo

Epoca della Terramossa- 2500'1550 annuarie Ante Equilibrio
Epoca del Non Conosciuto- 1500'500 annuarie Ante Equilibrio
Epoca della Caotica Origine- 500'0 annuarie Ante Equilibrio
Epoca dell'Equilibrio annuaria 0

Stagioni

GrandeFreddo, MezzoCalore, GrandeCaldo, MezzaFrescura

Annuaria- Anno nella misurazione moderna

Mesara- Mese nella misurazione moderna

Chiaroscura- Giorno nella misurazione moderna

Tacca- Ora nella misurazione moderna

Annuaria- composta da otto Mesare

Mesara- composta da sessanta Chiaroscure

Chiaroscura- composta da dodici Tacche

Tacca- suddivisa in archi temporali in base alla luce ed al
buio; la Chiaroscura è composta da quattro tacche di
chiaro, quattro tacche d'ombra, quattro tacche di scuro

1

"Caro Elmut, avevi ragione tu… si può solo raccontare quello che vi è nei nostri pensieri e quello che si sente nel nostro animo e lasciar immaginare ad altri ciò che loro vogliono…".

Ciò che si sa dunque fu narrato, in tempi remoti, dal momento in cui le signorie regie appartenenti alla Coalizia muovevano verso la Torre Nord del Castello Gloriosa dei territori di Fulgenland; in ordine sparso marciavano: Wallace di Rowit, dagli occhi verdastri e bruni capelli; seguiva l'atticciato e glabro Shaflord di Pozental dagli occhi scuri, segnato in volto da un filo di barba rossastro contornato da sottili e ispidi baffi; a miglia di distanza vi era Karem di Court, uomo di bell'aspetto con occhi bruni e lunghi capelli ambrati; nella sua scia, in sella a Calliostro, purosangue dal pelo fulvo, cavalcava Mhiara di Illand, vera e propria amazzone dall'aspetto intrigante, con trecce dal color nero carbone ed occhi cerulei d'intensa tonalità azzurra.

E mentre una flebile luce cominciava a sfiorare le alte creste dei Monti Fulgenti dissolvendosi sui ghiacciai, il grigio Elmut, signore di Gloriosa, dopo aver indossato lo scuro tabarro ed aver preso la grande chiave dai denti serrati celata nella sua stanza quiete, si diresse velocemente verso la sala di corte del Castello Gloriosa immerso in un turbinio di pensieri, ma mosso anche da buoni propositi e molte speranze.

Vicino ad un camino di pietra, su di una poltrona di legno, rivestita da tessuti broccati, sedeva Jolen, signora di Gloriosa dai lunghi boccoli biondi e gli occhi scuri, che filava resistenti steli di giunco e ramia intrecciando assieme pietre d'ametista, giada ed altre gemme di svariati colori per farne monili.

"il momento è arrivato!" esclamò Elmut con voce decisa, fermo sull'uscio della sala di corte, "Jolen, mi reco all'incontro portando con me il vivo desiderio che tutto possa esser deciso e nulla possa rimanere intentato per il bene della nostra comunità di territori, i nostri amici sono oramai alle porte di Gloriosa ed è giusto che io vada ad accoglierli, com'è consuetudine del nostro popolo". "Elmut, avvicinati" sussurrò Jolen levandosi in piedi ed andandogli incontro, con passo lento ma sicuro, "Vedo nei tuoi occhi tanta speranza e sono sicura che farete le scelte giuste, ora abbracciami e va! Sono fiera di essere al tuo fianco".

Così, attraverso il lungo corridoio del Castello, Elmut si recò verso la zona delle secrete stanze poste nell'ala Nord e, dalla porta affacciata sulla cinta muraria, ne attraversò il perimetro portandosi sul cortile esterno della zona Nord; quindi, dopo aver salito i gradoni della scalinata che conduceva sul ballatoio del basamento della Torre Nord, entrò nel cortile lastricato di marmi grigi e verdi, disposti a comporre un enorme mosaico, giungendo davanti alla maestosa porta della Torre, alta circa undici piedi e larga sette, forgiata in leghe di ferro di color grigio argento ed oro.

Elmut, preso dall'emozione, s'inchinò abbassando il capo e, con la mano destra, sfiorò l'eburnea fessura del grande chiavistello posto al centro del portale, sussurando "Se è questo ciò che devo fare, aprirò la porta per dare inizio alla consulta e la richiuderò solo quando tutto sarà deciso", così prese la chiave sfilandola dalla tasca del tabarro e la infilò nella fessura, facendola ruotare con polso fermo.

Accompagnato dalle guardie dunque, egli avanzò lungo l'ampio corridoio che conduceva alla camera Consilium, posta al terzo livello della Torre. La Consilium era strutturata a base ottagonale con pavimentazione di pietra lavica scura e pareti di roccia granitica, al suo interno aveva otto finestre sormontate da imponenti archi di color grigio; il soffitto era formato da otto volte, interamente rivestite di travi e lastre di ferro di color verde marcio. Al centro della Consilium vi era un grande tavolo di forma rettangolare, fatto di pregiato legno d'ebano ed intarsiato con inserti di avorio; ai suoi lati, vi erano due grandi candelabri a otto braccia che illuminavano l'ambiente.

La Torre risultava essere una fortezza inaccessibile ed inattaccabile, era alta circa trecentocinquanta piedi e larga, alla base, centocinquanta ed in cima misurava quaranta piedi; era stata costruita attigua al Castello Gloriosa ed era anch'essa di pianta ottagonale, strutturata su tre livelli di circa trentacinque piedi ciascuno, sovrapposti dal più largo al più stretto. Rivestita di alabastro bianco e grigio, aveva, alla sua sommità, una serie di guglie e merletti, forgiati in ferro bronzato e dorato.

Dalle finestre della Torre era possibile vedere fino a cento miglia di distanza, grazie alla sua posizione strategica e all'altitudine dell' antico lembo di terra di Mountanspel; e proprio affacciato da lì Elmut rimase in attesa dei suoi amati ospiti.

"Vecchio, vecchio! Che fai, non apri?". Il primo a giungere fu Wallace, amico e compagno fraterno. "Suvvia, fammi entrare, o devo arrampicarmi?" gridò in modo salace ridendo; quindi avvicinò le dita alle labbra ed emise un lungo e stridulo fischio e in lontananza apparvero Levrian e Levriel, che a gran velocità lo raggiunsero e lo affiancarono, l'uno alla sua destra e l'altro alla sua sinistra, accucciandosi in modo perfetto e armonioso. Entrambi erano cani di razza purissima, addestrati all'attacco e alla difesa; di meravigliose fattezze, l'uno, Levrian, dal pelo di colore bruno e dal muso nero, l'altro, Levriel, dal pelo di colore bianco e dal muso roseo.

Elmut fece un cenno d'intesa con la mano e poi diede il comando alle guardie di aprire la feritoia ad ingranaggio, dalla quale uscì una grande scala passatoia che attraversò il fossato della Torre creando la via per l'accesso, dalla quale Wallace entrò. Quindi, a distanza di breve tempo, giunsero anche Shaflord, Mhiara e Karem.

"Cari amici miei, è da molto tempo che non v'incontro!" esclamò Elmut salutandoli affettuosamente. "Sì, in effetti non ci si incontra dal commiato di Dournoff, condottiero dei Nilunghi" ribadì Shaflord appoggiandosi ad una finestra e guardando in giù. "Ma per quale motivo siamo stati convocati così in gran fretta?" domandò Mhiara, "mmm…" mormorò simpaticamente Wallace. "Vi sono questioni importanti e delicate da affrontare che riguardano gli equilibri della nostra Coalizia" disse Elmut, "ma

sedetevi, sedetevi ora e bevete un po' di vinerea.".
Poi, dopo essersi bagnato le labbra, riprese a parlare "Voi sapete che il rispetto, la lealtà e la collaborazione tra i nostri popoli sono legati all'ordine sociale che si costituì durante l'epoca dell'Equilibrio in cui gli elementi umani, materiali e divini furono legati indissolubilmente, così da creare stabilità ed armonia; quell'equilibrio voluto fortemente dopo il caos d'origine nel quale le nostre terre bruciavano ed erano scosse da malvagità, odio e rancore tra le genti, costò molti sacrifici e molto sangue. L'ordine e la pace così ottenuti vennero sanciti quando fu forgiata, nelle fucine del Monteinverso, l'Armilla lucente, una sottile fascia rettangolare fatta di una lega d'oro puro e materiali ferrosi, talmente elastica che piegata prese forma di uno stretto bracciale sul quale fu incisa l'effige a spirale recante al suo interno il simbolo infinito dei tempi. Essa fu donata in custodia agli uomini che avevano contribuito alla realizzazione di tutto ciò, che divennero i Maestri della mistica reliquia e le vedette del precostituito ordine.

In seguito, al figlio prescelto del Maestro Navuk, il giovinetto Eron, fu trascritta dai druidi Arzock e Isandro sul polso del braccio destro la stessa effige, simbolo armonico dei tempi, destinata a rimanere invisibile sino alla matura età del giovinetto. Ma così non fu, poichè il druido Arzock, a circa dieci annuarie dalla maturità di Eron, lo catturò e, utilizzando un panno di tessuto animale impregnato di oli, prima lo narcotizzò e in seguito gli strofinò il braccio con un miscuglio di unguenti, lacerandone le carni e strappandone la morbida e giovane pelle dal polso

sul quale sarebbe affiorato il simbolo. Eron stramazzò a terra in fin di vita ed Arzock, impazzito sino alla follia, iniziò a correre nei boschi cupi ed orrendi
del territorio di Navukia singhiozzando strane parole … " si l'ho fatto… ma non so perché l'ho fatto…
ma sono sicuro che andava fatto?… ma ormai l'ho
fatto!…" e, dopo aver ingoiato il brandello di pelle
strappato dalle giovani carni di Eron, si impalò su
di un albero di Anetus velenifero, trafiggendosi le
membra con un aguzzo ramo e mettendo fine alla
sua esistenza."
"Arggh!" Elmut sgranò gli occhi sobbalzando dal
letto ed allora si rese conto che si era risvegliato da
un terribile incubo; del tutto turbato portò le mani
al volto per asciugarsi il sudore e si lasciò ricadere
sul letto, fissando con lo sguardo il nulla. Tutto ciò
era stato un incubo o un sogno, beh, in effetti, come
preannunciatogli dagli oralforieri, i suoi cari amici
erano realmente in arrivo, ma non per una visita di
cortesia, bensì per avere spiegazioni di ciò che era
accaduto nei territori degli Zermi e dei Valachi, terre d'avanguardia della Coalizia. Un vero e proprio
attacco lampo e fulmineo era stato portato dalle
truppe erranti del calvo e pizzuto Zoren dei territori autonomi di Moudentack, che mettendo in campo
un massiccio dispiegamento di forze di circa un migliaio di uomini aveva compiuto un vergognoso ed
ingiustificato atto di assoluta barbarie.
I villaggi di Zermia e Valachia erano stati messi a
ferro e fuoco: orde di soldati avevano distrutto, bru-
ciato e saccheggiato i territori uccidendo in modo
cruento e malvagio più di cinquecento abitanti di

quelle lande.

Ma per quale motivo? Per colpa di chi o di che cosa? Questi erano gli interrogativi che Wallace, Mhiara, Karem e Shaflord volevano porre a Elmut, essendo egli il reggente degli equilibri della Coalizia.

Sembrava dunque che, improvvisamente, nuove forze misteriose ed elementi occulti cercassero di rompere gli schemi e gli equilibri stabiliti e consolidati da circa millecinquecento annuarie sulla Pangea Conosciuta. Nel Monteinverso, all'epoca della creazione in materia dell'Armilla lucente, qualcosa era accaduto: Alecpe e Lumante, i Druidi prescelti ad assistere alla forgiatura da parte dei Forghi, esseri dal corpo umano di colore grigiastro e dai capelli ed occhi bianchi, ebbero l'idea di far creare un'altra Armilla, identica nelle fattezze alla precedente, ma composta da una lega derivata dagli scarti dell'Armilla lucente ed arricchita con polveri metalliche dal colore bronzato. Essi, dunque, fecero ciò per loro puro diletto; in effetti, l'Armilla era priva di qualsiasi valore divinatorio o potere magico ed i due druidi, contenti di quanto avevano fatto, si scambiarono la reciproca promessa di tenerla nascosta e non rivelare a nessuno la sua esistenza. Ma Mantanathos, l'ultimo della stirpe maledetta senza progenie, praticante la stregoneria più oscura e la magia maligna, venne a conoscenza di ciò e, con un astuto stratagemma, inviò loro un invito ad un segreto e conviviale incontro allo scopo di confrontarsi sulle arti comuni e le conoscenze in materia di magia e stregoneria.

Così, il suo fido Beruf, un essere curioso dalle fattezze umane, basso di statura, rado di capelli e dalla pelle livida e raggrinzita, con il naso sciacciato ed orecchie minute, ebbe il compito di recapitare l'invito e convincerli ad accettare.

Gli stolti Alecpe e Lumante, incuriositi e lusingati da questo inaspettato invito, accettarono e, in gran segreto, si recarono da Mantanathos.

Così, dopo averli ingannati e strabiliati con futili magie e stregonerie, Mantanathos chiese loro di cosa fossero capaci in quelle arti e se avessero segreti misteriosi. Alecpe e Lumante si consultarono e, visto che Mantanathos ai loro occhi si era mostrato sincero, leale e privo di misteri riguardo a magie e stregonerie da tener segrete, decisero, per stupirlo, di svelare il loro segreto, l'esistenza della loro Armilla. Mantanathos ingannò i druidi fingendo di non credere a ciò che essi raccontarono e iniziò a sghignazzare ed a sbeffeggiarli tanto da provocare in loro rabbia ed ira, cosicchè Alecpe, indispettito da questo atteggiamento, sentendosi umiliato, decise di tirar fuori l'Armilla custodita in un sacchetto all'interno del suo saio. Mantanathos alla vista dell'Armilla sgranò gli occhi e, stupito, chiese loro scusa per non aver creduto a ciò che avevano detto e li pregò affinchè potesse tenerla tra le mani per qualche istante, così da ammirare il meraviglioso monile da vicino.

Alecpe, fiero ed orgoglioso pose l'Armilla sul palmo della mano di Mantanathos che, entratone in possesso, la strinse forte chiudendo il pugno e sospirando.

Così il misterioso essere per scusarsi con gli ignari ospiti e ripagarli della fiducia, offrì loro da bere una sorta di pozione che gli avrebbe dato saggezza e poteri fuori dal comune rispetto agli altri druidi.

Alecpe e Lumante senza esitare sorrisero e bevvero tutto d'un fiato la coppa riempita da Mantanathos: la pozione ingurgitata con grande voracità fece subito effetto rendendoli muti e fiaccando i loro corpi che vennero legati da Beruf e fatti gettare nel profondo e oscuro fosso vuoto dell' Infamonte.

Mantanathos diede all'Armilla il nome Scura e le conferì immensi poteri magici, oscuri e malvagi, di supremazia, controllo e dominio incontrastato su

tutti i popoli e le terre conosciute, che si sarebbero materializzati in colui il quale l'avesse indossata al polso per sua scelta e volere.

L'Armilla cambiò colore, da bronzea, come era stata forgiata nella sua purezza, divenne scura, quasi nera, così Mantanathos la ripose in uno scrigno e la custodì venerandola per circa millecinquecento annuarie. Infatti Mantanathos non poteva indossarla, essendo egli stesso ad aver trasmesso i poteri all'Armilla, e, dopo averla venerata per così lungo tempo ed avendo perso oramai tutte le sue energie e gli influssi magici assorbiti dal monile, era ormai prossimo alla imminente estinzione della sua stirpe malefica ed occulta con la sua prossima morte. A circa millecinquecentocinque annuarie dalla sua creazione, l'Armilla Scura era dunque destinata, per sprigionare la sua energia e prendere potere, ad essere consegnata ed indossata da un successore. Mantanathos decise di offrirla al bruno Moude, signore dei territori autonomi di Moudentak, ultimo discendente del suo ramo di stirpe umana e dunque si recò da lui. Moude, che era un cavaliere, sovrano sereno e pacifico, fu riluttante alla proposta di Mantanathos di ereditare qualcosa di così oscuro, potente e malefico, ma Zeyla, sua compagna dai lunghi capelli mogano ed occhi blu, sorella di Zoren, colpita dallo splendore della stessa ed ammaliata dalle parole di Mantanathos, convinse Moude ad accettare il dono.

Mantanathos consegnò lo scrigno contenente l'Armilla Scura a Moude e si dileguò, bisbigliando qualcosa di cui si sentì e capì ben poco "... alla fine di una progenie... sì... d'essenza ... succede l'inizio..." e da allora di Mantanathos si persero le tracce e non si seppe più nulla.

Moude pose lo scrigno nella stanza obliona, nelle secrete della Fortezza Nigrunta, e lo lasciò lì senza dar peso alle parole ed alle spiegazioni di quel dono fattogli dal folle Mantanaoths, per lo più egli stentava anche a credere che quell'essere fosse quasi un suo avo! Anzi, per evitare qualsiasi tentazione, pensò che fosse meglio disfarsene in qualche modo, magari distruggendola, certamente senza dir nulla a Zeyla la quale ne era rimasta veramente affascinata.

Durante le notti successive però, egli era svegliato da strani incubi e bisbiglii di voci e suoni metallici simili a tintinnii che lo invitavano ed istigavano ad aprire lo scrigno ed indossare l'Armilla Scura "....dai, dai è tua... è meravigliosa... ponila al tuo polso ed avrai ciò che vuoi… dai… dai… indossala..! dai… dai … e così saprai!"

Egli, ormai sopraffatto, dopo lunghe notti insonni piene di sofferenza e turbamenti, cedette e meditò di aprire lo scrigno ed indossarla.

Una notte, all'ennesimo risveglio, Moude si recò nella stanza obliona, prese lo scrigno e lo aprì, estrasse l'Armilla Scura e, mentre il sudore ne solcava la fronte e la mano tremante reggeva il monile, pensò di dar fine a quelle strane voci che tarlavano la sua testa oramai da molte notti indossandola sul polso del braccio destro.

Così, dopo averla indossata, Moude andò in estasi e, in una sorta di assenza spirituale, ebbe una visione in cui gli venne profetizzato il suo dominio sui popoli e sui territori ed il potere incontrastato di comando e di controllo assoluto. Tornato in sé ebbe un mancamento e, appoggiatosi con entrambe le mani al tavolo per non cadere, singhiozzò e, mentre dalla sua bocca fuoriusciva un filamento di bile rossa, i suoi occhi da castani divennero violacei. Moude sentì il suo corpo riempirsi di nuova energia e, rimessosi in posizione eretta, guardò il polso e vide l'Armilla Scura che lo cingeva oramai diventata una parte di sè ed il pensiero di privarsene era svanito, anzi predominava in lui il desiderio di tenerla per sempre. Divenne potentissimo nello spirito, del tutto differente, pieno di astuzia e cupidigia, desideroso di controllare qualsiasi cosa, capace di influenzare ed assoggettare tutti gli esseri, bramoso di potere, di malvagità e di dominio assoluto.

Moude chiamò a sè la sua compagna Zeyla e il

fratello Zoren e, senza proferir parola, mostrò loro il suo polso, poi Zoren fu invitato ad inginocchiarsi dinanzi a lui ed egli pose la mano sul suo capo. Perplesso ed attonito, Zoren eseguì il volere di Moude che, con voce diversa, decisa, ferma, a tratti impressionante, parlò "il destino ha voluto che la mia progenie rappresentasse l'essenza del potere assoluto ed incontrastato, il mio volere è l'unico volere, nessun essere e nessuna cosa potranno mai opporsi a ciò che io deciderò… su tutta la Pangea Conosciuta il mio dominio sarà esteso e io sarò l'unico a deciderne le sorti, tu Zoren sarai il mio scudo e la mia spada, comanderai tutti gli eserciti e sarai nominato Guerriero supremo, comandante assoluto di tutte le forze oplite dei territori autonomi di Moudentak, mentre tu Zeyla, mia compagna, mi suggerirai e consiglierai, ma mai deciderai poiché io stesso sono l'essenza del sapere e del potere che, grazie alla tua perspicacia di accogliere il dono dell'Armilla nelle mura di Nigrunta, ha donato nuova vita alla progenie".

Zeyla, turbata ed impressionata, fissò Moude negli occhi e rimase accecata e sedotta da quello sguardo magnetico e penetrante, così da dire: "Mio signore, sono la tua amata e fedele compagna, il tuo volere è il mio, sosterrò le tue scelte e sarò sempre al tuo fianco".

Zoren chinò il capo annuendo poi si rialzò e aggiunse: "Voi siete dentro di me Signore, io sono vostro e muoverò gli eserciti fino a quando la vostra volontà non mi fermerà, sarò sempre affamato di vittorie e di conquiste, porterò devastazione e paura, assoggetterò tutto e tutti al vostro volere, sino a quando

Nigrunta non diverrà il centro di dominio e di potere assoluto.". "Va', ti congedo, ora sai cosa devi fare, Zoren", replicò Moude… "e tu Zeyla avvicinati e dammi un bacio".

Così Zoren, dopo aver adunato le unità combattenti dei territori autonomi di Moudentak, comunicò di essere stato investito da Moude del comando, poi, dopo aver nominato come fiduciari Gunter, Tetruz e Vezin, fece scegliere un migliaio di feroci unità oplite e mosse con le truppe erranti verso i territori degli Zermi e dei Valachi, dando così inizio alla ascesa di Moude.

2

A Gloriosa, Elmut decise di andare incontro alle signorie regie che erano in marcia verso Fulgenland, così dopo aver schierato la guardia a difesa del Castello, si diresse, con un drappello di cavalieri, verso Pianafiorita. Durante il tragitto tanti pensieri attanagliavano la sua mente, egli era a conoscenza dell'attacco portato a Zermia e Valachia dalle truppe erranti di Zoren, ma non riusciva a comprenderne i reali motivi; sapeva che al di là del Flumendoso, il grande fiume che rappresentava il confine naturale ed invalicabile dei territori appartenenti alla Coalizia, vi erano delle popolazioni autonome e anche che un certo Moude era uno degli uomini più influenti su quei territori, ma non aveva mai avuto contatti diretti con lui, né tantomeno conosceva quali fossero gli usi ed i costumi di quelle genti. Elmut era a conoscenza anche di altre cose tra cui l'Armilla e la sua importante natura, di cui egli era il sommo custode, cui spettava il gravoso compito di tenerla al riparo da qualsiasi pericolo in attesa di consegnarla al discendente della nobile stirpe dal fregio regale che aveva dato vita alla Coalizia circa millecinquecento annuarie prima. In quell'Era infatti, venne data vita ad una sorta di grande comunità dalla quale tutti i popoli e le genti poterono attingere conoscenze, scambiare e commerciare beni collaborando e sostenendosi gli uni con gli altri in perfetta armonia. Tutto ciò mise fine alla atroci battaglie fratricide del caos d'origine, donando ai popoli del versante occidentale del Flumendoso pace ed austerità.

E mentre Elmut, giunto a Pianafiorita, rifletteva su queste cose, all'orizzonte apparvero Wallace, Mhiara, Karem e Shaflord che, con lento andare, gli si fecero incontro. Egli alzò la mano in segno di saluto poi, quando furono al suo cospetto, si rivolse loro dicendo "Eccovi valorosi, siete arrivati!". Ma Wallace, tutt'altro che ben disposto ed incuriosito di aver incontrato Elmut distante da Gloriosa, rispose "Come mai sei qui e non al Castello Gloriosa?". A quelle parole, dette in tono interlocutorio, Elmut replicò dicendo "Bene, ho preferito venirvi incontro, tanto grande era il desiderio di vedervi che volevo anticipare i tempi, tutto qui!", ma la sua risposta non fu presa bene e fu interpretata come una forzatura dietro alla quale si nascondevano situazioni preoccupanti, cosicchè Mhiara decise di freddare i convenevoli ed aggiunse "Cosa sta accadendo? Forse egli teme per la sua incolumità o forse ci nasconde qualcosa?". "Sì" disse Elmut e, mentre una brezza accarezzava la sua chioma e invadeva Pianafiorita agitando le verdi e variopinte terre, la loro attenzione fu richiamata da un brusio musicale, simile ad un fischiettio, proveniente dal versante orientale della Piana. Rivolsero lo sguardo verso quel versante e, incuriositi da quella melodia disarmonica, rimasero in silenzio ad osservare cosa vi fosse celato dietro a quel suono. D'improvviso apparvero Ilbord e Timofte dei Nignolandi, esseri dal buffo aspetto, a tratti grottesco, dalla statura di circa quattro piedi, con occhi chiari e capelli castano rossicci, il cui volto, arricchito da minute lentiggini, ne faceva delle meravigliose caricature. "Oh oh oh!" gridò Timofte, mentre Ilbord continuava a suonare una sorta di piffero di legno e procedeva a passo svelto verso di loro, "ci siamo anche noi…! Ma che bell'incontro!", continuò Timofte, sopraggiungendo al cospetto di Elmut e degli altri. "Mi verrebbe da dire: qual buon vento, amici" aggiunse ironicamente Ilbord, riponendo il suo strumento in una minuta tasca del mantello e togliendo dalla testa il suo gnopel, copricapo fatto di stoffa colorata a forma triangolare, legato dietro la nuca. Timofte fece lo stesso e, agitando lo gnopel tra le mani come un fazzoletto, attirò l'attenzione di Levrian e Levriel che, richiamati dallo sventolio, si avvicnarono a gran velocità per prendere quel curioso oggetto e, tra uno spintone ed una morbida leccata, Timofte, che teneva ben stretto tra le mani lo gnopel, cadde rovinosamente a terra trascinato e sollevato a gambe all'aria dai due cani che si contendevano il suo copricapo. Dinanzi a quella scena nessuno era riuscito a trattenersi dal ridere, neanche Elmut che esclamò "Mancavate solo voi!", con tono di voce ancora tremulo e trafelato per il gran ridere. "Beh, noi ci facciamo sempre notare!", ribattè Timofte rialzandosi da terra e pulendosi le ginocchia dopo aver raccolto il suo gnopel. "Sembra proprio che abbiate portato un po' di allegria voi due" disse Wallace. "Sì, non potevamo mancare, seppur piccoletti e magari non forti e muscolosi come voi, siamo sempre partecipi quando si tratta di intervenire in strane e complicate circostanze. Vero Ilbord?" esclamò Timofte. "Vero, più che vero!" annuì Ilbord agitando il capo. "Dunque, visto che ora ci siamo proprio tutti, torniamo verso Gloriosa, così vi potrò ospitare nella Torre Nord e raccontare un po' di cose" concluse Elmut, montando sul suo cavallo ed invitando gli altri a seguirlo.

Giunti alla Torre Nord, Elmut fece accomodare i suo ospiti nella sala Consilium e, dopo aver acceso i grandi candelabri, chiese ai suoi commensali grande attenzione quindi prese a parlare "Circa cinque chiaroscure fa, gli oralforieri mi annunciarono che un esercito di soldati, con a capo un certo Zoren, di cui conosco l'esistenza ma ne so molto poco, ha attaccato inopinatamente i territori di Zermia e di Valachia della zona Sudorientale, al di là del Flumendoso, avanguardie della nostra Coalizia, terre fiorenti e popolate di genti del tutto pacifiche. Zoren ed i suoi uomini hanno portato morte, distruzione e sterminio ed in pochi sono riusciti a fuggire al massacro, tra questi Gor di Zermia, Bedok di Valachia e una manciata di uomini, che si sono rifugiati nelle Gole di Ubuck e attendono aiuto. Ora non sappiamo chiaramente il perché di questo efferato attacco, né siamo in grado di aiutare Gor e Bedok poiché è impossibile attraversare con un esercito le Gole di Ubuck, né tantomeno esiste un modo di guadare il Flumendoso, che nel punto più stretto del suo letto ha un'ampiezza di circa cinquemila piedi ed è profondo quasi settecento, caratterizzato da forti correnti instabili e da improvvisi mulinelli d'inaudita energia che rendono vano qualsiasi tentativo". Elmut s'interruppe per bere un sorso di vinera, mentre un intenso brusio iniziò ad accentuarsi tra i commensali, i loro sguardi divennero seri e preoccupati e molti pensieri attanagliarono le menti. Ma Elmut ne ridestò l'attenzione riprendendo a parlare e, con tono serioso, aggiunse "Mi preme dirvi altre cose, molto importanti, di cui quasi nessuno è a conoscenza e che le sovranità regie debbono sapere."

"Voi siete a conoscenza che i nostri popoli e le nostre genti discendono da due civiltà d'origine: l'Ordemisa e la Gheoplan, le quali diedero vita, dopo il caos d'origine, all'ordine sulla Pangea Conosciuta, materializzatosi attraverso la creazione dell'Armilla. Ma voi non sapete che io, sì, proprio io, ne sono il custode e voi, insieme a me, avete il compito di proteggerla fino a quando essa non sarà donata all'erede che avrà impressa sulla pelle, trascritta e tramandata di generazione in generazione, l'effige del fregio regale, non visibile a nessun essere vivente fino a quando egli non avrà compiuto venti annuarie. L'erede indosserà l'Armilla e veglierà sui popoli con il compito di far rispettare i principi di libertà, correttezza e lealtà e ne garantirà la pacifica esistenza. Tutto ciò fu scritto nell'antico foglio custodito assieme all'Armilla; dunque per questo io ho bisogno di voi."

Elmut smise di parlare e si sedette, restando in silenzio; i suoi commensali, presi dallo stupore e pervasi dall'emozione, preferirono non proferire parola, ma fare soltanto dei piccoli cenni d'intesa, mentre la sola Mhiara, seduta accanto a Elmut, accarezzò il dorso della sua mano appoggiata sul tavolo in segno di profonda comprensione. Così, a tagliare quel silenzio assordante fu Wallace che disse: "Sapevo che eri un uomo saggio e leale, ma non pensavo minimamente che eri anche tutto ciò. La tua scelta di tener celato questo segreto per tanto tempo portando un fardello così pesante e correndo da solo enormi rischi ti fa onore, comunque io farò del mio meglio per aiutarti, puoi contarci amico mio."

I commensali furono invitati a mangiare qualcosa e, dopo essersi rifocillati, decisero, unitamente ad Elmut, di studiare e preparare una strategia per aiutare Gor e Bedok, intrappolati con i loro uomini nelle Gole di Ubuck.

L'idea venne a Shaflord, ma parve davvero difficile, quasi impossibile attuarla, però, dal confronto con le altre, sembrò essere la più efficace e risolutiva. L'idea era di sviluppare un metodo per prelevare Gor, Bedok ed i loro uomini dalle Gole di Ubuck, quindi di costruire un sistema ad argani e carrucole per sollevarli dall'alto, posizionando la struttura così creata sulle rocce di Mombatt e trarli in salvo.

Dunque, sulle rocce di Mombatt, dal loro punto più basso e vicino alle Gole, bisognava posizionare la struttura creata calando una sorta di rete fatta di pellame e tessuto molto resistente, così da trasferire il maggior numero di uomini nel più breve tempo possibile; ripetendo questa operazione per più volte, si sarebbero potuti spostare molti uomini. La struttura doveva essere costituita da due massicci e resistenti assi di legno levigato, ricavati da alberi di Eucacynton delle foreste di Alama, situate ai confini dei territori di Pozental; al centro di essa si sarebbero dovute inserite due pulegge tonde e rotanti, fatte di leghe di minerali ferrosi delle miniere di Zand e forgiate dagli abilissimi fabbri di Court, mentre, all'interno delle pulegge, sarebbero state inserite delle corde resistentissime, legate alla grande rete, che sarebbero state fabbricate dalle mani esperte dei maestri di tessuto dei territori di Illand.

Tutto ciò doveva esser fatto in breve tempo, poiché Gor, Bedok e i loro uomini non avrebbero potuto resistere ancora a lungo in quel luogo ameno ed angusto, incalzati, come era presumibile immaginare, dagli uomini di Zoren. Dunque fu studiato il piano d'azione e fu stabilito che questa impresa sarebbe stata compiuta da Shaflord e Wallace e che vi avrebbero partecipato una quindicina di uomini forti e prestanti, tra i quali anche il giovane Luk dei Nilunghi, guida esploratrice che conosceva molto bene i territori adiacenti alle rocce di Mombatt e le migliori vie d'accesso per arrivarvi nel più breve tempo possibile. La struttura creata sarebbe stata trainata da due cavalli dai minuti corni, specie di cavalli da soma allevata nei territori di Pozental, robusta e resistente, abituata a grandi sforzi e a percorrere lunghe distanze. Inoltre si decise, su proposta di Elmut, che Mhiara e Karem sarebbero partiti alla volta delle sorgenti del Flumendoso, verso le terre degli Enidri per incontrare l'oracolo Ydrea così da raccogliere informazioni su ciò che realmente stava accadendo e sui territori ed i popoli che vivevano ad Oriente del grande fiume; Ilbord e Timofte sarebbero andati con loro mentre Elmut sarebbe rimasto a Gloriosa in attesa di notizie. Nelle chiaroscure successive l'impegno profuso per preparare la missione di Shaflord e Wallace fu massimo; i forgiatori, i fabbri e i tessitori lavorarono alacremente, in breve tempo la struttura cominciò a prendere forma e tra loro un certo ottimismo per la buona riuscita dell'impresa iniziò ad aleggiare. Nel frattempo Karem, Mhiara, Ilbord e Timofte s'incamminarono verso le terre degli Enidri, alle sorgenti del Flumendoso. Karem portava sul suo cavallo Ilbord, mentre su Calliostro montavano Mhiara e Timofte.

3

Il viaggio di Karem, Mhiara, Ilbord e Timofte si presentava molto lungo e pieno di insidie, ma la compagnia era ben lieta di affrontarlo. Trascorse circa due chiaroscure e mezzo dalla partenza, attraversati i territori dei Nilunghi, al meriggio, mentre una leggera e fitta pioggerellina accompagnava il cammino, la compagnia iniziò ad intravedere il bosco di Nignoland. "Oooh! Guarda, siamo vicino casa, Timofte!" esclamò Ilbord, "Sì, che bello!" gli fece eco Timofte alzando lo sguardo ed emettendo un sospiro così profondo tale da catturare l'attenzione di Mhiara e Karem, intenti a cavalcare l'una di fianco all'altro. Karem, toccato nel profondo dallo stato d'animo di Timofte, fu preso da grande nostalgia quindi, per assecondare quel desiderio celato in Timofte, pensò di fare una proposta e disse "Beh, siccome siamo sulla strada giusta e sono quasi due chiaroscure e mezzo che camminiamo senza sosta, io sarei un po' stanco e vorrei riposarmi, che ne pensate se entrassimo a Gnoland per fermarci e ristorarci un po'?" quindi, rivolgendo lo sguardo verso Mhiara, rimase in attesa di una sua risposta, così ella strizzando l'occhio e accennando un sorriso rispose "Io ci sto, e voi due?". Ilbord e Timofte, felici della proposta, non se lo fecero ripetere due volte e si avvinghiarono ai due esclamando "Sì, si va a Gnoland!".

Mentre le nubi si diradavano e tenui raggi di luce invadevano il bosco, la compagnia, ormai giunta in prossimità del suo ingresso e desiderosa com'era di arrivare presto, accelerò l'andatura e riprese a cavalcare. Il bosco di Nignoland, luogo incantato e affascinante, era ricco di specie d'alberi particolari: le grandi e secolari Querchies, i robusti e sempre verdi Ombronis dalle larghe foglie, gli slanciati Plopys e le immense Sequoles gigantem; inoltre vi crescevano strane e rare specie vegetali, quelle dai pomi rossastri e violacei, gli alberelli Stciock, le piante dalle foglie marroni, i rovi di bacche dulcinose, gli arbusti dai frutti ovali e striati e quelli dalla linfa bianca, gialla ed arancio. Il sottobosco era tappezzato da muschi sempre verdi, da minute erbette quadrifolium e da fiori campane, liyliumase e orchidese di svariati colori e dal profumo intenso. All'ombra dei grandi alberi crescevano numerose specie di funghi: i Botanus dal cappello merlettato, i Bobon, grandi e carnosi e gli alti e sottili Sypispi.

In questo spettacolo della natura, accanto al piccolo ruscello Scrosc vi era Gnoland, nella quale viveva la piccola comunità di Ilbord e Timofte. "Eccoci eccoci di ritorno!" gridò Timofte saltando giù da cavallo e andando di corsa incontro a Mugnol, il più anziano e saggio, nonchè guida della piccola comunità, grigio di chioma, dai cinerei riccioli. "Oh! Bentornati miei cari!" esclamò Mugnol sorridendo e abbracciandolo "Vedo che siete in compagnia" aggiunse, "Sì, a dire il vero siamo di passaggio e con noi ci sono loro due, Karem di Court e Mhiara di Illand" rispose Ilbord. "Benvenuti a voi!" disse Mugnol, "Grazie per l'accoglienza" rispose Mhiara "È un piacere per noi" aggiunse Karem scendendo da cavallo e stringendo la mano a Mugnol. "Venite, seguitemi" chiosò Mugnol "raggiungiamo gli altri della comunità", prendendo a camminare dinanzi a loro. Giunti a Gnoland, Mhiara e Karem osservarono il piccolo villaggio e ne rimasero sbalorditi: era caratterizzato da abitazioni alte circa sei piedi dalla forma circolare, ricavate da vecchi e immensi tronchi d'albero scavati, le pareti esterne erano rinforzate da pietre rettangolari perfettamente allineate alla base, come copertuta avevano tetti spioventi a forma di grandi cappelli fatti di tavole di legno disposte a gradoni perfettamente allineati e tutte le tavole erano accuratamente lavorate, tanto da sembrare merletti di colore arancio rossastro.

Mugnol si fermò al centro del villaggio ed esclamò a gran voce "Amici, amici, venite, sono tornati Ilbord e Timofte e con loro vi sono dei graditi ospiti!" e così, dopo aver sbirciato dalle curiose finestre simili ad archi capovolti, pian piano tutta la comunità di Nignolandia si avvicinò per dare il benvenuto ai visitatori. Una moltitudine di esseri, alti suppergiù quattro piedi e mezzo, con lo gnopel in testa dal quale si intravedevano meravigliosi capelli boccolosi bruno rossastri e piccole lentiggini in viso, circondò Karem e Mhiara salutandoli con simpatia. Mugnol pensò di ospitare in modo del tutto eccezionale i forestieri e disse "Ascoltate, in onore dei nostri amici che son venuti a farci visita, al calar della luce, daremo una gran festa, mangeremo tutti assieme e ci divertiremo". Udite quelle parole, tutta la comunità accolse la proposta con grande entusiasmo facendo un gran baccano e ci fu anche chi lanciò in aria il proprio gnopel, fischiettando di gioia.

Così, mentre fervevano i preparativi per la gran festa, sotto le fronde di un grande albero, un po' appartati, Mugnol, Ilbord e Timofte confabulavano gesticolando e di tanto in tanto ammiccavano in direzione di Mhiara e Karem. I due, sentendosi osservati in modo strano ed imbarazzante, decisero di avvicinarsi a loro e Mhiara disse "Scusate, ma perché ci osservate in modo strano?", poi divertita districò le sue trecce e continuò "per caso ho i capelli disordinati?" e Karem, toccandosi in volto e aggrottando la fronte in modo goffo aggiunse "ed io forse ho questo filo di peluria in viso che va accorciato?". "No, no!" rispose Mugnol prendendo a ridere con loro, "è che in effetti stavamo pensando di trovare la sistemazione migliore per ospitarvi e, vista la vostra statura un po' fuori dal comune, cercavamo la migliore soluzione e pensavamo di averla trovata, venite con noi, andiamo verso casa di Jofrad.". Mugnol chiamò a sé la sua compagna Leonilde e tutti assieme si recarono da Jofrad "Ehi, sei in casa?" esclamò Mugnol "Certo" rispose Jofrad e dal meraviglioso giardino adiacente all'abitazione si vide spuntare un omino dalla barba riccia e canuta che contrastava meravigliosamente con i riccioli rossastri che fuoriuscivano dallo gnopel, con in mano una specie di tagliaerba e una sorta di pipa nell'altra. Mugnol, dopo averlo abbracciato calorosamente, disse "Jofrad, amico mio, ti presento Mhiara di Illand e Karem di Court, sono venuti a farci visita e si tratterranno qui da noi. Ora volevo chiederti, possiamo offrire loro un posto per farli riposare?" "Piacere di conoscervi!" rispose Jofrad rivolgendosi ai due ospiti "Ma che domanda mi fai Mugnol, certo che possiamo ospitarli, non vi sono problemi, su su, visto che siete qui, seguitemi."

Dietro la casa di Jofrad, un po' isolata tra maestosi alberi di Ombronis, vi era una struttura dismessa che in passato veniva usata come sala d'incontro dei Nignolandi, di dimensioni abbastanza ampie e dall'altezza di circa nove piedi. Era stata ricavata da due vecchi tronchi di Sequoles gigantem, l'uno adiacente all'altro, ed era rivestita da grandi pietre bianche disposte attorno al suo perimetro. Il tetto, dalla forma quasi conica, era costruito con robuste travi di legno di colore verdastro, anch'esse accuratamente lavorate, dal cui centro spuntava una sorta di comignolo in pietra di forma circolare. "Ecco la grande casa!" disse Jofrad "un tempo la utilizzavamo per fare le riunioni importanti della nostra comunità, ma oramai le facciamo al centro del villaggio e non la usiamo più; io penso che potreste comodamente utilizzarla per riposarvi, mi sembra abbastanza ampia ed alta per voi." "Certo, è perfetta!" esclamò Mhiara. "Grazie, va benissimo" rispose Karem, incredulo alla vista di quella struttura così minuziosamente costruita. Così Karem e Mhiara entrarono nell'abitazione finemente cesellata, pavimentata in legno con bianche pareti e mobilia in legno. Karem si affacciò dalla finestra e disse "È davvero bella", mentre Mhiara fece capolino da un'altra finestra eclamando "È meravigliosa". "Ora" disse Jofrad, sbuffando con la sua pipa, "dobbiamo soltanto prendere due o tre pagliericci e portarli dentro, così i nostri ospiti potranno riposarsi", quindi, con l'aiuto di Ilbord e Timofte e del ronzino Mabem, si mise al lavoro. Leonilde chiamò Mhiara e le disse "Ora ti porterò delle bacchebianche che potrete utilizzare tu ed il tuo compagno per rinfrescarvi; guarda dietro a quei due Ombronis, il ruscello crea una piccola cascata dove ci si può lavare sotto l'acqua corrente.". Mhiara sorrise e le rispose "Grazie Leonilde, però Karem non è il mio compagno, ma è solo un grande amico!" così, Leonilde, imbarazzata aggiunse "Scusami, ma il suo modo di guardarti mi ha veramente ingannato". "Tu dici?" rispose Mhiara, "Io non dico, osservo" ribattè Leonilde, suscitando ilarità in Mhiara. Karem e Mhiara presero possesso dell'abitazione e, dopo aver riposato un po', ella pensò di recarsi al ruscello indicato da Leonilde, mentre Karem continuò a riposare. Al risveglio Karem decise di raggiungerla e giunto nei pressi della cascata vide Mhiara di spalle che, toltasi l'armatura di cuoio e pellame, s'immergeva sotto la cascata. Senza farsi notare, rimase ad osservarla ammirando quel meraviglioso corpo e quei lunghi capelli che le scendevano sulla schiena. Mhiara vide alcuni cespugli muoversi e si accorse della sua presenza e divertita esclamò ad alta voce "Che fai? Mi osservi da dietro i cespugli? dai, non essere timido, sembra che tu non abbia mai visto una donna senza abiti", così prese una profumatissima baccabianca che le aveva donato Leonilde e la spalmò sul suo corpo ricoprendolo di una soffice schiuma. Karem uscì allo scoperto e timidamente rispose "Attendo che tu finisca di rinfrescarti e poi andrò io, sai, non è che non abbia mai visto un essere femminile nudo, è che preferisco così, mi piace attendere ed avere la cascata tutta per me.".

Mhiara fece una risata e si tuffò nel ruscello poi, riemergendo, esclamò "Ecco, adesso puoi andare, la cascata è libera" e aggiunse "permetti ora che sia io ad osservare? Se vuoi lì in terra vi sono delle bacche bianche che mi ha donato Leonilde, così potrai sciacquarti anche tu". Karem ebbe un sussulto di orgoglio e disse "Ah grazie" si voltò di spalle e si denudò mettendo in mostra anch'egli il suo corpo e, ponendosi una mano davanti per coprirsi, con l'altra la salutò e si avviò di corsa sotto la cascata. "Che tipo!" pensò tra sé e sé Mhiara sorridendo e scuotendo la testa reimmergendosi nelle tiepide acque del ruscello Scrosc. Al calar della luce, il villaggio, illuminato da tante piccole torce, era pervaso da un gran brusio; in lontananza si notava una moltitudine di esseri in pieno fermento, affaccendata negli ultimi preparativi. Mhiara e Karem giunsero al centro del villaggio dove, ad aspettarli, vi erano Mugnol e Leonilde. "A nome della nostra comunità vi diamo il benvenuto" disse Mugnol e Leonilde porse loro due variopinti gnopel; Mhiara ringraziò indossandolo immediatamente e così fece anche Karem.

Al centro del villaggio era stato allestito un lunghissimo tavolo disposto a ferro di cavallo da circa un centinaio di posti. Mugnol, Leonilde, Jofrad, Karem, Mhiara, Ilbord e Timofte si accomodarono al centro di esso mentre tutti i commensali sedettero accanto a loro. Essendo gli abitanti di Gnoland vegetariani, furono servite svariate e particolari pietanze: lunghi steli di erbette aromatiche cotte al vapore e condite con salsa di bacche agrodolci, minestra di tuberi gialli ed ortiche, carnosi cappelli alla brace di funghi Bobon e svariate specie di erbe officinali, sia crude che cotte; poi furono serviti dolci e frutti: polposi

pomi rossastri e violacei, fagottini di foglie venta-
glio ripieni di crema di bacche dolci e zuccherine, gli
stciock, corteccia d'albero imbevuta di salsa mielo-
sa e rami bastoncini di quirilit, il tutto innaffiato da
abbondante schiumosa chiara fermentata. Si andò
avanti così per un bel po', fino a quando Ilbord, un
po' alticcio, prese il suo piffero ed iniziò a suonare,
subito accompagnato da Timofte che, a sua volta,
prese il suo strumento a corde, poi Eluck si avvicinò
con il suo tamtamtamburello ed infine Ariela prese a
scuotere i suoi sonagli metallici. Tutti si alzarono ed
iniziarono a danzare, mentre Mugnol e Jofrad, pienamente soddisfatti del banchetto, rimasero seduti
gustandosi lo spettacolo e fumando foglie marroni
arrotolate. Le donne, seguendo il ritmo della musi-
ca, saltellavano sollevando e abbassando le loro vesti, mentre gli uomini le scimmiottavano con fischi e
girotondi; Mhiara teneva il ritmo battendo le mani e
Karem, anch'egli un po' alticcio, continuava a bere
e a ridere divertito. Alcuni trascinarono Mhiara nelle danze ed ella tentò di coinvolgere anche Karem
il quale, dopo aver bevuto un altro sorso di schiumosa chiara, prese coraggio e si lanciò in una sfrenata danza muovendosi in modo goffo e scoordinato.
La danza di Karem attirò l'attenzione di molti che
circondarono l'improvvisato danzatore e tennero
il ritmo battendo le mani, ma nella foga egli perse
l'equilibrio urtando la testa contro un grosso ramo. Molti, a quella scena si misero a ridere, altri si
spaventarono, ma lui, rialzatosi, continuò nella sua
sfrenata danza come se nulla fosse accaduto. A fine
serata, sbronzo com'era, Karem fu trascinato quasi a

spalla da Mhiara e Mugnol che divertiti lo condussero al ruscello Scrosc immergendogli la testa nelle acque, in modo da alleviare la sbornia. Karem, dopo un lungo e profondo sonno, si risvegliò con un gran mal di testa e si accorse di avere un bernoccolo sulla fronte, così lo coprì con lo gnopel e, ancora intorpidito, si incamminò verso il villaggio; lì trovò Mhiara che sorseggiava un infuso di erbe preparatole da Leonilde. "Ben alzato!" esclamò Mhiara non potendo trattenersi dal ridere, avendo notato il suo bernoccolo coperto a mala pena dallo gnopel. "Grazie" rispose avvicinandosi e sedendosi accanto a lei "forse ho un po' esagerato alla festa", "Ma va!" rispose Mhiara, "ne porto ancora i segni" ribattè Karem toccandosi il bernoccolo, "Bevi questo, così magari prendi un po' di vigore" concluse Mhiara porgendogli una coppa di infuso. Dopo breve tempo sopraggiunsero Ilbord e Timofte ed in seguito arrivarono anche Mugnol e Jofrad. "Eilà, ben alzato danzatore!" esclamo Mugnol, "A voi!", rispose Karem sollevando la coppa di infuso, e così, conversando allegramente sugli accadimenti della splendida festa tra un sorso e l'altro d'infusi preparati da Leonilde, Mhiara riportò tutti alla realtà e pensò che era giunto il momento di riprendere la missione e a malicuore parlò "È stata una festa meravigliosa, siete stati gentili ed ospitali e ve ne sono veramente grata e riconoscente, ora però, anche se un po' controvoglia, penso che sia giunto il momento di riprendere il nostro viaggio". "Sì, è vero, anche se vorrei trattenermi a lungo qui da voi, è giusto che noi ci rimettiamo in cammino" aggiunse Karem, "Parole sagge," disse Mugnol "e a tal proposito volevo dirvi che Jofrad, esperto conoscitore di questi territori, si è offerto di accompagnavi per un tratto di cammino così da potervi aiutare ad uscire facilmente dal bosco di Nignoland e condurvi sul sentiero più sicuro per attraversare il Vallone Rupestre". I quattro dunque, raccolte le loro cose e salutata la comunità, montarono a cavallo scortati da Jofrad che faceva strada cavalcando il ronzino bianco Mabem, a cui erano state applicate due ceste ai lati contenenti provviste. Tenendo un'andatura leggera ma costante, al calar della luce la comitiva era già fuori dal bosco di Nignoland e fu deciso di fare una sosta per rifocillarsi e riposarsi.

Dopo aver acceso un piccolo fuoco ed aver mangiato, Ilbord e Timofte, stanchi come non mai, caddero in un sonno profondo mentre Jofrad, dopo aver ristorato i cavalli ed il suo ronzino Mabem, si addormentò ai piedi di un albero. Quella sosta si rivelò una splendida occasione per Mhiara e Karem per ammirare incantati il volo delle luccicanti farfalle dalle ali luminose ed anche una splendida occasione per ammirare la natura e conversare amabilmente, tanto da cedere ad un dolce sonno soltanto all'albeggiare.

La chiaroscura successiva la comitiva riprese il cammino e costeggiò il Vallone Rupestre, uno spettacolare spaccato di montagna profondo circa novecento piedi, ripido ed insidioso, percorribile soltanto attraversando un ciglio molto sottile e poco stabile di terreno quasi sospeso sul nulla. Essi dunque, guidati da Jofrad, con gran cautela lo attraversarono ammirandone dall'alto la maestosità, quindi giunsero ai territori di confine, dove il mormorio delle acque del grande fiume iniziava lievemente a farsi sentire. "Eccoci dunque" disse Jofrad "io mi fermerò qui, voi dovrete proseguire lungo il percorso che va verso Oriente; a circa una chiaroscura di cammino vi troverete a costeggiare le rive del grande Flumendoso, risalendo verso Nord arriverete nei territori degli Enidri; ora io tornerò indietro, vi auguro buona fortuna", li abbracciò uno ad uno, lasciò loro le provviste e ripartì per tornare a Gnoland.

Ripreso il viaggio, Karem, Mhiara, Ilbord e Timofte si trovarono su di un sentiero sterrato, costeggiato da fitti ed imponenti alberi dai quali s'odevano soavi cinguetii, e mentre la luce cominciò ad affievolirsi, il sentiero lasciò il posto ad un terreno pieno di ciottoli e pietre grossolane di colore grigio e verde dove il rumore dello scorrere delle acque si fece sempre più roboante. Dopo aver camminato a lungo e senza mai fermarsi giunsero con l'oscurità sulla sponda del grande fiume e lo scivolare continuo dei ciottoli trascinati dall'impetuosa massa d'acqua fu l'unica cosa che percepirono. Ma quando il buio tetro venne squarciato dalla bianca luce delle tacche di scuro che fece capolino tra le nubi specchiandosi nelle acque del grande fiume, si resero conto del fantastico paesaggio che vi era dinanzi a loro, di cui erano fortunati spettatori.

Stremati ed affamati, decisero di fermarsi e bivaccare in quel luogo incantevole. "Questa luce che irradia le acque è uno spettacolo grandioso, che bello essere qui in questo momento!" disse Karem. "Sì, vero, è una di quelle cose che ti dà tanta gioia di vivere" rispose Mhiara seduta vicino a Ilbord e Timofte che, avendo capito il particolare momento ed il desiderio di entrambi di restare soli, mangiarono velocemente lanciandosi sguardi d'intesa e si allontanarono con il pretesto di dar da mangiare ai cavalli e voler riposare sotto gli alberi. Mhiara e Karem sembrarono quasi non accorgersi della loro presenza, né tantomeno sentire ciò che loro avevano detto, presi com'erano dal quel particolare momento; ebbero modo di riprendere a parlare, tra loro vi era una grande affinità ed un reciproco sentimento di rispetto che permise a lei di confidarsi e raccontare alcuni momenti della sua esistenza che l'avevano fortemente turbata. "Sai, la mia terra non ha un fiume di queste dimensioni e non credo neanche che la mia gente si sia mai spinta fin qui ed abbia visto ciò" disse Karem "oltretutto, essere qui con te ed i buffi e simpatici Ilbord e Timofte, mi rende veramente sereno e tranquillo". "Sono contenta di questo" sussurrò Mhiara, ma tu a Court non hai una famiglia o qualcuno che ti aspetta?". Dopo una breve pausa Karem rispose "No, i miei genitori non sono più in vita ed io non ho ancora avuto l'opportunità di decidermi a cercare una vera compagna, cioè non ci ho mai pensato seriamente, tutto qui; sì ne ho avute alcune, ma in effetti non ho mai instaurato un rapporto stabile e duraturo, beh... cioè, in effetti..." quindi, levatosi da terra, dopo aver raccolto una piccola pietra la lanciò nel fiume e sembrò quasi, con quel gesto, voler scrollarsi di dosso quell'ansia e quell'emozione che avevano caratterizzato il suo parlare. Ripreso coraggio, domandò "tu sicuramente avrai qualcuno che ti aspetta" e Mhiara "beh sì, in effetti mio padre e mia madre sono le persone che io amo e amerò per sempre per quello che mi hanno dato e quello che hanno fatto per me" e, dopo aver accennato un sorriso, aggiunse "spero che siano ancora ad Illand ad aspettarmi e non mi diano per dispersa". Mhiara si aprì del tutto e raccontò a Karem della sua sfortunata storia d'amore con Gunter di cui lei, sin da fanciulla, era stata stata follemente innamorata, ma egli di contraltare risultò essere soltanto interessato, avido com'era, al potere e alle ricchezze della sua famiglia, tanto da progettare di sposarla per divenire il futuro signore di Illand, essendo lei figlia dei regnanti. Ella si accorse di tutto ciò poco prima delle nozze, quando scoprì un incontro segreto tra Gunter ed alcuni oscuri soggetti di cui ascoltò il dialogo ed udì con le sue orecchie ciò che tramavano: l'intento di Gunter era quello di impadronirsi del potere facendo uccidere, dopo aver sposato Mhiara, i suoi genitori, garantendo a questi personaggi un ruolo importante e prestigioso nella sua futura sovranità se essi avessero assoldato qualcuno per fare ciò. La giovane Mhiara dapprima non fu creduta, ma quando il padre si accorse che a corte vi erano strani movimenti di loschi individui, decise di convocare Gunter al suo cospetto per cercare di capire cosa stesse accadendo. Tra i due scaturì una feroce lite e Gunter reagì violentemente minacciando di morte il sovrano. Successivamente fu allontanato da Illand, ma promise di ritornare e di marciare sul regno per conquistarlo. Da quel giorno Mhiara decise di divenire una eccellenza nell'arte della guerra, comandante della guardia di Illand e cominciò il suo addestramento sino a diventare abilissima nel corpo a corpo e fortissima nell'uso della spada e di altre armi, sempre pronta a difendere il suo regno e a sacrificare anche la vita per la sua famiglia e le sue genti. Perciò il suo cuore si era inaridito e le era difficile, quasi impossibile, provare sentimenti d'amore verso altri uomini. Dunque Mhiara, senza alcun imbarazzo e con grande sincerità, riuscì ad esternare ciò che la faceva soffrire, era come un male interiore che la lacerava, come una fitta al cuore che a volte si attenuava, ma era sempre presente e lontano dal passare; eppure in lei, nonostante ciò, non vi erano odio e rancore, ma nel suo spirito aleggiavano desideri di affetto ed amicizia: un grande dissidio interiore turbava la giovane donna che, nonostante la grande delusione per quel sogno anelato sin da fanciulla, cercava di trovare in se stessa quell'equilibrio e quella serentà che erano state spazzate via da un essere feroce e malvagio, che dopo averla sedotta aveva minacciato anche la sua famigla di morte.

Importante fu la scelta del padre Endrick che, quando Elmut chiamò a sé le sovranità regie, decise di inviare lei, figlia devota ed unica erede, seppur giovane ed inesperta, a rappresentare Illand, riponendo grandi speranze ed investendola come se fosse ormai la vera regnante. Mhiara strozzò in gola le ultime parole e, con gli occhi gonfi e pieni di lacrime, si alzò avvicinandosi all'argine del fiume; Karem rimase in silenzio, poco dopo la seguì posandole una mano sulla spalla e con voce ferma le disse "Sei una gran donna, è veramente difficile conoscerne un'altra come te, sei una gran donna" e, detto ciò, si allontanò lasciandola nei suoi pensieri.

Alle prime luci, svegliati dal continuo scorrere delle acque accompagnato dallo stridere di variopinti uccelli pescatori, i quattro ripresero il loro cammino; erano trascorse circa sei chiaroscure dalla loro partenza ed erano quasi giunti alla meta. Costeggiando la riva del grande fiume proseguirono nel loro percorso in direzione Nord con buona lena ed andatura decisa, così nel giro di poco tempo iniziarono ad intravedere all'orizzonte le alte vette innevate delle terre degli Enidri. Il paesaggio cominciò a mutare e il percorso si fece sempre più ripido e scosceso, tanto che dovettero smontare da cavallo e proseguire a piedi; giunsero dove il grande fiume iniziava a stringere il suo letto e l'alveo si faceva più piccolo, mentre le acque diventavano più rapide e selvagge, e lì la loro attenzione fu catturata dalla presenza di alcuni branchi di grandi pesci dai riflessi argentei, che risalivano il fiume controcorrente con grande agilità, e mentre li osservavano, l'attenzione di Karem fu richiamata dalla presenza di alcuni esseri che, a circa mezzo miglio di distanza, venivano lentamente loro incontro. Erano gli Enidri, dal corpo liscio e levigato, alti circa sei piedi, dalla pelle di un rosa tenue ed occhi verdissimi; le loro teste erano ricoperte da folti ed ondulati capelli dai chiari colori castani; avevano una particolarità, una specie di seconda pelle sovrapposta, lievemente squamata, simile ad una muta sbracciata dal colore rosa più scuro che ne copriva anche le nudità, ed avevano dietro le braccia e sui polpacci minute e sottilissime escrescenze pilifere, simili a pinne anfibie dal colore rosaceo. Il loro aspetto era simile, se non identico, alla razza umana, sia nei lineamenti del volto che nel resto della conformazione fisica.

"Chi siete voi?" disse Ardon con sguardo accigliato, indicandoli da lontano con la sua lunga lancia acuminata. Karem d'istinto rispose "Siamo venuti in pace per colloquiare con l'oracolo Ydrea"; non ricevendo alcuna risposta si avvicinò al cavallo per prendere la spada ma Mhiara tempestivamente lo bloccò ed aggiunse gridando "Veniamo a nome di Elmut signore di Gloriosa e reggente delle Coalizia". Ardon si voltò e chiamò a sé gli Enidri Maila ed Elero e, dopo aver abbassato la sua lancia ed essersi consultato con semplici sguardi, si pronunciò dicendo "venite con noi ".

"Uff..." sussurrò Mhiara "è andata bene" rivolgendosi agli atterriti Ilbord e Timofte "pensavo peggio e tu Karem la prossima volta avvisami prima delle tue intenzioni, eh!". Così smorzò la tensione e aggiunse "Dai non facciamoci desiderare, seguiamoli!".

Salirono sin dove il Flumendoso diventava quasi un amabile ruscello tra le imponenti rocce del monte Hidros, dove il colore delle acque da verde mutava in azzurro e poi cristallino. Si inerpicarono fino a scorgere delle caverne incassate nelle rocce ricoperte da felci fiorite e salirono ancora fino ad arrivare su di un piccolo altopiano in cui le acque del fiume erano ferme, dolci e silenziose, e le alte vette ricoperte da nevi perenni si specchiavano in esse; fu proprio li, in quel luogo incantato, che fu detto loro di fermarsi ed attendere.

Ardon ed Elero rimasero con loro, mentre Maila scomparve dalla loro vista, addentrandosi in un antro ben nascosto per annunciare il loro arrivo.

4

Nel frattempo Shaflord e Wallace avevano raggiunto i territori di Pozental da dove sarebbe partita la missione, con loro vi erano il giovane Luk ed una quindicina di uomini perfettamente istruiti. Dopo aver organizzato il viaggio nei minimi dettagli ed aver trovato il metodo più efficiente per caricare e movimentare la struttura da utilizzare in soccorso di Gor e Bedok, la missione mosse alla volta delle rocce di Mombatt. Il tragitto era piuttosto lungo, ma inizialmente essi non ebbero grandi difficoltà; i due robusti cavalli che trainavano la struttura sembravano non risentire del peso trasportato e riuscivano agilmente a trottare stimolati e sorvegliati da Levrian e Levriel che scortavano il prezioso carico. Il loro viaggio proseguì senza intoppi fino alla terza chiaroscura quando una violenta ed insistente pioggia, accompagnata da fragorosi bagliori di luce, rese il loro cammino difficoltoso; la fanghiglia e le improvvise pozze d'acqua rallentarono notevolmente il passo della missione, tanto che Shaflord e Wallace, insieme agli altri uomini, dovettero contribuire ad alleviare le fatiche dei cavalli dall'immane sforzo profuso partecipando di braccia allo spostamento della struttura. Nella seconda chiaroscura di viaggio il tempo migliorò, ma il percorso iniziò ad essere impervio: costeggiarono le foreste di Alama in direzione Nord accorciando di un bel tratto il loro cammino, grazie alle conoscenze di Luk. Il giovane era sempre avanti al gruppo e veniva osservato attentamente da Shaflord e Wallace che ne ammiravano la capacità e l'abnegazione; Luk aveva con sé dei sottili fogli fatti di pellame che teneva arrotolati in una specie di faretra messa a tracolla, qualche volta ne prendeva uno, lo srotolava e con una pietra di argilla disegnava ed annotava a mo' di cartina, creando così una mappatura dei territori e delle vie d'accesso per attraversarli. Di tanto in tanto, per orientarsi perfettamente, osservava la posizione degli alberi, la loro esposizione ed i muschi che crescevano su di essi riuscendo così ad individuare i migliori percorsi da seguire. Al calare della luce, dopo la terza chiaroscura, all'orizzonte si iniziarono ad intravedere le imponenti rocce di Mombatt, dunque Shaflord e Wallace ordinarono alla missione di fermarsi e bivaccare per riprendere il cammino alla chiaroscura successiva. Riposarsi era necessario e fondamentale e Shaflord e Wallace erano consapevoli di questo ed anche dell'arduo compito che li attendeva; infatti, di lì a poco bisognava scalare le grandi rocce in un territoro sconosciuto, ma quello che più preoccupava era il trasporto della struttura su quei dirupi così misteriosi. Così, mentre gran parte della missione provvedeva alla distribuzione delle provviste ed altra si riposava placidamente, l'unico che era ancora attivo era proprio il giovane Luk che, instancabile, continuava, anche dopo le fatiche del lungo cammino, a consultare e scarabocchiare i suoi fogli. La curiosità che suscitò quel giovane col suo fare fu talmente tanta che Wallace lo chiamo a sé "Luk, avvicinati, vieni a prendere qualcosa da mangiare e scaldati vicino al fuoco", così, dopo aver ordinatamente riavvolto le sue carte, egli si avvicinò e prese dal fuoco un pezzo di carne di cacciagione addentandola avidamente; Shaflord, sorseggiando un'otre di vinerea, si avvicinò a lui e gli sedette affianco poi, dopo averlo osservato, disse "Allora Luk, sei stato veramente bravo a guidarci fin qui con grande sicurezza e capacità" e Luk rispose "Signore sono contento delle vostre parole e vi ringrazio per i vostri apprezzamenti" "Posso farti una domanda?" continuò Shaflord "Certo!" rispose Luk "sono molto curioso di vedere ciò che tu annoti su quei fogli, posso dare un'occhiata?". Così Luk sorrise e, dopo essersi pulito le mani strofinadole sul suo pantalone, con grande fierezza allungò a Shaflord la sua faretra per mostrarglieli. Shaflord e Wallace slotolarono alcuni fogli e rimasero senza parole osservando la minuziosità dei disegni e delle annotazioni fatte dal giovane, tanto da chiedergli di illustrare i luoghi ed i territori descritti e disegnati sulle cartine. Il giovane si prestò volentieri ed illustrò tutto ciò che aveva disegnato, spiegando con grande precisione le numerose annotazioni. "Luk, sei veramente un ragazzo d'oro, sai non credevo proprio che avessi queste grandi capacità, ma ora mi devo ricredere" osservò Wallace e Luk, inorgoglito, lo guardò facendo trasparire dal volto grande soddisfazione. "Luk" disse Shaflord "alle prime luci dovremo affrontare le rocce di Mombatt, come faremo a scalarle? Hai qualche idea?" Luk prese dalla faretra un ennesimo foglio di pellame dal color quasi avorio, lo srotolò, lo stese a terra e cominciò: "Ecco dunque, le rocce di Mombatt sono alte circa mille piedi, sono ripide ed impraticabili dal versante Sud, ma se noi proseguiamo costeggiandole verso Nord, Nord est, esse diventano meno imponenti; proprio in quel tratto vi è tra le rocce una insenatura, ripida ma accessibile, di grossi ciottoli e pietrisco, molto simile ad un sentiero, che porta verso la sommità e da quel punto noi potremmo salire anche con i cavalli trainando la struttura; poi però, arrivati sulla sommità, dovremo individuare il punto più basso vicino alle gole di Ubuck per aiutare gli uomini intrappolati. Io non conosco di preciso cosa vi è lassù ma, arrivati in vetta, il tragitto non dovrebbe essere molto tortuoso." "Ben detto Luk!" esclamò Shaflord "seguiremo le tue indicazioni e poi, arrivati in cima, valuteremo il da farsi". "D'accordo" aggiunse Wallace "ora riposiamoci un po' poiché presto vi sarà luce e dovremo dar fondo a tutte le nostre energie."

Alle prime luci, Shaflord, Wallace, il giovane Luk e gli altri uomini si misero in marcia; il percorso si presentava abbastanza agevole ed il verde lasciò ben presto spazio a terra brulla di colore rossastro. Nell'avvicinarsi al lato meridionale delle rocce di Mombatt le pendenze non erano eccessive, ma il terreno, sempre più roccioso, iniziava ad essere sconnesso e accidentato. Il pensiero di tutti era sempre rivolto al trasporto eccezionale che essi avevano al seguito ed alla resistenza dei loro cavalli dai minuti corni, che venivano costantemente incitati nel loro sforzo dai guaiti di Levrian e Levriel.

Quando giunsero a ridosso delle rocce di Mombatt la missione si fermò ad osservare la loro maestosità: in un territorio quasi pianeggiante e brullo di terra rossastra e pietrisco si ergevano dei massicci dal colore grigio scuro con venature verdastre. Si sentirono veramente delle piccole creature costeggiando quei colossi di pietra, alti, scavati e scolpiti dalle piogge e decorati da rada vegetazione; allo stesso tempo si sentiva anche il fluttuare di masse d'acqua, infatti era proprio in quei territori che il Flumendoso scorreva sotto le rocce come un grande fiume sotterraneo. Proseguirono verso Nord, Nord est mentre il terreno si faceva sabbioso e pesante, costeggiando le grandi rocce fin quasi a toccarle con mano, ed arrivarono nel punto indicato dal giovane Luk. "Ecco, ci siamo!" esclamò Luk "Guardate là" e dinanzi a loro si materializzò una grande insenatura tra le rocce, quasi una spaccatura, riempita da detriti e ciottoli, che creava una sorta di sentiero della larghezza di una ventina di piedi. Quello parve il punto più accessibile per salire sulle rocce e dunque decisero di iniziare la scalata; i cavalli trainavano con grande forza la struttura e più si faceva ripida e scivolosa la salita e maggiore era il loro sforzo. Gli uomini si disposero su due file e legarono due grandi funi alla struttura in modo da poter aiutare nello sforzo le bestie facendosi anch'essi carico del trasporto. Pian piano, salendo, il sentiero cominciava a stringersi, ma il terreno d'appoggio diventava più solido e stabile. Giunsero così in cima e davanti a loro si aprì uno spazio immenso, le rocce formavano un altopiano ed il panorama era mozzafiato; a Nord ed a Sud si scorgeva una lunga e larga striscia dai colori verdi ed azzurro intensi, era il grande Flumendoso, mentre avanti a loro si vedevano immensi e sconfinati territori e s'alternavano colori con svariate sfumature verdi, marroni e grigie, sino a distinguere all'orizzonte delle alte montagne, di cui non conoscevano l'esistenza. Wallace chiamò a sé alcuni uomini e decise di esplorare la zona per individuare il luogo migliore a ridosso delle Gole di Ubuck per poter collocare la struttura e soccorrere Gor e Bedok, mentre Shaflord e gli altri rimasero lì in attesa. Wallace, seguito immediatamente da Levrian e Levriel ed affiancato dal giovane Luk, iniziò a perlustrare la zona muovendosi verso il lato orientale dell'altopiano. Giunsero in un luogo dove vi erano una serie di strapiombi e le rocce affusolate e frastagliate declinavano dolcemente verso il basso, individuarono così la zona delle Gole di Ubuck ed iniziarono a cercare il punto di accesso più agevole da cui intervenire. Il giovane Luk, che come sempre si era portato avanti a tutti, si rese conto che vi era un tratto meno frastagliato in cui le rocce sembravano levigate e disposte a gradoni e l'altezza diminuiva di circa trecentocinquanta - quattrocento piedi, inoltre in quel luogo vi erano dei massicci spuntoni di rocce dove si poteva ancorare in modo ottimale le struttura. Wallace si fidò ciecamente di ciò che il ragazzo aveva intuito e scese per valutare la reale fattibilità. Davanti a sé poteva osservare il tetro precipizio profondo circa duecentocinquanta piedi che finiva proprio nelle Gole, così da quel punto, sdraiatosi sul ciglio dello strapiombo, urlò "Gor, Bedok!", ma nessuno rispose; dopo una pausa riprese ad urlare "Gor, Bedok!", la sua stessa voce gli faceva da eco, ma risposte tardavano ad arrivare; allora, senza demordere e dopo aver portato le mani attorno alla bocca, con un grande sforzo urlò nuovamente "Uomini di Gor e di Bedok, siete lì?" e ad un tratto vide comparire un drappello di uomini impauriti, quasi l'uno abbracciato all'altro, tanto da sembrare una piccola macchia in movimento; essi guardarono in alto e risposero "Siamo qui, chi sei?", allora, rincuorato, prese vigore e rispose "Siamo venuti in vostro soccorso e siamo qui per salvarvi", "Io sono Gor" "ed io Bedok" si sentì rispondere "e qui vi sono i nostri uomini" e così ne vennero altri allo scoperto.

"Ma quanti siete?" chiese Wallace, "siamo una quarantina" rispose Gor e Wallace mormorò voltandosi verso Luk "come, soltanto una quarantina" poi urlò "E gli altri?" e Bedok rispose "Non ce l'hanno fatta, sono morti qui nelle Gole e siamo rimasti solo noi". "D'accordo" rispose Wallace "faremo presto non temete, ora manderò a chiamare gli altri e vi verremo in soccorso." Detto questo Wallace rimase con Luk lì in attesa, mentre alcuni uomini si mossero per andare ad avvisare Shaflord ed il resto della missione.

Poco dopo giunsero anche gli altri ed incominciarono a posizionare la struttura. Individuarono degli spuntoni di roccia utili ad ancorare i due robusti assi di legno così, con movimenti coordinati, tutti assieme riuscirono ad incastrarli in modo stabile e sicuro tra le rocce; successivamente srotolarono la grande rete e fecero passare le spesse e resistenti corde nei due argani, legandone le cime ai robusti assi ed imbragandone i cavalli dai minuti corni, che avrebbero trainato su la rete una volta che essa fosse stata calata e riempita di uomini. Altre cime furono inserite in due grandi carrucole in corrispondenza degli argani, che servivano proprio a calare l'immensa rete. Era tutto pronto e fu dato il via alle operazioni; Shaflord dirigeva i movimenti degli uomini che si erano disposti a gruppi di cinque su ciascuna delle due corde mentre calavano lentamente la rete attraverso le carrucole, mentre Wallace e Luk, posizionatisi un po' più in basso su uno spuntone di roccia, osservavano attentamente le manovre. La rete toccò il suolo delle Gole di Ubuck e, tra i cadaveri ammassati, Gor e Bedok presero le cime e cominciarono ad organizzare le manovre di carico degli uomini. Laggiù vi era un gran fermento e aleggiava forte il desiderio di fuggire da quel luogo tetro ed orribile, ma i due uomini, con gran lucidità, diedero l'ordine ai soldati di disporsi in decine ed attendere pazientemente il proprio turno, aggiungendo che la loro salvezza era prossima e dipendeva anche dalla obbedienza agli ordini impartiti. Poi fu dato loro l'ordine di denudarsi e gli uomini lasciarono cadere in terra tutti gli armamenti: spade, corazze e cinture furono abbandonate affinchè il loro carico fosse più leggero, quindi i primi dieci si sedettero ordinatamente nella rete e Bedok fece segno che tutto era pronto per issarla. Dall'alto i cavalli dai minuti corni iniziarono a muoversi trainando le corde e anche gli uomini afferrarono le stesse per dare maggior forza nel tirare su la rete. Gli argani facevano ruotare bene le corde e così la prima risalita andò perfettamente, ne seguirono una seconda ed una terza, il tempo trascorreva inesorabilmente, attorno a loro tutto si era scurito e la pioggia aveva preso a cadere rendendo più faticose le loro azioni. Nelle Gole, con Gor e Bedok, erano rimasti ormai pochi uomini, la rete fu calata per l'ennesima volta, ma improvvisamente, all'imbocco delle Gole, videro affacciarsi un esploratore delle truppe di Zoren, troppo distante per essere abbattuto anche da uno come Wallace, abilissimo arciere; allora si resero conto che il tempo rimasto a loro disposizione era veramente poco, poiché l'esploratore avrebbe avvisato le truppe di Zoren di ciò che stava accadendo e di lì a poco una moltitudine di soldati pronti ad ultimare il massacro sarebbe entrata nelle Gole. Il caos ebbe il sopravvento, gli uomini presi dal panico si affrettarono ad entrare nella rete e, ammassati l'uno sopra l'altro, implorarono a gran voce di issarla e così presi anch'essi dallo sconforto Gor e Bedok realizzarono che il calcolo degli uomini da trarre in salvo da loro fatto non era corretto e che uno, solo uno di loro sarebbe rimasto a terra alla mercè delle truppe erranti di Zoren. Quindi accettarono eroicamente la sorte e né tantomeno pensarono di forzare il carico, poiché le corde oramai lacere e sfibrate misero in dubbio anche la riuscta dell'ultima risalita. Così Gor prese coraggio e disse a Bedok "Vai tu, io aspetterò la prossima risalita, d'accordo?", Bedok rispose "No, lo sai bene che non ci sarà nessun'altra risalita, anch'io rimarrò qui con te" ed allora Gor afferrandolo energicamente per il collo rispose con tono adirato "lo vuoi capire o no che tu sei più giovane e devi salire adesso! Va'! È un ordine!" e così, dopo avergli dato un leggero buffetto sul viso, con le lacrime agli occhi, si abbracciarono. "Sai che forse non ci sarà più tempo, vero?" ribattè Bedok e Gor rispose "Il tempo c'è e ci sarà sempre, ora vattene amico mio", così Bedok si aggrappò esternamente alla rete che era già in fase di rilasalita, restando appeso e fissando con lo sguardo il suo amico Gor che diveniva sempre più piccolo. Rapidamente fu issata la rete, ma a più della metà del percorso, gli argani iniziarono a non ruotare perfettamente e a rallentarne la salita, quindi si iniziarono a sentire continui scricchiolii provenienti dalle rocce dove erano fissati gli assi portanti della struttura. "Forza, sù, tirate!" gridò Shaflord "Forza, forza!" e così, mentre Gor dal basso osservava la rete salire, alle sue spalle, all'imbocco delle Gole, apparve un manipolo di uomini delle truppe erranti di Zoren che marciando a passo svelto verso l'interno della cavità urlavano e brandivano le spade. Visto ciò Wallace urlò "Dai forza, non vi fermate, ci siamo quasi." Gor, oramai rassegnato ad un destino beffardo e crudele, decise di impugnare la spada attendendo l'arrivo dei soldati di Zoren; Wallace, preso dalla tensione del momento, non rimase immobile a guardare e improvvisamente prese una grande corda, la ancorò ad uno spuntone di roccia, se la legò in vita ed iniziò a calarsi per andare a salvarlo; scese dalle rocce con grande agilità e, giunto a circa dieci piedi dal suolo, invitò Gor ad afferrargli la mano. Gor gettò a terra la spada e provò a saltare per aggrapparsi a Wallace mentre gli uomini di Zoren che erano lì a poca distanza, vedendo la loro preda quasi sfuggirgli dalle mani, presero a correre; Gor fece un altro tentativo, ma non riuscì ad aggrapparsi a Wallace, allora, preso dalla disperazione, salì su di una roccia e con un grande salto, riuscì ad afferrarsi a Wallace che lo tirò su facendolo aggrappare alle sue gambe. Shaflord, dopo aver messo in sicurezza la rete traendo in salvo anche gli ultimi uomini, si precipitò a tirare la corda a cui erano appesi Gor e Wallace mettendo tanta forza ed energia per sollevarli velocemente.

Intanto sotto i penzolanti Gor e Wallace erano giunti gli uomini di Zoren che, agitando le loro spade, tentavano di colpirli, ma Wallace dondolandosi fece oscillare la corda che lentamente continuava a salire, schivando i pericolosi fendenti sferrati con grande rabbia; cosi pian piano, più la corda si alzava e la distanza aumentava e più scemava il rischio di essere colpiti.

Dall'imbocco delle Gole spuntò Zoren che velocemente cavalcò verso i suoi soldati pronto ad intervenire per uccidere Gor e Wallace. Oramai i due fuggischi erano fuori dalla portata di qualsiasi attacco e la risalita procedeva, seppur lenta ma continua e inesorabile. Zoren, adirato per la situazione, si rivolse ad un soldato e si fece porgere una lancia e, dall'alto del suo cavallo, la sferrò violentemente ma il suo lancio, seppur forte e preciso, sfiorò Gor ferendolo di striscio ad un braccio; Zoren imprecò e chiese un'altra lancia, ma il colpo s'infranse sulle rocce mancandoli.

Intanto la corda, sottoposta ad elevata tensione ed al continuo sfregamento sulla roccia, iniziò a sfilacciarsi e, nonostante gli sforzi degli uomini nel ritirarla più velocemente, si assottigliava sempre più.

Wallace guardò verso il basso, nel baratro dove ormai i soldati erano pronti a festeggiare per il loro prossimo schianto mentre Gor, stanco e ferito, allentava sempre più la presa dalle gambe di Wallace, rassegnato ormai a lasciarsi cadere. Così con voce tremula disse "grazie, ma perché lo hai fatto? hai rischiato la tua vita inutilmente amico", Wallace dopo aver osservato la loro posizione rispose "Sono venuto fin qui per salvarvi e certo non sarà un corda sfilacciata a fermarmi", quindi si voltò e diede fondo alle sue ultime energie riprendendo a far dondolare il suo corpo per far muovere la corda verso le rocce così da cercare un appiglio su cui aggrapparsi; ma, nonostante gli sforzi, il peso del corpo di Bedok che era come una zavorra e le rocce scivolose resero vano il tentativo. Di colpo si sentì uno strappo seguito da uno scossone e la corda si stabilizzò, poi un altro strappo e la corda fece un brusco movimento verso il basso quindi i due chiusero gli occhi cadendo nel vuoto ma improvvisamente sentirono un vigoroso strattone e la corda si ristabilì; in loro soccorso erano giunti tempestivamente Levrian e Levriel che, con un balzo, avevano afferrato la corda spezzata e la tenevano nelle loro fauci tirandola su; immediatamente Shaflord ed altri uomini si precipitarono ad afferrarla e con grande vigoria trascinarono in salvo i due. Zoren sbottò di collera e, alzando un pugno verso l'alto, urlò "Signori non finisce qui, presto ci rivedremo!", ma Wallace, stremato e ancora sdraiato sulle rocce a pancia in giù, non se lo fece ripetere due volte e, con le sue ultime energie, rispose a gran voce "Quando vuoi, quando vuoi".

Nella Gola rieccheggiò un forte scricchiolio, seguito da un fragoroso boato, e improvvisamente la struttura cedette e collassò, rovinando al suolo. Una intensa nube di polveri grigie e rossastre oscurò il suo ventre e si levarono i disperati lamenti dei soldati schiacciati dalle macerie, poi vi fu il silenzio. Tra la fitta polvere che dal basso saliva verticalmente come fumo, Shaflord dall'alto delle rocce, ponendosi la mano davanti agli occhi a mo' di sentinella, si sporse per guardare giù, poi sguainò la spada alzandola verso il cielo ed urlò "Hei, laggiù, qualcuno si è fatto male? Beh, ci dispiace molto", poi continuò "Tu laggiù devi essere Zoren, vero?" e Zoren ribattè con tracotanza "Bravo, hai indovinato, sai il mio nome e tu chi sei?" e Shaflord stimolato e divertito da quel fare arrogante rispose in modo ironico dicendo "io sono Shaflord e con me vi è Wallace, non ti preoccupare, ci sarà modo di rincontrarci, così potremo conoscerci meglio, magari più a fondo! A presto Zoren, a presto!". Detto ciò Shaflord, Wallace, Gor, Bedok e gli altri si ritirarono al riparo sulle rocce e, dopo aver recuperato le energie, ripresero la via del ritorno per informare Elmut sulla buona riuscita dell'impresa e, nonostante essi nutrissero ancora l'idea che vi fosse la possibilità di evitare ogni sorta di conflitto e sperassero nell'intimo che quell'episodio rimanesse un qualcosa di isolato e privo di conseguenze, un pensiero comune attanagliava le loro menti ed era quello che Zoren presto si sarebbe fatto vivo, pronto a vendicare quell'affronto compiendo nuove atrocità ed efferatezze con maggiore ferocia e crudeltà.

5

Intanto, nelle terre degli Enidri, Maila tornò indietro e si rivolse a Karem e Mhiara dicendo loro "seguitemi", mentre Ilbord e Timofte rimasero in attesa con Ardon ed Elero. Furono condotti verso l'antro dove viveva l'oracolo Ydrea. L'antro di roccia scura era stretto e profondo ed era irradiato da sottili raggi di luce che entravano dall'alto; era stranamente ricco di vegetazione, sulle pareti rocciose crescevano delle piante rampicanti di un verde chiaro ornate da minuscoli fiori dai tenui colori mentre il terreno era ricoperto da un soffice tappeto di muschio verde intenso. Addentrandosi, dinanzi a loro si aprì una grande caverna fatta di bianche rocce calcaree ove si ergevano sinuose stalattiti e stalagmiti nutrite da gocce d'acqua che, tintinnanti, cadevano incessantemente. Maila indicò loro il percorso da compiere e si fermò, avanzarono in silenzio fino ad arrivare in un punto dove la caverna si restringeva e le rocce diventavano nuovamente scure. Davanti a loro, in penombra, comparve Ydrea, meravigliosa creatura dai lunghi capelli bruni ed occhi blu intenso, sul cui splendido corpo dalla carnagione rosea scivolava una tunica bianca scollata quasi sino al ventre, arricchita da una lunga collana perlata con al centro una pietra di colore verde brillante. "Benvenuti stranieri" disse Ydrea, "Grazie" rispose Mhiara "Voi siete Mhiara di Illand e Karem di Court, non è vero?" aggiunse Ydrea dall'angelico volto, "Sì" rispose Karem colpito da cotanta bellezza "noi veniamo…" "shhh" sussurrò Ydrea portandosi un dito sulle labbra e facendogli cenno di non parlare "non c'è bisogno che tu mi dica perché siete qui o tantomeno chi vi ha suggerito di venire"; così Ydrea li condusse alle sorgenti del Flumendoso.

All'interno della caverna, tra grigie ed imponenti rocce, si innalzavano tre immensi getti d'acqua che, ricadendo, creavano dei sinuosi archi. La pressione era tale che l'altezza dei getti raggiungeva quasi i venti piedi e la quantità d'acqua che veniva sbuffata dalle viscere della terra, gelida e cristallina, era veramente elevata. Ydrea disse loro "Ecco, queste sono le sorgenti del Grande Fiume che noi chiamiamo Enidrion, ma che molti chiamano Flumendoso." ; Mhiara e Karem restarono tutto il tempo ad ammirare quel naturale prodigio che avveniva davanti ai loro occhi senza porre alcuna domanda. In seguito lasciarono la grande caverna e si diressero all'esterno ed Ilbord e Timofte, eludendo l'attenzione di Ardon ed Elero, corsero loro incontro. Ydrea vide i due sopraggiungere e disse "Ilbord e Timofte di Gnoland, benvenuti!", a quelle parole i due si fermarono quasi pietrificati, non riuscendo a comprendere come facesse quella creatura a conoscere i loro nomi e la loro provenienza; poi timidamente Timofte rispose "Grazie" ed entrambi si avvicinarono a Karem quasi per cercare protezione. Ydrea sorrise ed aggiunse "non vi preoccupate, non sono un essere malvagio, su, venite con noi" così anche Maila, Ardon ed Elero si aggiunsero al seguito per scortare Ydrea e i suoi ospiti. Ydrea li condusse dinanzi ad un anfratto dove vi era un minuscolo lago e disse loro di accomodarsi a terra. Lì fece cenno a Maila di raccogliere dalla vegetazione circostante alcune foglie, boccioli ed infiorescenze, poi si bagnò le mani nelle acque del minuscolo lago e prese un bocciolo di chiaro colore, lo strinse e lo sbriciolò, prese una foglia di forma ovale dai colori verdi rossastri e vi racchiuse il bocciolo, infine piegò la foglia fino a farla diventare una minuscola pallina e la strinse nuovamente tra le mani continuando a pressarla dolcemente. Ydrea disse "Karem, voi siete venuti qui per sapere alcune cose, sapere delle genti che vivono ad Oriente del Grande Fiume e sapere cosa sta accadendo, Elmut vi ha inviato da me affinchè io vi porti a conoscenza di queste cose, ora vieni con me, ti farò vedere alcune cose che tu riferirai ad Elmut". E così Ydrea e Karem si allontanarono dagli altri, isolandosi, e si sedettero in terra, l'una di fronte all'altro, poi Ydrea gli offrì il composto che aveva preparato e lui iniziò a masticarlo, ella poi pose la sua mano sulla testa di Karem e chiuse gli occhi. Karem iniziò ad avvertire una sensazione di tremolio, i suoi occhi divennero pesanti e le sue palpebre cominciarono a socchiudersi, così il suo respiro si fece intenso ed affannato, poi, in un istante, riuscì a chiudere gli occhi e sentì il suo corpo pervaso da una dolce sensazione di freddo e sembrò totalmente rilassato. Stava vedendo o meglio, conoscendo, tante cose, cosa vi era sul versante orientale del Grande Fiume, le genti che lo abitavano e lo spirito che le animava, poi vide qualcosa di strano, come un bagliore scuro e udì un tintinnio di spade ed una voce tremula che disse "l'ordine precostituito è in pericolo"; così apparvero a lui due immagini femminili dai volti sorridenti con lunghi capelli ondulati che improvvisamente, dopo averlo fissato, cambiarono d'aspetto divenendo cupe e quindi parlarono all'unisono "Vi è un essere d'uomo che è entrato in possesso di ciò che non doveva essere forgiato, l'essenza del male ha armato il suo braccio, bramosia di potere e malvagità offuscano la sua spiritualità; migliaia e migliaia di uomini sedotti nell'animo e ammaliati nella mente hanno preso a marciare per conquistare e sottomettere tutto e tutti al suo più oscuro e profondo desiderio; dove vi era ordine vi sarà caos e nel caos egli governerà, dando inizio ad un nuovo ordine fatto di tenebre e relegando il bene nell'oblio dei tempi". Così le due figure smisero di parlare e divennero grigie, quasi di pietra, e si dissolsero sbriciolandosi in una nube di polvere biancastra. Karem aprì gli occhi ed Ydrea tolse la mano dalla sua testa, sembrava stordito e per alcuni attimi rimase immobile a fissare nel nulla, poi volse lo sguardo verso Ydrea e le disse "Ora so e riferirò". Ydrea gli porse la mano e lo aiutò a rialzarsi, quindi lo invitò a bagnarsi il viso nel piccolo lago e, mentre egli faceva ciò, vide riflesso nello specchio d'acqua il volto di Ydrea e sentì sussurrare "Karem, la vera essenza del nostro essere è celata nei pensieri della nostra mente e nelle emozioni del nostro cuore, impara ad ascoltarle ed a comprenderle."

Ydrea e Karem raggiunsero gli altri che erano in trepidante attesa e nel rivederli Ydrea si pronunciò "Ora avete tante cose da riferire ed il vostro viaggio di ritorno avrà grande importanza poiché portate con voi la conoscenza di ciò che è, di cosa potrà esser fatto e di cosa dovrà essere evitato; aiutate Karem a custodire questo sapere e non rendete vane le speranze di chi ha riposto in voi tanta fiducia." La compagnia ascoltò attentamente le parole di Ydrea e, nel mentre si congedavano da lei, Mhiara ebbe un sussulto e disse "Ah, quasi mi dimenticavo, Ydrea ecco questo è per te da parte di Elmut" quindi tirò fuori un piccolo sacchetto di iuta che diede ad Ydrea la quale lo aprì e trovò una meravigliosa gemma di colore cristallino cosi, tenendola tra le mani, sorrise e rispose "Di' ad Elmut che in qualsiasi momento egli sentirà il bisogno di interrogarmi io sarò pronta ad esaudirlo" e poi aggiunse "Mhiara, ricorda che ciò che sei sempre lo sarai e come hai amato così tornerai ad amare, apri il tuo cuore e lascia che vada libero in cerca di ciò che veramente vuole.".

Era ormai giunta la prima tacca d'ombra e Mhiara, Karem, Ilbord e Timofte presero la strada del ritorno; il viaggio fu quasi irreale, poche parole furono scambiate e molti pensieri fluttuarono nelle loro menti, sensazioni di paura e angoscia stemperati da fiducia e tranquillità si susseguirono nei loro muti ragionamenti. Ilbord e Timofte furono riaccompagnati a Gnoland, mentre Mhiara e Karem proseguirono alla volta di Gloriosa per riferire ad Elmut ciò che l'oracolo Ydrea aveva rivelato a Karem. Intanto, dal fronte Sud occidentale, la missione era sulla strada del ritorno ed era diretta anch'essa a Gloriosa, con loro vi erano Gor, Bedok e gli uomini sopravvissuti al massacro delle Gole di Ubuck.

Mhiara e Karem furono i primi ad arrivare al cospetto di Elmut, il quale li accolse con grande gioia sentendosi sollevato dalle ansie e dai timori per il loro lungo viaggio. "Bentornati!" esclamò Elmut abbracciandoli, "Ehi Elmut, sei in gran forma!" rispose Karem, "Certo, non ha fatto tutte le miglia che abbiamo fatto noi!" aggiunse Mhiara, "Dai su, venite", replicò Elmut, "raggiungiamo Jolen, anche lei era in pensiero ed attendeva con ansia il vostro ritorno." Così li condusse nella sala di corte dove ad attenderli vi era Jolen; si sedettero attorno ad un tavolo dalla forma ovale e lì fu servito loro un caldo infuso d'erbe montane con degli stuffel, dolci fatti di una sfoglia schiacciata di farina di frumento, ricoperta da glassa dolce e zuccherina ricavata da more e uve selvatiche di Gloriosa. Jolen disse a Mhiara "È un vero piacere conoscerti Mhiara, ho sentito spesso Elmut parlare di te e dei tuoi genitori, ma non vi è stata mai occasione di incontrarci" e Mhiara rispose "Grazie Jolen, anche per me è un piacere fare la tua conoscenza. Sai, Elmut spesso mi ha parlato di te, del tuo buon carattere e del tuo splendido aspetto e devo dire che non mentiva" "Caspita!" intervenne Elmut "Mhiara, non potevo dire diversamente perché vedi, poi accadono queste cose, prima o poi ci si incontra e tutte le bugie vengono a galla", così una risata contagiosa ammorbidì la tensione e smorzò l'attesa di ciò che Karem avrebbe dovuto riferire ad Elmut. Karem, dopo aver cercato assenso negli occhi di Mhiara pensò che fosse giunto il momento di parlare quindi bevve un altro sorso e rivolgendo il suo sguardo verso Elmut disse "Dovrei raccontarti tante cose, riferirti ciò che Ydrea mi ha fatto vedere, ma nella mia testa vi sono tanti pensieri che portano a chiedere a te molte cose, vorrei farti tante domande per capire meglio ciò che io ho visto". Elmut aggrottò la fronte e pose la sua mano su quella di Karem poi rispose "Sì, hai ragione, mi farai tutte le domande che tu vorrai, ma ora ti chiedo di raccontarmi cosa ti ha riferito Ydrea, una cosa alla volta, così metteremo ordine nei nostri pensieri e capiremo meglio ciò che sta accadendo."

Quindi Karem, in presenza di Jolen e Mhiara prese a raccontare tutto quello che, nel viaggio visionario fattogli compiere da Ydrea, aveva visto e sentito. Elmut ascoltò con molta attenzione senza interrompere, mentre Jolen apparve molto preoccupata ed anche Mhiara lasciò trasparire turbamento ed angoscia. Per Elmut era chiaro il messaggio di Ydrea, ma bisognava comprendere bene la situazione prima di intervenire, era necessario perciò attendere Shaflord e Wallace, che erano di ritorno dalla missione, per mettere anche loro a conoscenza della situazione e confrontarsi su cosa fare e come agire. Karem e Mhiara dormirono al Castello Gloriosa e ad Elmut, che non riuscì a prendere sonno, quell'oscurità sembrò essere più lunga del solito. Alla prima tacca di chiaro egli era già levato e, come una vedetta dall'alto del Castello, attendeva l'arrivo di Shaflord e Wallace che ancora non apparivano all'orizzonte. Verso il meriggio Elmut invitò Karem ad accompagnarlo nelle stalle chiedendogli se fosse giusto allarmare tutte le sovranità regie dei rischi di un imminente conflitto, ma Karem consigliò ad Elmut di pazientare ancora poiché Shaflord e Wallace presto sarebbero giunti.

Al tramonto Shaflord e Wallace arrivarono a Gloriosa assieme a Gor e Bedok, e Elmut, dopo averli fatti rifocillare, li condusse assieme a Karem e Mhiara nella Sala della Consulta della Torre Nord. Elmut ascoltò attentamente Gor e Bedok che raccontarono ciò che era accaduto ai villaggi di Zermia e Valachia, dello sterminio perpetrato ai danni dei loro popoli, dell'attacco feroce e spietato delle truppe erranti guidate da Zoren, della loro fuga nelle Gole di Ubuck e dell'inatteso e sorprendente salvataggio effettuato da Wallace e Shaflord, poi chiese a Gor e Bedok se fossero a conoscenza dei motivi di quell'attacco ai loro territori, ma essi ebbero difficoltà a dare una spiegazione; ricordavano vagamente che con Zoren vi era un uomo di nome Vezin, dal volto sfregiato e dalla ferocia inaudita che, mentre cavalcava brandendo la sua spada, mozzava le teste di chiunque incontrasse sul suo percorso e farneticava strane parole, nominava Moude e diceva che i suoi soldati sarebbero arrivati sino ai confini più remoti della Pangea, avrebbero portato morte e distruzione in tutte le terre conosciute e gli avrebbero consegnato il dominio assoluto su tutto e tutti. Elmut sgranò gli occhi e comprese che era accaduto ciò che nessuno avrebbe mai immaginato, poi, serio e pensieroso, chiese a Karem di rivelare a tutti i presenti ciò che l'oracolo Ydrea aveva annunciato. Tutti rimasero in silenzio ed ascoltarono Karem e, dopo che egli finì di parlare, vi fu ancora silenzio; perplessità, stupore, timore, incredulità, angoscia erano le sensazioni che aleggiavano nella Sala della Consulta. Nessuno aveva il desiderio di parlare, era chiaro che il male era comparso nuovamente e si era materializzato in Moude, ma a loro mancavano alcuni passaggi per comprendere appieno ciò che stava accadendo. Elmut ruppe il ghiaccio e parlò "Ora che tutti noi siamo a conoscenza che Moude è mosso nell'animo da malvagità oscura e profonda e vuole portare terrore e morte su tutti i territori conosciuti, avvalendosi dell'ausilio dei popoli e delle civiltà ad Oriente del Flumendoso, soggiogandoli e costringendoli ad una guerra senza tempo, sino a quando tutto e tutti non saranno sotto il suo dominio, sento il bisogno di rivelarvi una cosa importantissima. Il male ha le sembianze umane ed è stato trasferito da un'Armilla, sì proprio un'Armilla di colore scuro che fu fatta forgiare incautamente e per diletto da due druidi al tempo in cui fu forgiata l'Armilla lucente. I druidi la tennero segreta per molte e molte annuarie. L'Armilla era del tutto innocua, era un semplice monile fatto di metalli preziosi, lucenti e brillanti. Quando lo stregone Mantanathos - adoratore del male assoluto, che fu bandito da tutta la Pangea Conosciuta, da Eubioss e dai Maestri delle mistica reliquia i quali lo maledissero e sentenziarono l'estinzione della sua progenie, condannandolo alla dannazione e solitudine eterna – se ne impadronì, trasmise al monile la propria energia malefica ed il proprio potere esoterico ed occulto, animandola e facendola divenire lo strumento oscuro del male; ed ora la pura essenza malvagia è nelle mani di Moude ed egli stesso ne è lo strumento; il suo potere è immenso, la sua energia è smisurata ed ha invaso ed annebbiato la mente e l'animo di Moude, che non può altro che assecondare i suoi oscuri desideri divenendo oggetto del suo volere: portare il caos del male a nuova vita per farlo regnare. Moude non si fermerà, utilizzerà uomini, scenderà a loschi ed oscuri compromessi con altri popoli, porterà sterminio e distruzione fino a quando non avrà saziato la malefica Armilla, cercherà di impadronirsi dell'Armilla lucente per distruggerla e cercherà di annientare la stirpe discendente del fregio regale sino alla sua estinzione, cosicchè l'ordine precostituito sarà spazzato via ed una nuova era di tenebre, oscurità e caos avrà inizio. Tutto ciò che è stato bandito tornerà a nuova vita: lussuria, vituperio, incestuosità, avarizia, superbia, invidia, odio e rancore ne saranno l'essenza e gli uomini, avvolti dal male, diverranno bestie dagli occhi di brace e dai corni ondulati e marceranno sulle terre ed avranno il predominio, sottomettendo le civiltà esistenti e rendendole schiave del loro volere." Sinistri presagi accompagnarono le parole di Elmut e, come la serpe striscia silente sibilando con la sua lingua biforcuta verso la preda per sferrare il morso letale, così egli sentiva addosso la sensazione di essere preda di qualcosa di terrificante e allo stesso tempo d'essere inerme ed impotente. Il silenzio avvolse la Sala della Consulta e molti sguardi basiti si incrociarono, fino a quando Wallace si alzò in piedi e, girando attorno al tavolo, prese a parlare "Dunque Elmut, non ci resta altro che prepararci ad affrontare Moude e i suoi eserciti e considero giusto avvisare tutte le sovranità regie della Coalizia, per metterle al corrente di ciò che sta accadendo", a quelle parole fece eco Shaflord che replicò "Sì, dovremo agire presto e reclutare molti uomini a difesa dei nostri territori, le fucine di Court dovranno riprendere a forgiare armamenti ed i tessitori di Illand a modellare corazze; a Pozental io metterò a disposizione cavalli iridati dal lungo passo, mentre tu, Elmut, potrai far addestrare molti uomini nell'arte della guerra dal tuo eccellente esercito dei Militiopliti." "Calma, calma adesso" esclamò Elmut alzandosi in piedi e appoggiando i pugni sul tavolo, "la guerra porta soltanto miseria, distruzione e morte e gli uomini saggi non debbono pensare alla più infima soluzione per contrastare chi vuol portare il male, ma devono tentare di mantenere pace e giustizia provando in tutti i modi a scongiurare la violenza. Se poi tutti i tentativi saranno vani e la follia di alcune menti porterà alla guerra, allora dovremo operare in perfetta armonia, come un solo corpo ed una sola mente, con l'unico scopo di far trionfare il bene". Le parole di Elmut diedero fiducia e coraggio, allentando la tensione e rendendo più lievi le sensazioni di paura e d'angoscia che avevano attanagliato gli animi e le menti. Wallace si accodò ad Elmut e aggiunse "non facciamoci prendere la mano e cerchiamo di valutare le cose che avvengono di volta in volta e di pianificare il da farsi, coordinando e concentrando gli sforzi; non sappiamo ancora bene quali siano le reali intenzioni di Moude perciò invieremo i nostri messaggeri e gli oralforieri in tutti i territori della Coalizia, per mettere al corrente le nostre genti di cosa potrebbe accadere, e, senza diffondere il panico, cercheremo di trasmettere tranquillità e sicurezza facendo fortificare i confini territoriali. Consolideremo e renderemo la grande Via Muraria, che collega da Sud Badenfor sino ai territori dei Nilunghi a Nord ovest, la via d'accesso solida e sicura delle nostre comunità per permettere, in caso di necessità, un più rapido movimento". "Io" concluse Elmut "avviserò personalmente Bloden dei Nilunghi, Gor e Bedok verranno con me."

Così parlò Elmut e sciolse la consulta. Mhiara si accostò ad una finestra della Torre Nord guardando nell'immensità ed i suoi pensieri andarono a quei momenti felici e meravigliosi trascorsi a Gnoland che già sembravano essere così lontani, poi ricordò le parole di Ydrea ed improvvisamente sentì sulla sua spalla la mano di Karem. Senza voltarsi, chiuse per un attimo gli occhi e fu tentata di toccare la mano di Karem, ma non lo fece, né si voltò, resistette a quello strano ed effimero desiderio; Karem le disse "Mhiara, adesso farò ritorno a Court per riferire alla mia gente ciò che accade e vorrei che tu prendessi questo." Mhiara si voltò e Karem le prese la mano e vi pose un laccio che aveva come pendente, una piccola pietra ovale di colore cremisi, dalla forma frastagliata, d'aspetto simile ad un bocciolo di rosa, e le chiuse il pugno. Aggiunse: "questo è il simbolo della mia gente e della mia terra e voglio donarlo a te, in rispetto della nostra amicizia." Mhiara emozionata lo guardò, riaprì il pugno e disse "Grazie" e nient'altro, così i due si fissarono per un istante ed i loro occhi s'immersero gli uni negli altri, poi Karem aggiunse "Spero di rincontrarti" e lei rispose "Non so se vi sarà occasione, ma è stato veramente piacevole conoscerti. E così, in silenzio, Karem andò via e Mhiara richiuse il pugno stringendo il pendente, si voltò nuovamente verso la finestra, portò il pugno sul cuore ed il suo viso fu solcato da una lacrima;

pensò "Ydrea, per te è stato facile parlare, ma per il mio animo è veramente difficile capire ciò che tu mi hai detto." .

Elmut congedò tutti i presenti e li invitò ad agire senza tentennamenti, quindi ciascuno prese la via del ritorno; lui poteva contare sul pieno appoggio delle sovranità regie di Pozental, Court, Illand, Rowit, Gnoland e dei Nilunghi, ma temeva che il regno di Badenfor - a Sud di Pozental, ai confini meridionali della Pangea Conosciuta del lato occidentale, che per lungo tempo era stato parte integrante della Coalizia, eccellente in quanto a organizzazione militare e di governo - non avesse nessuna intenzione di contribuire e partecipare alla difesa dell'ordine precostituito; in effetti i rapporti con Holz, successore del suo grande amico Amseto, non erano idilliaci, anzi, per la smania di potere che animava Holz d'essere egli stesso il reggente della Coalizia, i rapporti si erano interrotti ed il regno di Badenfor viveva in una sorta di isolamento temporaneo. La paura di Elmut era che, qualsiasi lusinga e promessa fatta da un essere malvagio come Moude ad un soggetto così giovane, inesperto ed ambizioso, a capo di un territorio così vasto e ben organizzato, avrebbe potuto spostare gli equilibri e portarlo a combattere contro la stessa Coalizia. Egli allora chiese a Shaflord di recarsi da Holz e di prestare i suoi buoni uffici affinchè si potesse trovare un accordo di collaborazione prima che il malvagio Moude potesse insinuare in lui malvagi desideri. Scesa l'oscurità anche Elmut, con la sua cavalleria, mosse verso i territori dei Nilunghi ed alla prima tacca di chiaro era già alle porte della Fortezza Abbasì di Bloden. Elmut fu accolto con grande ospitalità da Bloden e dalla sua compagna Elania, in effetti era imparentato con i Nilunghi, essendo un discendente della stirpe di Navuk, originaria di quelle terre, e non fu difficile per lui spiegare gli accadimenti suffragati anche dalla presenza di testimoni oculari come Gor e Bedok e raccogliere il pieno consenso e l'incondizionato appoggio da parte di Bloden e delle sue genti. I Nilunghi erano genti pacifiche, di statura elevata all'incirca di sette piedi, dotati di corporatura robusta e particolari caratteri somatici, occhi a mandorla dai chiari colori e capelli di tenui tonalità brune e castane; erano molto ingegnosi ed abilissimi nell'addestramento di rapaci, tanto da essere definiti "il popolo degli esseri volanti". Il loro pacifismo ed il loro spiccato senso di equilibrio, di moderazione e di lealtà ne faceva un popolo unico nel suo genere con peculiarità molto rare. Proprio per questi motivi Eubioss, in tempi molto remoti, scelse il figlio di Navuk, Eron, per fargli dono del fregio regale. Elmut trascorse poco tempo ad Abbasì e rientrò a Gloriosa con Gor e Bedok in attesa di ricevere notizie dell'incontro tra Shaflord e Holz, ma nelle chiaroscure successive nessun oralforiero si presentò al suo cospetto ed egli temette che l'incontro tra Holz e Shaflord non avesse avuto l'esito auspicato. Nel frattempo le genti di tutte le terre appartenenti alla Coalizia erano in gran fermento, gli uomini contribuivano a rafforzare i confini dei territori e ampliare ed innalzare la grande Via Muraria mentre le donne provvedevano ad ammassare viveri e provviste.

Così nelle fucine di Court le grandi fornaci presero a bruciare costantemente, migliaia di suppellettili ed ornamenti composti da leghe metalliche e ferro, provenienti dai territori della Coalizia, venivano fusi per plasmare e modellare pugnali, spade e lance mentre ad Illand centinaia di tessitori lavoravano alacremente utilizzando cuoio e pelli provenienti da Pozental per farne calzari ed armature, mentre le pregiate stoffe di Illand venivano sacrificate per creare imbottiture resistenti e mantelli di protezione contro il freddo. Il tempo trascorreva e nulla sembrava accadere, il lungo silenzio e la perdurante quiete iniziarono a turbare l'animo di Elmut ed a renderlo irrequieto tantochè, solitario nell'oscurità, uscì dal Castello Gloriosa con il suo cavallo e, dopo aver galoppato per alcune miglia, si fermò ad osservare l'orizzonte pensando "Cosa stai tramando Moude? Cosa hai intenzione di fare? Questo tuo silenzio è strano e rende la situazione ancora più difficile, vorrei che in te la tua bieca follia fosse svanita e che tutto questo fosse irreale, ma forse la mia speranza è vana, forse la tua malvagità cerca di insinuarsi segretamente nella mia testa per condividerne idee e pensieri. Immagina l'inimmaginabile, pensa l'impossibile e quando tu mi verrai a cercare e saremo uno di fronte all'altro, cosa potranno pensare le genti se poi io scoprirò me stesso immerso in te! L'uno confuso con l'altro, l'uno non distinguibile dall'altro… che orrore sarebbe per chi, stolto, pensa di conoscere il bene e fuggire dal male… e poi d'un tratto s'accorgesse che è solo il suo pensare e la sua fantasia che ne delimita i confini… Moude, ti sento sempre più vicino a me, ma non so come accoglierti, non so come resisterti, ma cerco di combatterti…"

6

Zoren, dopo il massacro di Zermia e Valachia ed il fallito agguato a Gor e Bedok nelle Gole di Ubuck, ripiegò con Vezin e le truppe erranti alla volta di Nigrunta per riferire degli accadimenti. Giunto alla Fortezza, fu scortato dalle guardie e attraverso la lunga scalinata di marmi scuri fu condotto nella sala dei Doni al cospetto di Moude che solitario sedeva a tavola. Zoren, dopo aver salutato come fa un buon soldato con un comandante, fu invitato da Moude a parlare, così si avvicinò alla tavola e riferì "Moude, i Zermi ed i Valachi sono stati sterminati, le nostre spade hanno portato morte e terrore in quelle terre ora piene solo di esseri mutilati e cadaveri, abbiamo fatto prigionieri che sono stati condotti nei territori dei Grizay ed assoggettati al tuo volere in attesa che tu ti pronunci sulla loro sorte." "Ben fatto" rispose Moude tambureggiando con la mano sul tavolo "vediamo se potranno esserci utili come uomini di fatica o soldati, chi si opporrà verrà ucciso; hai da dirmi altro?" "Sì, ho da darti altre notizie" rispose Zoren e aggiunse "Gor di Zermia e Bedok di Valachia sono fuggiti e si sono nascosti con alcuni uomini nelle Gole di Ubuck, le nostre truppe li hanno scovati, ma essi, vigliaccamente, sono riusciti a fuggire aiutati da un certo Wallace e da un certo Shaflord." Moude aggrottò la fronte, smise di tamburellare e divenne scuro in volto, quindi strinse il pugno e bruscamente sollevò la tovaglia facendo volare tutto per aria e tuonò "Ah, cosa! Vi sono sfuggiti? E come hanno fatto?" "Ecco Moude" rispose con tono dimesso Zoren "questi due, con altri uomini, hanno calato una rete e li hanno tirati su dalle rocce di Mombatt" "ingegnoso, veramente ingegnoso, si sono presi gioco di voi" replicò con sarcasmo Moude "...Wallace di Rowit e Shaflord di Pozental, due eroici soldatini di cui non vi sarà più nulla nel giro di poco tempo. Ora va', Zoren, ho già disposto ciò che va fatto, Gunter ne è al corrente, ora pianifica anche con Vezin e Tetruz e procedete." Detto ciò, Zoren andò via ed egli si alzò e prese a camminare a braccia congiunte avanti e indietro dinanzi alla tavola; Zeyla, richiamata dal frastuono di urla e di stoviglie cadute in terra, raggiunse la sala dei Doni e senza parlare si chinò a raccogliere i cocci sparsi sul pavimento; Moude guardò la donna e, continuando nel suo fare, disse "Zeyla, cosa stai pensando?" ed ella rialzandosi rispose con un filo di voce "Nulla, nulla" uscendo dalla sala e chiamando la servitù per far pulire in terra. In effetti Zeyla era divenuta non più la compagna dell'amabile uomo di cui si era innamorata, ma la concubina di un essere malvagio che, in momenti di rara lucidità, stentava a riconoscere, ma che, affascinata nei sensi e nello spirito, seguitava ad adorare e quasi a venerare. Nella chiaroscura successiva Zoren assieme ai fiduciari del comando Gunter, Tetruz e Vezin, pianificò la strategia. L'idea era quella di coinvolgere gli Urchidi, esseri simili ad orchi ma dalle fattezze quasi umane, alti circa otto piedi, robustissimi e dotati di grande forza. Avevano la pelle di colore grigio marrone sulla quale affioravano evidenti venature, narici larghe e schiacciate ed occhi di colore rossastro ed erano privi di qualsiasi peluria sul corpo e sulla testa, con piccole orecchie aguzze e mani prensili con sei dita. Gli Urchidi sarebbero serviti come manodopera per trasportare i grandi tronchi delle foreste delle Tauronie Giganti poiché, all'altezza dei territori dei Tucton, nella parte Sud orientale del Flumendoso, le acque diventavano meno selvagge e profonde ed in quel tratto il fiume poteva essere sbarrato e deviato nello spacco del Monte Avaron, così da creare un passaggio per invadere i territori occidentali.

Il passaggio sarebbe stato realizzato edificando un imponente ponte sospeso, che avrebbe unito l'Oriente all'Occidente attraverso lo Spacco di Avaron ed avrebbe permesso agli eserciti di Moude di invadere e conquistare i territori occidentali.

Per fare ciò serviva molta forza lavoro e dunque furono reclutati un centinaio di uomini delle popolazioni dei Zumal, dei Grizay e dei Tucton, inoltre furono arruolati alle fatiche anche gli uomini resi schiavi di Valachia e Zermia, trasferiti nello spacco di Avaron per scavare e preparare il letto del Flumendoso. Zoren dunque, dopo aver dato il via alle operazioni ed incaricato Vezin di sorvegliare l'andamento dei lavori, lasciò Nigrunta e si mosse verso Sud dei territori autonomi di Moudentack, con l'intenzione di stringere alleanze anche con le sparute tribù di etnia Mozipon che vivevano isolate ai limiti meridionali più remoti, mentre Gunter e Tetruz ebbero l'incarico di provvedere a far forgiare, nelle viscere del Monte Kran, corazze ed armamenti e di arruolare quasi tutti gli uomini idonei al combattimento dei territori autonomi di Moundentak, inviandoli nelle lande di Sabiunta, territorio diventato luogo di addestramento e quartier generale dell'immenso esercito. Lo spacco di Avaron era un brulicare di uomini che con pale, picconi e badili, lavoravano senza tregua; i soldati del feroce Vezin sorvegliavano l'andamento dei lavori e l'operosità degli uomini, permettendo di tanto in tanto di bere dell'acqua e di mangiare della carne secca, ma per coloro i quali si attardavano vi erano pene severissime: i disobbedienti ed i ribelli venivano frustati e costretti a lavorare anche con l'oscurità, mentre per coloro i quali provavano a fuggire, una volta catturati, la pena era ancora più terribile e prevedeva la mutilazione delle dita dei piedi e la costrizione a continuare a scavare; pochi dunque, in quel clima, non rispettavano le regole e rari erano i tentativi ribellione.

La stagione del freddo era ormai giunta al suo culmine e, mentre la Via Muraria dei territori della Coalizia era stata innalzata ed allargata lungo quasi tutto il suo percorso ed i confini dei territori messi in sicurezza con robuste cinte bastionate composte da legno e pietre, di Holz di Badenfor Elmut non aveva ancora notizie. Egli dunque inviò un oralforiere a Pozental per avere informazioni da Shaflord e, dopo circa sette chiaroscure, l'oralforiere fu di ritorno riferendo che, nonostante i vari tentativi di Shaflord di parlare con Holz di questa situazione, Holz aveva respinto ogni contatto dicendo di preferire temporeggiare prima di prendere qualsiasi decisione, aggiungendo di tenere a cuore però, le sorti della Coalizia; Elmut rimase perplesso per l'atteggiamento assunto da Holz e pensò di parlarne con Jolen. La donna, oltre ad essere bella ed affascinante, era per

Elmut la più grande ed intima consigliera, capace di vedere cose che egli non percepiva e dare risposte sempre appropiate e risolutive. Così egli colse l'occasione e, mentre Jolen era affacciata ad una finestra che dava sul cortile del Castello, la raggiunse e, dopo aver posto il suo braccio attorno alla testa della donna, si mise affianco a lei ad osservare. Jolen capì che Elmut aveva bisogno di lei e dolcemente lo incoraggiò a parlare, quindi egli si aprì e raccontò di Holz e delle sue sensazioni, così Jolen ebbe modo di esprimere la sua opinione dicendo "Non devi pensare che Holz lo faccia per rancore verso te, ma forse sente il bisogno di riflettere e capire meglio ciò che sta accadendo e per fare ciò ha bisogno di tempo; vedi, anche per noi è difficile comprendere bene pur sapendo molte più cose di lui, oltre a questo sembra che attorno vi sia tranquillità e non accada nulla e ciò rende più difficile immaginare cosa di così malvagio possa accadere, quindi rilassati Elmut e allontana da te i cattivi pensieri".

Intanto a Court, Karem si esercitava al combattimento con Leowold, grande amico ed abile spadaccino, che gli infliggeva continue e cocenti sconfitte. "Sei troppo molle e distratto Karem!" diceva Leowold schernendolo "ma che fai? Su con quella guardia! Dai con questa spada, colpisci, affonda! Molliccio!" e più diceva queste cose e più Karem, nervoso e poco concentrato, combatteva male. All'ennesimo colpo non parato, Leowold decise di fermarsi e fare due chiacchiere con l'amico, così, riposta la spada, si avvicinò e gli domandò "Ma che cosa hai Karem, sembra che tu stia combattendo controvoglia eppure, al tuo ritorno, mi sembravi diverso e, quando hai riferito ciò che stava accadendo, eri determinato e smanioso di metterti all'opera. Sei stato in grado di trasmettere a tutti noi le tue stesse sensazioni e i tuoi pensieri, il tuo sguardo brillava ed il tuo parlare ipnotizzava, ma ora il tuo ardore mi sembra essersi spento." Karem gettò a terra la spada e prese a camminare avanti ed indietro, poi si slacciò il corpetto di cuoio di protezione e, fermatosi di fronte a lui, sbuffò dicendo "Hai ragione Leowold, qualcosa dentro di me è cambiato, ma non per paura di ciò che può accadere, provo delle sensazioni strane, quasi di malinconia, ed il mio pensiero è sempre rivolto ad una donna. Tu mi conosci bene ormai da molte annuarie, da quando eravamo bambini, ed io non ho mai avuto problemi con le donne, beh in effetti, quando ero interessato a qualcuna, riuscivo sempre ad ottenere ciò che volevo, ma questa volta è diverso, sento qualcosa di nuovo in me, qualcosa che mi rende vulnerabile, mi fiacca il cuore e mi angoscia, eppure sono sempre stato un tipo spavaldo quando si trattava di donne, vero?" Leowold lo fissò, scosse la testa e sorrise, poi allargando le braccia rispose "Sai Karem, le sensazioni che provi appartengono a sentimenti profondi, d'affetto e forse d'amore, è un qualcosa che prima o poi accade, come è stato per me con Geina. Tutto ciò non è un male, ma un bene per te, cerca di trarne forza ed energia e concentrati su ciò che bisogna fare, vedrai che se tu crederai di più in te stesso e comprenderai i tuoi sentimenti, avrai modo di esprimerli e ti sentirai veramente sollevato, siano essi ricambiati o meno; dai amico mio riprendiamo a combattere, prendi la spada e mettiti in guardia che adesso non si scherza", così Leowold diede una pacca sulla spalla a Karem che sorridendo fece altrettanto, poi i due imbracciarono le spade e ripresero a duellare dando fondo a tutte le loro energie.

Ad Illand Mhiara trascorreva il tempo anch'ella ad allenarsi nel combattimento ed il corpo di guardia della Rocca Merlata diventava sempre più abile e forte ai suoi comandi. I suoi genitori, Endrick e Màriàs, osservavano attentamente l'attività frenetica dei tessitori, che di continuo conciavano e cucivano pellame per farne corazze e calzari da inviare a Pozental, incoraggiandoli nel loro lavoro. Mhiara aveva scelto di prendere parte all'addestramento che si svolgeva a Gloriosa con i Militiopliti pensando di portare con sé una cinquantina di uomini e lasciare a difesa di Illand l'eccellente corpo di guardia. In cuor suo nutriva un'effimera speranza di incontrare Karem, ma qualcosa nella sua mente intorpidiva l'animo e riluttava a ciò, facendo deviare i suoi pensieri, annegandoli nella preparazione alla guerra ed allontanando e reprimendo quel verecondo desiderio.

"Madre, padre, ho preso una decisione e vi chiedo di ascoltarmi e darmi il vostro assenso" così esordì Mhiara dinanzi a Endrick e Màriàs. "È difficile dirvi questo, ma dentro di me sento che è la cosa giusta e che va fatta", udito ciò, Màriàs le prese la mano e le sussurrò "figlia, non temere, tua madre e tuo padre sono qui con te ed ascoltano ciò che tu vuoi dire". Mhiara prese coraggio e riprese "ho deciso di raggiungere Gloriosa ed andare da Elmut per allenarmi con il suo esercito e prepararmi ad un possibile attacco da parte del malvagio Moude". Dopo quelle parole inaspettate e pesanti come un macignio, Màriàs abbassò lo sguardo, il suo volto, che prima era solare, lasciò trasparire un velo di tristezza; Endrick, con la mano, sollevò il mento di Mhiara anch'essa crucciata e disse "Mhiara, noi ti abbiamo dato tutto, il nostro affetto, il nostro regno; ora, ciò che hai detto ci fa molto male, tu sei il solo figlio che abbiamo ed è difficile immaginarti lontana da Illand, dalle tue genti, giammai vorrei una cosa del genere, giammai. No figlia mia, io non posso darti il mio assenso, mi spiace ma non posso assecondare questo tuo folle pensiero"; detto ciò Endrick lasciò le due donne e si allontanò, afflitto e risentito. Màriàs guardò il volto di Mhiara, solcato da silenziose lacrime, e, da buona madre, ruppe gli indugi asciugandole il viso, poi le accarezzò le gote, quindi, prendendola sottobraccio, le disse dolcemente "Figlia mia non prendertela per le parole di tuo padre, egli ti ama e cerca sempre di consigliarti ciò che è più giusto, lo fa per il tuo bene... dai, ora camminiamo un po' e parliamo, sai è da tanto tempo che non lo facciamo". E così le due donne si recarono nei giardini della Rocca, dove da giovane Mhiara trascorreva la maggior parte del suo tempo, ed ella si confidò con la madre raccontandole tutto ciò che era avvenuto nel viaggio fatto nella terra degli Enidri e, mentre raccontava, il suo volto divenne sereno e sorridente ed i suoi occhi furono pervasi da una lucentezza unica, tantochè Màriàs fu pervasa da meravigliose sensazioni rivedendo la figlia felice e quindi le chiese di continuare nel suo racconto; fu allora che Mhiara parlò alla madre di Karem, mostrandole il pendente che le aveva donato, così la madre la invitò ad indossarlo e, raccolte le sue trecce nero carbone, pose sul suo petto quella rosa cremisi e prese a sorridere. Màriàs intuì che la figlia cominciava a sentire qualcosa per quell'uomo e le consigliò di coltivare quei sentimenti e non pensare al passato; poi comprese che era giusto far scegliere alla figlia il suo futuro e condivise la sua scelta di recarsi a Gloriosa, sperando in cuor suo, celatamente, che ella reincotrasse quel Karem che le aveva ridato una figlia ebbra della gioia di vivere. Di rientro al Palazzo della Rocca Merlata, Mhiara chiese alla madre di parlare con il padre e di far capire le motivazioni della sua scelta di allontanarsi da Illand e Màriàs le rispose "Non temere, tuo padre è un uomo arguto e saggio, un po' brontolone, ma un grande uomo, anch'egli capirà la tua scelta e non si opporrà, ora va a riposare" e Mhiara si congedò dalla madre dandole un bacio. Màriàs raggiunse Endrick nella stanza del riposo; lui non dormiva, ma era seduto dondolandosi su di una sedia alla flebile luce di una candela "Eccoti Endrick" esclamò Màriàs entrando nella stanza "che fai lì seduto in silenzio, dai vieni a riposarti accanto a me" Màriàs si tolse le vesti e si sdraiò nel letto coprendosi; Endrick fece finta di non sentire ed aggrottato rimase lì imperterrito. Màriàs stette al gioco e non gli diede retta, così dopo un po' Endrick, stizzito, per attirare la sua attenzione prese a sospirare e mormorare; la donna aveva ottenuto ciò che voleva e capì che era giunto il momento di provocare in lui una reazione, così, girandosi nel letto nella sua direzione, sbuffò simpaticamente e disse "Cosa c'è? Hai voglia di parlare oppure preferisci che trascorriamo il tempo a sospirare entrambi?" Endrick si alzò in piedi, mise le mani dietro la schiena, iniziò a scuotere il capo camminando avanti e indietro ai piedi del letto e sbottò "Ecco, vedi? Vuole fare il soldato, vuole andare via da Illand, lontano, lasciare tutto e tutti, quasi come se fosse stata colpa mia che quel farabutto di Gunter si è comportato in quel modo e si è rivelato una persona malvagia; cosa le ho fatto per meritarmi ciò? Dimmi Màriàs, parla, aiutami a capire, te ne prego!" Màriàs, divertita da cotanta enfasi nel suo parlare, rispose "Aspetta, aspetta, mi sembra che tu stia farneticando, forse stai andando oltre con i tuoi ragionamenti, tua figlia non ti considera assolutamente colpevole per le sue sofferenze, anzi ella ti ama, ti ama follemente, è solo che in queste ultime annuarie ha avuto difficoltà ad esprimere i suoi sentimenti verso te e si è chiusa nel suo dolore attribuendo la colpa a sé stessa e rinunciando a vivere felicemente. Non vedi? si dedica anima e corpo all'arte della guerra e non guarda, né prova più sentimenti per nessun uomo; io alla sua età impazzivo per lo sguardo di un uomo, tu te ne ricordi, vero? Nostra figlia no, anzi cerca di evitarli, ma poi quando dentro di sé riemerge il desiderio di amare ed essere amata, lo reprime e mette al centro del suo io l'affetto per noi e le paure e le angosce di perderci, erigendo un muro tra sé e tutto il resto e sfogando la sua sofferenza nella spada… Ecco cos'ha tua figlia!" Endrick si fermò ai piedi del letto, si mise una mano tra i capelli quasi a grattarsi il capo e rispose

"Dunque è questo ciò che nostra figlia ha?" e Màriàs, sedutasi sul letto, replicò "Sì Endrick, si, ella ha bisogno del nostro conforto, il conforto dei genitori ed io penso che un viaggio da Elmut per cambiare ambiente ed incontrare altri la possa aiutare e rendere felice, ad Illand lei starà sempre chiusa tra il palazzo e la fortezza e le stanze del corpo di guardia, circondata da soldati e dalla nostra presenza, e non riuscirebbe mai ad uscire dalla sua situazione inaridendosi ancor di più nell'animo e nello spirito. Ora spetta a te parlarle, dandole nuovi stimoli ad andare, ad evadere, dimostrando però che tu stesso desideri ciò e che non lo vivrai come un abbandono, ma come un momentaneo allontanamento." "Sai Màriàs, hai ragione" rispose Endrick, "in effetti egoisticamente in queste annuarie ho pensato solo a te e a lei, a tenervi qui vicine a me, quasi a proteggervi da tutto e tutti, senza accorgermi che Mhiara, ormai donna, aveva bisogno di vivere la sua vita in piena libertà e di scegliere la sua strada. Un giorno sarà sovrana di Illand ed è giusto che veda cosa vi è fuori dalla sua terra e che si confronti con altre genti, d'altra parte io sono stato un grande viaggiatore e penso che andare dal nostro grande amico Elmut, sia la cosa più sensata, lì troverà anche Jolen che sicuramente potrà aiutarla. Si Màriàs, hai ragione e come sempre dimostri di avere la capacità di illuminare la mia testa rendendomi sereno." Màriàs scoppiò a ridere e poi sussurrò "Beh, adesso basta parlare, vieni qui da me", così Endrick si denudò e si lasciò cadere morbidamente tra le sue braccia.

Nella chiaroscura successiva Endrick tenne fede a

ciò che aveva detto e, recatosi nella stanza diurna, trovò Mhiara che, stranamente sorridente, esclamò "Ben alzato padre!" ed egli, rincuorato dall'atteggiamento della figlia nei suoi confronti, rispose "grazie figlia mia, cosa mangi di buono?" "Un po' di nocciole e carrube e gusto un infuso di erbe" e, detto questo, si alzò in tutta fretta per recarsi verso il corpo di guardia, ma Endrick la fermò prontamente dicendole "Aspetta, dove vai così di fretta, siediti, ho voglia di parlare con te. Ti va di farmi compagnia mentre anch'io gusto questo terrificante intruglio?" Mhiara si voltò e sorrise, poi tornò indietro e si sedette di fronte al padre pronta ad ascoltarlo. Endrick prese a parlare e confidò alla figlia che la sua reazione era stata eccessiva e che da parte sua vi era il desiderio di aprirsi e parlare liberamente di tutto ciò che da padre aveva trascurato e non fatto nelle annuarie trascorse per paura di perderla, sottolineò che il suo comportamento era stato egoistico e troppo protettivo e finalmente si era reso conto di ciò. Inoltre aggiunse che lei, oramai una donna, ben presto sarebbe stata la futura regnate di Illand ed era giusto, anzi quasi un dovere, che conoscesse meglio il suo vicinato, i territori e le genti delle altre sovranità regie appartenenti alla Coalizia e, visto che vi era l'occasione di recarsi a Gloriosa da Elmut e Jolen, pregò la figlia affinchè non ci ripensasse. Mhiara si commosse e pianse tra le braccia del padre e quello fu un pianto liberatorio che lavò via tutte le incomprensioni, le paure e le angoscie che per annuarie avevano oscurato l'affetto paterno; anche ad Enrick, che consolava la figlia, scesero alcune lacrime e stringendole il volto tra le mani le sussurrò "Tu diventerai una grande donna, proprio come tua madre."

Intanto, sulle alture di Rowit, sferzate da gelidi venti, Wallace, dalla sua Torre Mezzana della Rocca delle due Guglie, osservava in piena solitudine la tempestosa tormenta; la stagione del freddo a Rowit si era già fatta sentire pesantemente, ma le genti, abituate a quel clima, seguitavano a portare avanti le loro attività. Ed anche Wallace, abituato al freddo estremo, non frenò i suoi intenti ed assieme ai suoi fedeli cani Levrian e Levriel si recò a casa del rubizzo Unegard, vecchio amico di suo padre Gesper, sovrano dì Rowit, morto circa dieci annuarie prima. Egli era in compagnia di Aliette, giovane donna intrigante e seducente, coppia disarmonicamente stonata e per l'aspetto e per l'età, ma Unegard, dopo la morte della moglie, aveva deciso di accompagnarsi per non trascorrere in tristezza e solitudine ciò che rimaneva della sua esistenza. Era un uomo molto eccentrico, aveva un carattere aperto e gioviale, era uno spirito libero ed amava vivere di eccessi. Era stato per parecchie annuarie consigliere fidato di Gesper, con cui aveva condiviso scelte e decisioni importanti per Rowit e, anche se a Wallace non piaceva molto per il suo modo di concepire la vita, rappresentava un punto fermo della sua esistenza, un uomo da cui accettare e chiedere consigli, essendo stato un fedelissimo nonché grande amico del suo genitore.

"Unegard, sono in mezzo alla tormenta! Apri questa maledetta porta!" urlò Wallace colpendo energicamente il batacchio per più volte, mentre dalla finestra socchiusa della torretta s'intravedeva una flebile

luce e si sentiva un gran vociare. "Ehi amico, sali" si
sentì rispondere "basta spingere con forza." Wallace
prese a salire le anguste e sgangherate scale di legno,
quando improvvisamente fu investito da un intenso
olezzo alcolico mischiato ad un acre odore di fumo
che invadeva lo scricchiolante ballatoio attiguo alla
stanza da cui proveniva quel vociare stridulo e continuo. Spinse la porta leggermente socchiusa e si fermò sull'uscio poi, dopo aver fatto capolino, la spalancò e, infastidito dall'acre odore, si mise una mano sulla bocca ed entrò brontolando "che simpatica
compagnia ha messo su il vecchio Unegard!".
"Dai Wallace, vieni avanti e fatti un sorso!" esclamò
Molos innalzando un calice e riprendendo a scuotere il pugno per poi lanciare sul tavolo dei minuscoli
cubetti di legno a forma di dado, "Sì! Due punti a
me!" gridò "Ma che dici, vedi doppio!" rispose un
altro "Dai, ora tocca a me!" disse un altro ancora,
che goffamente si allungò sul tavolo per prendere i
cubetti e fece rovesciare una brocca sul grigio pavimento. Sghignazzando Molos, rivolgendosi a
Wallace, disse, "Forza, unisciti a noi", ma lui, con la
mano, fece cenno di non essere interessato, mentre
tre donne, che erano sedute in un angolo vicino ad
un piccolo camino, seguitavano a guardarlo parlando curiosamente tra loro. Egli allora chiese "Ma
Unegard dov'è?" "Si è allontanato con Aliette" rispose Molos e tutti scoppiarono in una fragorosa risata continuando a bere. Subito dopo apparve
Unegard e, avendo udito ciò che Molos aveva detto,
replicò "Benvenuto Wallace! Ero andato come tutti
gli esseri a svuotare il mio corpo, nah, lascia stare e

non dar retta a ciò che dicono questi balordi, solo bisogni impellenti che riguardano la mia vescica! Dai, siediti con noi." Wallace tirò a sé una sedia e sedette ed una donna dalla pelle ambrata e dai lunghi capelli neri ed occhi nocciola si alzò, versò da bere e si avvicinò a lui porgendo un calice "grazie, molto gentile" disse compiaciuto Wallace e lei rispose "figurati, è un piacere", fissandolo curiosamente mentre egli sorseggiava; "ne vuoi ancora o desideri qualcos'altro?" disse la donna ed egli, tra lo stupito ed il perplesso, rispose "Va bene così mmm…". "Rose, il mio nome è Rose" rispose la donna allontanandosi e tornando a dialogare con le altre. "Wallace allora, hai visto che tormenta?" prese a parlare Unegard dopo aver trascinato una sedia ed essersi seduto di fronte a lui, "Sì Unegard, una gran bella tormenta, i più divertiti sono di sicuro Levrian e Levriel" rispose Wallace, accucciati al caldo tepore del camino. "Ma vedo che come al solito ti diverti" disse Wallace, "certo amico mio, stare in solitudine non mi è mai piaciuto" rispose Unegard "e poi con questo tempo è meglio stare al tepore del fuoco in compagnia." D'un tratto comparve nella stanza anche Aliette che diede il benvenuto a Wallace e, con uno slancio d'affetto, abbracciò Unegard dandogli un bacio sulla guancia; Wallace ringraziò Aliette ed ella replicò "hai conosciuto le mie amiche Grel, Rose e Coren?" "Sì, in effetti ho conosciuto Rose" rispose Wallace facendo cenno con la mano, ma lei in lontananza non capì e lo guardò in modo buffo, allora Aliette chiamò le amiche e così le donne si avvicinarono a conoscerlo. "È un piacere fare la vostra conoscenza" disse

Wallace alzandosi in piedi e Rose, per nulla imbarazzata, rispose "Anche per me" dandogli la mano ed aggiungendo "ma non ci eravamo già conosciuti prima?" mentre Grel e Coren si guardarono ridendo e replicarono il gesto dell'amica. "Scusate, posso interrompervi?" intervenne Unegard, "Aliette scusaci, ma Wallace ed io dovremmo parlare di alcune cose importanti, se poteste lasciarci soli per un po' ve ne sarei grato" "Certo Uni!" disse Aliette dandogli un altro bacio sulla guancia ed allontanandosi con le sue amiche; "Veramente innamorata Uni!" esclamò divertito Wallace tra il serio ed il faceto, "dai finiscila Wallace e parliamo di cose serie" rispose Unegard, "allora, ho fatto ciò che mi hai chiesto ed un centinaio di uomini stanno concludendo il loro addestramento e presto saranno pronti per seguirti qualora tu intenda spostarti a Gloriosa da Elmut, le linee di confine territoriali sono state rinforzate, cioè manca poco, ma ci siamo, nonostante il Grandefreddo renda tutto più difficile, ed anche il tratto della grande Via Muraria è ormai ristrutturato." "Bene Unegard, ma solo un centinaio di uomini?" chiese Wallace "Sì Wallace... sì, molti non hanno voglia di lasciare Rowit ed altri, beh sai…, vogliono seguitare a portare avanti i lavori e il loro fare quotidiano e quindi…" replicò Unegard; "ma hai spiegato loro che tra un po' lavori e quotidiano non esisteranno più?" ribattè stizzito Wallace ed Unegard, guardandosi attorno, gli fece cenno di smorzare i toni e, avvicinandosi con la sedia, rispose "ascoltami bene e fattelo entrare in testa, loro preferiscono rimanere qui a Rowit piuttosto che andare a combattere una guerra non loro!"

"Non loro? Ma che farneticano, la guerra, se ci sarà, investirà tutto e tutti e non è una questione che riguarda Gloriosa, Court, Pozental o Illand, ma anche Rowit ed il resto dei territori, lo sai bene!" concluse Wallace scuotendo la testa e sbattendo violentemente le sue mani sulle gambe. Unegard si inarcò su sé stesso e si passò le mani sul volto, si alzò e si versò da bere e tornò a sedere poi, con tono pacato e sommesso, riprese a parlare "Wallace, anche con tuo padre decidemmo che qualora fosse accaduto qualcosa avremmo sì inviato uomini per appoggiare i comuni interessi della Coalizia ma, nello stesso tempo, stabilimmo che Rowit non sarebbe rimasta sguarnita ed indifesa, priva di un numero congruo di soldati, e che soltanto una parte avrebbe lasciato il nostro territorio, solo coloro i quali avessero scelto di farlo. Wallace si accigliò, rimase in silenzio e poi e ribattè con tono deciso "Sì, d'accordo, una parte, ma non un misero drappello. Ah Unegard, mio padre non c'è più e quei tempi sono andati, lo sai bene e forse neanche tu ti rendi conto di ciò che potrà accadere, forse la senilità ti offusca la mente. Allora mettiamola in altro modo, ti ordino di reclutare altri uomini e prepararli nel più breve tempo possibile e sai che non scherzo; presto io mi muoverò e tu dovrai gestire le cose qui come io deciderò!". Detto questo si alzò di scatto spostandosi i capelli dalla fronte e, senza salutare, andò via, seguito da Levrian e Levriel. Uscito dalla torretta, mentre la tormenta si era calmata e un vento gelido e tagliente accarezzava il suo viso ed i suoi passi sordi affondando nella bianca coltre ne scandivano il cammino, sentì una flebile voce

"Wallace, Wallace, aspetta" e, voltandosi, aguzzò lo sguardo ed in lontananza vide un essere che lentamente andava nella sua direzione, avvolto in una mantella che gli copriva anche il capo, tanto da non permettere di distinguerne l'aspetto. Wallace si fermò ed attese, così dinanzi a lui comparve Rose "Ah, sei tu? allora, cosa vuoi?" esclamò Wallace alla vista della donna ed ella affannata rispose "Nulla, non ti fare illusioni, devo tornare da questa direzione e tu sei di strada, avevo paura di tornare da sola e così ti ho chiamato per compagnia" quindi Wallace, resosi conto di essere stato arrogante nel rispondere, fece un sorriso ed aggiunse "Beh, allora va bene andiamo". Così i due ripresero il cammino, accompagnati da Levrian e Levriel intenti a rincorrersi sulla bianca coltre, mentre il vento si calmò ed il freddo divenne sempre più pungente. Durante il tragitto, Rose parlò a lungo e Wallace ascoltandola ne rimase colpito, era una donna intelligente, arguta, spigliata e terribilmente affascinante e, nella sua testa, quei cattivi pensieri per averla incontrata a casa di Unegard lasciarono il posto a giudizi del tutto differenti. "Sai Wallace, molti mi hanno parlato di te e mi hanno detto che sei un uomo solitario e taciturno ed hai un carattere burbero e spigoloso, beh in effetti non sembri tale" disse Rose "Ah, sì? Quindi hai chiesto informazioni su di me? Devo dedurne che ci sia qualche interesse celato…" rispose Wallace divertito. "Dai smettila, non pensare che sia così spregiudicata, è naturale che nella nostra comunità si parli di te, la gestione di Rowit è nelle tue mani, o meglio, tuo padre ne è stato il reggente per annuarie e tu ne sei il successore, è logico che se ne parli" replicò Rose. "Sì è vero, io porto un fardello, sai a volte vorrei essere un fabbro, un tessitore o un coltivatore di terre e pensare solo alle mie faccende quotidiane e niente più, avere una compagna e dei figli e pensare solo a loro, invece mi trovo spesso da solo a ragionare e a prendere decisioni importanti per molti, anche per chi non conosco, come te" rispose Wallace "hai ragione, è vero, penso che non sia una cosa facile, decidere le sorti del destino di altri e non sapere se si fa del bene o del male è qualcosa che a me farebbe davvero paura" aggiunse Rose, quindi, dopo essersi fermata, tirò Wallace a sé afferrandolo per un braccio e disse "fermati ecco, io sono arrivata, vedi, vivo laggiù in fondo con i miei familiari" "...con il tuo uomo ed i tuoi figli immagino" sussurrò Wallace rivolgendo il suo sguardo nella direzione indicata da Rose "Noo, con mio padre, mia madre ed il mio giovane fratello Sebas, sai io non sono una donna molto facile, sì mi piace frequentare amici ed amiche, ma quando si tratta di legami sentimentali sono decisamente complicata; mi ha fatto veramente piacere incontrarti Wallace, allora arrivederci..." disse Rose arricciando il naso ghiacciato e paonazzo ed egli con voce emozionata rispose "A presto Rose" stringendole la mano e rimanendo fermo ad osservarla mentre si allontanava nella coltre bianca.

Wallace riprese il cammino verso la Rocca delle Due Guglie pensando a Rose ed arrivò ad una conclusione, considerando quella donna un essere dall'animo nobile e dallo spirito gentile, essendo gli esseri d'animo nobile e dallo spirito gentile speciali, sentì dentro di sè che Rose era speciale.

Intanto a Gnoland la piccola comunità era in fermento. Mugnol e Jofrad avevano approntato un piano di evacuazione nel caso vi fosse stato un attacco improvviso e visto che, per numero, capacità ed attitudine gli abitanti di Gnoland non erano in grado di confrontarsi nell'arte della guerra, ingegnosamente pensarono di agire d'astuzia e di difendersi nel modo a loro più consono: nascondendosi. Nella zona a Nord del bosco di Nignoland vi era una grande cavità sotterranea che si estendeva per circa un miglio, ben protetta e mimetizzata, situata nella parte del bosco più impervia e di difficile accesso a causa della fitta vegetazione. Essi stabilirono di rendere il luogo abitabile creando un vero e proprio villaggio sotterraneo. Furono ricavate all'interno della cavità delle vie sotterranee di collegamento ed allestite zone destinate a depositi e magazzini dove furono ammassati i viveri; nel corpo della cava furono attrezzate delle isole simili ad abitazioni e fu ottimizzata l'illuminazione e l'aerazione, perforando radici d'alberi e intagliando nei loro tronchi delle feritoie poco visibili, che permettevano la circolazione di luce ed aria. L'ambiente creato divenne ottimale quando, per puro caso e fortuna, scavando all'interno della cavità fu individuata una vena d'acqua sotterranea. L'ingresso della cava fu nascosto con grandi cespugli mobili di piante rampicanti spinose, così da rendere l'accesso impraticabile e di difficile individuazione, inoltre furono scavate nelle vicinanze delle enormi e profonde buche a mo' di trappole, che furono riempite, con grande artifizio, di piante urticanti e spinose mischiate a resine vegetali velenose, viscide e scivolose. Le buche furono chiuse con sottili lastre di legno e ricoperte accuratamente di muschi e foglie secche per confonderle perfettamente con il terreno. Ilbord e Timofte parteciparono attivamente ai lavori, ma il loro comportamento era divenuto introverso e scorbutico da quando Mugnol aveva ricevuto un oralforiere inviato da Elmut con l'intento di chiedere se tra le sue genti vi fosse qualcuno adatto a prendere parte all'addestramento nel combattimento ed egli aveva risposto che purtroppo le sue genti non avevano caratteristiche fisiche tali da poter svolgere quella preparazione, né tantomeno erano in grado di prender parte ad un vero e proprio combattimento.

Contrariamente a quanto riferito da Mugnol, Ilbord e Timofte non erano intenzionati a rimanere semplici spettatori lesti a scomparire nel sottosuolo e nutrivano in cuor loro il desiderio di partecipare ad un vero e proprio addestramento, così ad aumentare i loro desideri ci pensò involontariamente un messaggero inviato a Gnoland che recapitò due minute corazze di pelle, elmetti di cuoio a forma di gnopel e spade di fresca forgiatura inviate da Mhiara di Illand, che ricordò loro quei momenti meravigliosi trascorsi assieme. Ilbord e Timofte decisero di recarsi da Mugnol per mostrare i doni ricevuti e manifestare la loro volontà, ma giunti dinanzi alla porta della sua abitazione non ebbero il coraggio di entrare; Jofrad vedendo i due che mestamente si allontanavano trascinando un grande sacco, li chiamò a sé e, dopo averli ascoltati, decise di accompagnarli da Mugnol. "Cari miei, come mai questa visita?" disse

Mugnol osservando Jofrad che stazionava davanti alla sua porta con affianco i due che trascinavano l'enorme sacco. "In effetti noi volevamo parlarti del fatto che..." cominciò Ilbord interrompendosi "...sì, del fatto che..." riprese Timofte "...abbiamo ricevuto questi doni da Mhiara di Illand e volevamo mostrarteli.. ecco, questo è quello che volevamo dirti... o quasi". Timofte, dopo aver aperto il sacco, mostrò i doni ricevuti da Mhiara e Mugnol rispose ridendo "Bene, veramente belli! Ma ditemi un po', voi siete in grado almeno di indossarli ed utilizzare quelle lame che non servono per intagliare il legno?" a quelle parole Ilbord e Timofte rimasero in silenzio mortificati ed allora Jofrad intervenne "Mugnol ascolta, loro non sono in grado di utilizzare quelle armi e lo sanno bene come d'altronde lo sappiamo io e te e non sono venuti qui semplicemente per mostrarti quei doni, ma per chiederti di poter, in qualche modo, imparare ad utilizzarli e prendere parte ad un vero e proprio addestramento, e se gli dessimo l'opportunità, come loro desiderano, di andare da Elmut ed osservare almeno come i veri soldati si allenano e si preparano..." "Ah ah non se ne parla proprio!" sbottò Mugnol "e se è per questo che siete venuti da me, beh potete anche andare!". Timofte e Ilbord riposero i doni nel sacco e andarono via delusi ed adirati senza dire una parola, cosi Mugnol rivolgendosi a Jofrad aggiunse "Ecco Jofrad, vedi come reagiscono? E tu vorresti mandarli a fare cosa? Ma neanche per idea, la loro natura e la loro indole non sono fatte per combattere, né tantomeno posso mandare i miei nipoti a morire... non sono in grado di indossare una corazza e di impugnare una spada, figuriamoci di brandirla durante il combattimento… mah che pazzie che devo sentire!" e Jofrad dopo aver riaperto la porta per andar via rispose "Sì, forse hai ragione Mugnol, ma se non dai loro l'opportunità di rendersi conto di ciò che sono in grado di fare e riconoscere i loro limiti certo non li aiuterai a crescere, comunque io non sono te e non decido, ma se fossero figli miei, forse a malincuore ma li lascerei andare." Ilbord e Timofte si chiusero in un lungo silenzio e nelle chiaroscure successive non rivolsero parola a nessuno, né si videro in giro ma continuarono celatamente a coltivare il loro desiderio. Assiduamente, al calare dell'oscurità si recavano al ruscello Scrosc e, indossate le corazze e sguainate le spade, si allenavano con grande intensità sino al sorgere della luce quando, assonnati e sfibrati dalle fatiche, si rintanavano nuovamente nelle loro abitazioni attendendo spasmodicamente nuovamente il buio. La giovane Morela, innamorata di Ilbord, intuì qualcosa e decise di seguirlo segretamente, quindi, dopo essersi nascosta tra i cespugli vicino al ruscello, nell'oscurità vide sbucare Ilbord assieme a Timofte che, indossate le corazze e sguainate le spade, duellavano incessantemente. Morela li osservò per tutto il tempo, affascinata dalla loro passione e dalla loro costanza di impegnarsi così a lungo in quell'esercizio e ne rimase così colpita che seguitò anche nelle chiaroscure successive ad osservarli. Così decise di recarsi da Mugnol e raccontare ciò che aveva visto per più chiaroscure, elogiando il loro comportamento e la loro abnegazione e supplicandolo affinchè desse loro l'opportunità di recarsi da Elmut per realizzare quel desiderio. Con grande caparbietà, provò a convincere Mugnol dicendo "mi fa tanto male chiedertelo, perché io amo Ilbord come lo ami tu, ma egli, come Timofte, sente nel suo animo di fare ciò... al calar della luce vorrei che tu venissi con me per vedere quanta passione vi è in loro". Mugnol rimase colpito dall'ardore mostrato dalla giovane Morela nel raccontare l'episodio e si convinse a fare ciò che ella gli chiedeva. Quindi, nella chiaroscura successiva, al calare dell'oscurità, si nascosero tra i cespugli e attesero i due giovani combattenti che, puntuali, arrivarono e, dopo aver indossato le corazze, iniziarono a brandire le spade. Morela sorrise e guardò Mugnol il quale osservò a lungo i due giovani in modo compiaciuto, rivivendo la sua gioventù, i suoi sogni e i suoi desideri, quindi, rivolgendosi a lei, disse "diavola di una giovane donna innamorata! Sei più arguta e saggia di un vecchio uomo timoroso e possessivo come me... sì, d'accordo li faremo andare da Elmut."

Il Grandefreddo non dava tregua neanche ai territori di Pozental e la bianca coltre continuava a ricoprire il suolo da molte chiaroscure, ma Shaflord, noncurante del freddo pungente, si dilettava, all'esterno della Fortezza Bastione, ad immergere la sua testa in un grande tino colmo d'acqua gelida, mostrando a giovani uomini la sua capacità di resistere sott'acqua, per poi mettersi in ginocchio e sfidarli in combattimento con spade di legno. Al piccolo trotto, vistosamente divertito, Grober si avvicinò al nugolo di giovani che facevano da cornice al teatrino improvvisato dal suo amico Shaflord e a gran voce esclamò "Bravo Shaflord, bravo! sei veramente forte e gagliardo! Impugni una piccola spada di legno ed immergi quella tua testaccia liscia e vuota nell'acqua gelida!! Il timore e la paura di incontrarti mi terrorizzano oh oh oh!", "Hai visto Grober? Anche tre contro uno!" rideva divertito Shaflord, quindi Grober smontato da cavallo replicò "Sì, bravo, ma perché adesso non ti diletti un po' con me e fai vedere a questi giovani cosa sa fare il forzuto Shaflord?" e, gettato a terra il pastrano, Grober sguainò la sua spada e fece cenno ai giovani di allontanarsi ammiccando simpaticamente, così Shaflord si alzò da terra e anch'egli impugnò la sua elsa e, scimmiottandolo con lo sguardo, invitò Grober a farsi avanti. I due, dotati di fisici imponenti e massici, cominciarono a far roteare le spade come leggeri fuscelli proprio sotto gli sguardi curiosi ed increduli dei giovani che, nel frattempo, si erano disposti in cerchio per assistere all'inaspettato duello. E mentre ogni colpo portato dall'uno e dall'altro era accompagnato da mugugni e fremiti di un pubblico sempre più coinvolto, Shaflord affondò l'attacco e sferrò un fendente che disarmò Grober, facendogli saltare dalla mano la spada. Prontamente egli cercò di recuperarla in mezzo alla coltre bianca chinandosi in terra ma Shaflord, divertito, lasciò cadere anche la sua spada e si gettò sul corpo chino di Grober afferandolo dalla cinta e facendolo cadere in terra esclamando "Ecco ti ho preso!"; così i due rotolarono in terra abbracciati suscitando l'ilarità nei giovani che presero ad emularli divertiti. I due si rialzarono e, dopo essersi scrollati di dosso la bianca patina giacciata, si avviarono verso la Rocca Torrione di Grober dove ad attenderli vi era suo fratello Malvak. Grober e Malvak, oltre ad essere i più grandi amici di Shaflord, erano anche i suoi consiglieri, seppur con caratteri e doti opposte, e se l'impulsivo ed esuberante Grober eccelleva nel combattimento, il mite e pacato Malvak risultava essere un uomo ingegnoso e strategico. Con Malvak vi era anche il giovane Luk dei Nilunghi che, dopo la missione nelle Gole di Ubuck, aveva scelto di trattenersi a Pozental e poiché con Malvak aveva molti interessi in comune, come lo studio geografico dei territori e le strategie di guerra, era stato arruolato da Shaflord, più precisamente preso in custodia con il benestare di Bloden, reggente dei Nilunghi. "Allora, Malvak, come procediamo?" domandò Shaflord. "Bene Shaflord, con Luk abbiamo creato delle carte complete dei territori della Coalizia mettendo assieme le nostre conoscenze" rispose Malvak dando un buffetto al giovane, così dopo aver srotolato i sottili e resistenti fogli di pellame e disposti su di un grande tavolo l'uno di fianco all'altro, Shaflord e Grober osservarono stupefatti quel lavoro minuzioso e dettagliato, commentandone la chiarezza e la precisione nel disegnare e posizionare anche i luoghi a loro poco conosciuti. "Ottimo lavoro, Elmut ne sarà sicuramente contento" replicò Shaflord, poi, dopo aver aiutato Malvak ad arrotolarle, disse "Dunque, siete riusciti a farvi un'idea di quali possano essere i nostri punti deboli sui territori e da dove Zoren potrebbe facilmente portare un attacco?" "Ecco... allora..." intervenne Luk srotolando un altro foglio "il Flumendoso è difficilmente attraversabile, diciamo impossibile in tutto il tratto a Nord delle Rocce di Mombatt, mentre nel tratto verso Sud oltre le Gole di Ubuck è caratterizzato da strapiombi e ripidi pendii che lo rendono praticamente invalicabile, la zona più agevole si troverebbe tra le foreste di Alama, nella parte meridionale di Pozental ed i territori di Badenfor, proprio perché il fiume, in quel tratto, non trova più grandi dislivelli e diventa più dolce e il suo letto si allarga, formando una sorta di rete di altri fiumi dove le acque diventano limacciose e, seppure guadarlo risulterebbe quasi impossibile sia per la larghezza che per la profondità sconosciuta, questa zona per noi risulta essere la più vulnerabile" concluse Luk. "Mmh…", borbottò Shaflord osservando la cartina ed invitando Grober a dare un'occhiata; "ma vi sono altre cose importanti da dirvi" riprese Malvak "abbiamo inviato alcuni esploratori per verificare ciò che noi conosciamo di quei territori ed essi, al ritorno, hanno raccontato strane cose… al di là del Flumendoso si scorgevano nuvole di fumo e continui rumori che riecheggiavano in lontananza e che, a detta loro, sembravano provenire dalla zona che viene denominata Spacco di Avaron. Però non sono riusciti a comprendere cosa fossero quegli strani e continui rumori, né tantomeno di che natura fossero quelle colonne di fumo; alcuni hanno osservato che non sembravano dovuti al fuoco, bensì al movimento di grossi quantitativi di terra, probabilmente derivati da un lungo scavare, mentre altri sostengono che quel fumo era dovuto a dei semplici e naturali smottamenti di quelle terre che avvengono di tanto in tanto". Shaflord corrugò la fronte e disse "Grober, è probabile che il signorino Zoren voglia venire a farci visita entrando proprio dai nostri territori, ma a Pozental troverà una degna accoglienza" "Sì Shaflord" rispose Grober "però riflettiamo bene, e se non fosse così? e se fosse soltanto una nostra idea che quell'uomo sia diretto qui? e poi come faranno ad attraversare il Flumendoso con i loro eserciti?" "Grober," rispose Shaflord spazientito "troppe domande, troppe domande! questo ancora non lo sappiamo, comunque, per precauzione, penso che sia giusto inviare degli oralforieri da Elmut per metterlo al corrente di ciò che è stato osservato e che potrebbe accadere, nel frattempo tu ti occuperai di allertare i nostri uomini e creare delle unità per sorvegliare e perlustrare le nostre zone di confine a maggior rischio, è meglio anticipare che esser presi alla sprovvista!"

7

Con il soffio di tiepidi venti, la temperatura si era improvvisamnte alzata, mitigando l'aria, ed intense ed incessanti piogge cadevano abbondanti nelle zone meridionali del Flumendoso; nei territori di Pozental, Badenfor e sul versante del Monte Avaron, fango e pozze d'acqua rendevano il terreno per lunghi tratti impraticabile ma, nonostante ciò, le tenaci unità di perlustrazione inviate da Grober continuavano a sorvegliare alacremente i confini. Intanto, sul versante opposto dello Spacco di Avaron gli sforzi furono raddoppiati, i lavori di scavo erano ormai terminati ed era prossimo lo sbarramento del Flumendoso. Contestualmente era quasi ultimata anche la costruzione del mastodontico ponte d'attraversamento di tronchi di Tauronie, il quale sarebbe stato posizionato in un secondo momento direttamente sul nuovo tracciato del fiume, usando la forza degli Urchidi. Trascorsero altre dieci chiaroscure, il tempo migliorò, la pioggia smise di cadere ed il terreno drenò l'acqua lasciando solo poltiglie d'erba e minute pozzanghere. Nell'oscurità, all'altezza delle foreste di Alama, prese inizio il grande artifizio: gli Urchidi e gli uomini di Zoren sbarrarono il grande fiume convogliando le sue acque nello Spacco di Avaron. Improvvisamente una enorme massa d'acqua, impetuosa e roboante, invase lo Spacco esercitando una forza incontrollabile che spazzò via tutto ciò che incontrò lungo il suo cammino: detriti, animali, alberi, grandi rocce e molti uomini furono trascinati via dalla corrente annegando, mentre alte onde infrangendosi sulle pareti dello Spacco diedero vita a risucchi e terribili mulinelli. Poi una grande onda di piena arrivò fin sul limite degli alti argini facendo temere una immensa tracimazione ma, con il passare del tempo ed il continuo defluire delle acque nel nuovo letto, il fiume scese di livello e prese a scorrere con meno impeto, stabilizzandosi. Zoren si rese conto che la grande depressione artificiale scavata nell'alveo aveva retto egregiamente deviando il flusso del fiume nel nuovo corso ed allora fu dato ordine agli Urchidi di trasportare il ponte sullo Spacco ed agli uomini di metterlo in sicurezza. Orde armate di uomini restavano assiepate sul versante orientale, attendendo con ansia di attraversarlo, soldati dei Grizay, dei Tucton, dei Zumal e di Moudentak erano pronti a muovere ed invadere l'Occidente. Anche Vezin e Tetruz erano impazienti di andare all'assalto ed attendevano solo l'ordine di Zoren. Ma egli, compiaciuto della situazione, dall'alto del suo cavallo osservava silenziosamente quel fermento e quel brulicare di uomini impazienti e, senza dare alcun comando, rendeva più spasmodica e feroce l'attesa. Non appena giunse la quinta tacca di scuro, Zoren si posizionò sul valico di Avaron ed urlò "Vezin! da' l'esempio, va' e conducili alla conquista". Vezin alzò la spada e, montato sul suo nero cavallo, prese a galoppare sul ponte e giunto dall'altro lato si voltò ed urlò "Avanti!". Gli uomini, eccitati dal momento, si riversarono con grande foga verso l'imbocco del ponte, ammassandosi l'uno sopra l'altro, e, brandendo le loro spade, a centinaia iniziarono ad attraversare il Flumendoso trovandosi improvvisamente catapultati in terre a loro sconosciute e misteriose, le terre d'Occidente.

Nelle terre adiacenti, proprio sul versante occidentale, a circa una decina di miglia dallo Spacco di Avaron, risiedeva una unità di perlustrazione di una ventina di uomini che, non avendo osservato nulla di differente e strano in zona, si era accampata ed aveva acceso un grande fuoco; alcuni uomini si erano recati sull'argine del Flumendoso, proprio in quella zona in cui il grande fiume si allargava e diveniva più dolce e dove bastava tirare giù una rete dalla riva che la pesca sarebbe stata semplice ed abbondante. Ma, una volta giunti sull'argine, dopo aver calato la rete, osservarono che il livello delle acque era diminuito incredibilmente ed il loro scorrere era lento ed irregolare e addirittura, in alcuni punti, i pesci sguizzavano come se fossero intrappolati sui fondali di grandi pozze: perplessi, decisero di rientrare frettolosamente al campo.

Gli uomini raccontarono a Mafum, capo perlustrazione, ciò che avevano visto ed egli, insospettito e preoccupato da quella strana situazione, pensò di inviare qualcuno da Grober per riferire quanto osservato. Quindi tre uomini si misero rapidamente in cammino ma, nel giro di poco tempo, una torma feroce, assetata di sangue, travolse il campo e l'unità di perlustrazione fu trucidata selvaggiamente, senza avere neanche il tempo di capire cosa stesse accadendo. I tre uomini che si erano allontanati per recarsi da Grober fecero appena in tempo a nascondersi dietro la fitta vegetazione e furono gli unici superstiti che, terrificati, assistettero inermi al compimento dell'atroce massacro. Angosciati dal timore di essere scoperti, presero coraggio ed iniziarono a correre tra le radure, riuscendo ad eludere i feroci aggressori, ma le loro gambe legnose nei movimenti, il loro respiro affannato ed i loro occhi gonfi di lacrime rallentarono il loro incedere rendendolo confuso, disorientato e drammatico. Il borioso Vezin, soddisfatto di quanto i suoi uomini avevano fatto, si avvicinò alla brace ancora fumante e prese un ramo di legno con alcuni pesci conficcati, poi, addentantolo ferocemente, disse "Brave queste donnine! sanno cuocere, però che delusione non ci hanno neanche fatto vedere se sono in grado di sollevare la spada, queste genti sono gracili e mollicce, Ah ah ah!". Tetruz rispose con ghigno sarcastico "Vezin, di questo passo, tra dieci chiaroscure, Zoren potrà andare da Moude consegnando migliaia di teste di queste genti", poi, rivolgendosi ai soldati, urlò "Uomini, raccogliete questi cadaveri, prendetegli le armi e bruciateli sul loro stesso fuoco". Così una moltitudine di esseri, animata da desideri di violenza ed efferatezze, continuava a brancolare selvaggiamente in quel lembo di terra, vagando in cerca di qualcuno da uccidere o qualcosa da saccheggiare: muovendosi come sciami di locuste affamate, portatrici di devastazione, che dopo il loro passaggio lasciano soltanto aride e sterili le terre destinate al più oscuro degli oblii.

I tre uomini dell'unità di perlustrazione corsero tutto il tempo ed ai primi bagliori di luce arrivarono a Pozental. Iniziarono ad urlare per attirare l'attenzione e svegliare le genti e così giunsero sotto la rocca di Grober il quale, udite le grida, si destò immediatamente e, affacciandosi da una feritoia, chiese "Che sono queste urla? Cosa sta accadendo?" e gli uomini impanicati risposero "Apri, apri! Dobbiamo avvisare tutti, stanno arrivando!". Grober si precipitò nel cortile ed andò incontro ai tre; uno di essi parlò concitatamente strattonandolo per un braccio "Ci hanno sterminati, hanno ucciso tutti, con ferocia e violenza, una moltitudine di uomini è comparsa all'improvviso dal buio, noi eravamo lì, vicino alle radure del Flumendoso, al confine dei nostri territori e loro, d'improvviso…" l'uomo non ebbe la forza di continuare e scoppiò in lacrime ed allora un altro compagno proseguì nel racconto… "Un agguato, un terribile agguato; hanno spade, lance e corazze, sono tantissimi e non si fermano mai, uccidono tutti senza pietà". Grober, quasi incredulo, chiese "Ma ora dove sono?" ed un altro rispose "Vengono verso di noi, li abbiamo distanziati forse di dieci, quindici miglia, ma avanzano inesorabilmente verso di noi." Grober prese l'armatura e la spada e ordinò ad una guardia di allertare gli uomini, poi montò a cavallo galoppando verso la fortezza Bastione per avvisare Shaflord. Pozental, alle prime luci, era attraversata da suoni di corni ridondanti che annunciavano dell'imminente pericolo. Uomini e donne, ancora assonnati, in un misto di confusione, incredulità ed angoscia cominciarono a riversarsi in strada trascinando con sé i loro figli ed armandosi alla meno peggio raccattando qua e là spade, lance ed altri arnesi. Malvak ed il giovane Luk cominciarono a radunare i soldati, mentre altri uomini si misero in cammino scortando donne e bambini verso la sicura fortificazione Mattone, sui monti Mastodonti ai confini occidentali con Badenfor, abbandonando il villaggio e rendendolo spettrale. Shaflord giunse con Grober al cospetto di Malvak e dei tre uomini superstiti dell'unità di perlustrazione e si fece raccontare tutto ciò che avevano visto; la situazione sembrò dunque preoccupante quindi Grober e Malvak misero in atto il piano di difesa e cominciarono le manovre. La cinta esterna di Pozental fu chiusa ermeticamente e i grandi ingressi sigillati con portali di legno rinforzati da barre di ferro;e sulla cinta fu issata una grande balestra e collocati un centinaio tra vedette e uomini pronti a lanciare frecce mentre, dinnanzi alle mura fortificate della Fortezza Bastione, Shaflord schierò le truppe di terra disposte su tre file, armate di corazze pesanti, scudi e spade affilate e, nelle retrovie, pose l'unità cavalcante, composta da un centinaio di uomini. Fece partire immediatamente oralforieri verso Elmut e verso le altre sovranità regie per avvisare che il nemico era entrato in Occidente e la guerra era prossima. Un grande silenzio scese sui territori di Pozental, nitriti di cavalli e tintinnii metallici scandivano l'attesa, il tempo trascorreva inesorabile e all'orizzonte non accadeva nulla: uno strano torpore lentamente invadeva il corpo e la mente dei soldati schierati, fiaccandoli per la snervante attesa. D'improvviso, dalla retroguardia dell'unità cavalcante si staccò il comandante Ferebas che si mise a cavalcare verso la collina di fronte allo schieramento, Grober urlò "Ferebas! Che fai? Torna indietro!", ma egli continuò ad allontanarsi sino a divenire un minuscolo puntino; giunto sulla collina, si vide il suo cavallo sollevarsi e girare su sé stesso, quindi una serie di lance trafissero la bestia che cadde rovinosamente a terra, Ferebas fu disarcionato e corte frecce lo trafissero; poi due soldati sbucarono dall'alto e senza pietà si accanirono sul suo corpo inerme al suolo mozzandogli il capo, spingendolo giù dalla collina e facendolo rotolare verso valle. Urla feroci si alzarono ed in un attimo apparvero sulla sommità della collina, lungo tutto l'orizzonte, centinaia e centinaia di soldati che cominciarono a marciare con grande impeto, pronti a scagliarsi contro il nemico. Vezin sputò in terra e gridò "Eccovi, finalmente vi abbiamo trovati! Bravi, vi siete messi tutti in ordine così faremo prima a massacrarvi! Forza uomini, datevi da fare!" Allora i soldati presero a correre e dalla collina si riversarono sulla pianura brandendo le loro armi bramosi di confrontarsi in combattimento. Shaflord non disse una parola di risposta a Vezin e, dal suo cavallo, rivolse l'ordine ai soldati di terra di non muoversi e non indietreggiare, ma di serrare e mettersi a difesa con gli scudi ed essere pronti e lesti per reggere all'urto dello scontro. Grober, dall'alto della cinta muraria, diede ordine agli arcieri di armare il loro braccio e prepararsi a scoccare le frecce così, quando i soldati di Vezin furono a tiro degli arcieri, un nugolo di frecce fu scagliato verso l'alto. Alcuni furono colpiti e caddero ma la moltitudine, che era ben corazzata e munita di scudi piccoli e robusti, non ne risentì affatto e continuò ad avanzare inesorabilmente; seguitò un secondo lancio di frecce ma l'esito fu anch'esso disastroso. I soldati di Vezin, attraversata la breve pianura, arrivarono a contatto e si avventarono sugli uomini di Shaflord con ferocia inaudita, cercando di forzare lo schieramento predisposto per fare breccia nella loro linea difensiva, ma gli uomini di Shaflord mantennero la posizione e serrarono le linee iniziando a colpire di spada e trafiggendo molti nemici; dalle retrovie delle truppe di Vezin arrivò Tetruz con la sua milizia che, posizionatasi a ridosso della linea d'attacco, prese a scagliare con rudimentali catapulte massi taglienti verso gli arcieri posti sulla cinta, riuscendo a fare parecchie vittime.

Grober fece azionare la grande balaustra e continuò con i suoi nel lancio di frecce, ma i risultati continuarono ad essere deludenti, poiché i soldati avversari erano in grado di proteggersi senza subire gravi danni. Sotto il contrattacco ingegnoso portato dalla milizia di Tetruz, cambiò allora strategia e decise di far tirare lance dai suoi arcieri, ma la scelta si rivelò infelice poiché le lance, molto pesanti, non garantivano una lunga gittata, anzi alcune di esse ricadevano proprio a ridosso delle truppe di Shaflord disposte dinanzi alla cinta muraria, rischiando, paradossalmente, di fare altre vittime tra i propri uomini. La grande balestra fu messa fuori uso da un masso scagliato dalle catapulte di Tetruz ma nonostante ciò Grober continuò ad incoraggiare gli uomini e a far lanciare frecce. Shaflord si rese conto che gli avversari erano superiori in numero tre, quattro volte rispetto ai suoi e, voltatosi in direzione del versante dove operava Tetruz, rimase impressionato nel vedere sbucare dalle retrovie i Grizay dalla pelle olivastra, forti e robusti, armati di mazze ferrate, che inesorabilmente avanzavano colpendo senza pietà uomini e cavalli. I suoi soldati iniziarono a cedere sotto la pressione delle truppe di Vezin ed allora diede ordine a Grober di far scendere dalla cinta alcuni rinforzi ed armarli di spade, poi comandò alla unità cavalcante di venire avanti e contrattaccare. Gli scontri furono cruenti e feroci, volti sfigurati intrisi di sangue, membra lacerate e corpi mutilati, lamenti lancinanti e gemiti di dolore facevano da sfondo ad una durissima battaglia. Gli uomini di Vezin avanzarono ancora, lasciando a terra i loro avversari; le unità cavalcanti contrattaccarono ma scontrandosi con i Grizay ebbero la peggio, violenti colpi di mazze ferrate abbattevano i cavalli disarcionando gli uomini che venivano finiti con estrema crudeltà. Shaflord combatteva con grande ardore e senza perdersi d'animo, con la sua spada trafiggeva ed abbatteva uomini, ma più ne abbatteva e più se ne facevano incontro. Malvak cercava di fargli da spalla ma era difficile respingere gli attacchi; a loro si affiancò Grober che decise di lasciare sulla cinta il giovane Luk e scendere a combattere con gli ultimi arcieri. Una lancia scoccata da un uomo di Tetruz trafisse Malvak che si accasciò sul cavallo e cadde esanime a terra; Grober, che era di fianco, urlò il nome del fratello e dal dolore iniziò a brandire la spada in modo inferocito, spazzando tutto e tutti. Tetruz si avventò sulla inerme spoglia legandola con una fune ad una mano ed iniziò a trascinarla con il suo cavallo; Vezin vide la scena e fu preso da un raptus di piacere e urlò "Shaflord vengo a prenderti!" poi, impugnata un'ascia, in pieno delirio, si fece largo tra i nemici, abbattendoli come fossero birilli, nell'intento di raggiungere il nemico. Tetruz lasciò il livido e bigio corpo di Malvak ed attese l'avvicinarsi di Grober, il quale smontò da cavallo e si avventò contro di lui, Tetruz fece altrettanto e ne seguì un durissimo combattimento; le spade si flettevano ad ogni colpo portato, quasi spezzandosi, e lo sforzo profuso dai due uomini era enorme, ma la rabbia di Grober era tale che le sue energie sembravano non finire mai. Grober ebbe il sopravvento e riuscì a ferire Tetruz ad un braccio, ma non ad abbatterlo poiché, codardamente, egli arretrò facendosi scudo dei suoi soldati, che presero a combattere contro Grober. Shaflord raggiunse l'iracondo Grober che, ormai accerchiato dai nemici, continuava strenuamente a combattere incurante del suo destino, quindi, facendosi largo con altre unità cavalcanti in mezzo al combattimento, afferrò Grober per la cinta e lo tirò a sé, sul suo cavallo, portandolo via da quella situazione ormai compromessa. I soldati di Pozental erano ormai in balia degli avversari che avevano incominciato ad appiccare fuochi e a forzare l'accesso alle Mura Fortificate utilizzando grandi tronchi come arieti; il giovane Luk abbandonò il suo riparo e scese dalla cinta raggiungendo Shaflord che, guardandosi attorno, contava i suoi uomini, ma ne vedeva ben pochi. Quindi alcune unità cavalcanti si riunirono a lui, un drappello di venti, trenta uomini braccati dai lanciatori di Tetruz, che ormai giocavano al tiro al bersaglio.

Era scesa l'oscurità che aveva avvolto tutte le terre ed anche l'animo di Shaflord: quel barlume di speranza che restava in lui si dissolse, vedendo crollare anche l'ultimo baluardo, il varco d'accesso delle Mura fortificate di Pozental; le verdi terre della sua infanzia erano diventate rosse dal sangue versato ed a lui, con un pugno di uomini, Luk ed il disperato Grober non restava che ripiegare verso Nord, cavalcando verso Court per salvarsi. Tetruz vide Vezin lanciarsi al loro inseguimento ed esclamò "Lascialo andare, è un codardo! Shaflord sei senza casa! Va', va'; fuggi lontano che noi ci occuperemo di Pozental!". Così in quel dramma Shaflord galoppò a capo chino, portando con sè il fantasma di Pozental e l'unica cosa che pensò fu che le donne, i bambini e molti uomini, si erano messi in salvo andando verso la grande Torre Mattone sui monti Mastodonti e pochi erano gli abitanti che, rimasti a Pozental, erano ormai condannati a schiavitù o morte. Pozental fu assediata e conquistata, Vezin inviò messaggeri da Zoren, che era rimasto sul versante orientale del Monte Avaron in attesa di notizie; circa trecento furono i caduti e solamente un decimo appartenevano agli uomini di Vezin e Tetruz che riportarono una vittoria schiacciante.

Pozental era divenuta la prima sovranità regia occidentale assoggettata al Regno di Moudentak e finalmente Zoren poteva dare la lieta novella a Moude.

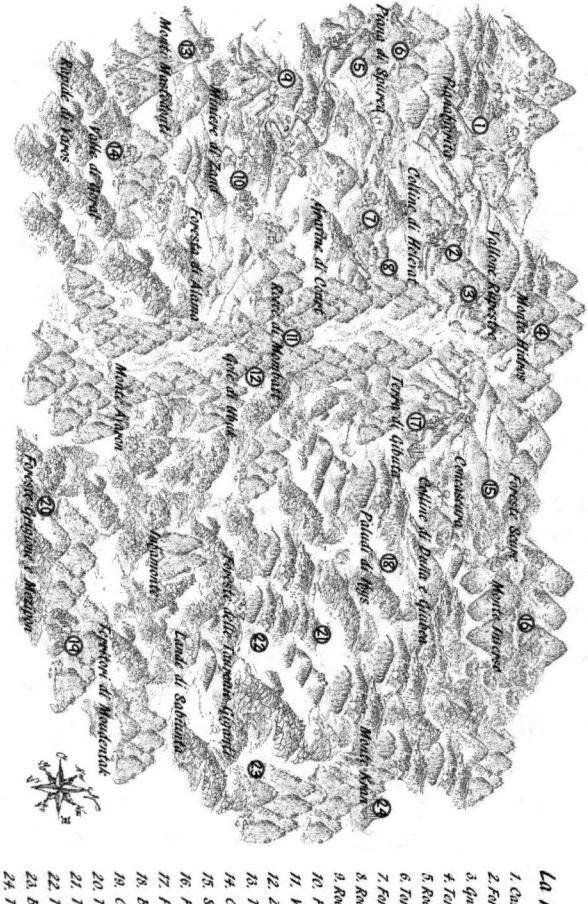

La Pangea Conosciuta

1. Castello Glorioso, Fulgenland
2. Fortezza Abbassà, Milunga
3. Qpeland, terre dei Nepentandi
4. Terre degli Euidei
5. Rocca delle due Guglie, Rowit
6. Torre Sporgijura
7. Fortezza Mattone, Court
8. Rocca Monserrat, Ippirne di Court
9. Rocca Merlata, Hland
10. Fortezza Bastione, Pozental
11. Valachia
12. Zusmia
13. Torre Fortezza Chiusa
14. Castello Aussitum, Badcopter
15. Selazzi, Foreste scure
16. Fenphi, Monte Inverso
17. Palazzo Bianco, Olixi
18. Borghetto degli Hferi
19. Castello Fortezza Nepunato, Moudentack
20. Torre dei Liumi, Fiumtcol e Qrizy
21. Territori dei Molossi
22. Territori degli Urchidii
23. Borgo di Melpie
24. Torre UtLintia

8

Elmut ricevette un oralforiere che riferì dei tristi avvenimenti, quindi con grande preoccupazione fece chiamare Muskatt, comandante dei Militiopliti, al quale comunicò di preparare gli uomini e tenersi pronto ad entrare in guerra. Nel frattempo Mhiara era giunta a Gloriosa ed anch'ella fu messa al corrente di ciò che era accaduto e le sue preoccupazioni furono immediatamente rivolte ad Illand. Dopo tre chiaroscure di cammino ininterrotto, Shaflord ed i sopravvissuti entrarono a Court stremati e frastornati; furono accolti da Karem e Leowold che rimasero colpiti nel vedere quel gran combattente ridotto ad un essere provato nel fisico ed avvilito nell'animo. Shaflord raccontò della battaglia, del suo esercito spazzato via, della morte di Malvak e dell'abbandono di Pozental ed essi si resero conto dell'immane tragedia che si era abbattuta in Occidente e perché quell'uomo si era presentato al loro cospetto in quelle condizioni. Leowold, temendo un'imminente offensiva, mise in allerta i territori di Court e movimentò verso Sud due unità di uomini a cavallo e tre di terra in retroguardia, poi fece schierare alcune colonne di uomini lungo i confini e numerose guardie a difesa del perimetro fortificato di Court. Nel contempo anche i territori dei Nilunghi, di Illand e di Rowit erano stati allertati ed Elmut decise di accelerare i tempi e mettere in campo un grande esercito composto da uomini appartenenti a tutte le sovranità regie e schierarlo a supporto di Court nella zona a meridione, al fine di frenare l'avanzata degli eserciti di Zoren. La macchina di difesa prese a muoversi e da ogni sovranità regia partirono milizie, il comando fu affidato a Muskatt che avrebbe diretto le operazioni. Wallace mosse da Rowit con il suo esercito e raggiunse Court, in seguito si aggregò anche la milizia dei Militiopliti che iniziò a trasferirsi più a Sud, nella zona adiacente alle miniere di Zand, così da formare una robusta linea di difesa. Anche Shaflord e Grober assieme a Leowold si mobilitarono mentre Karem rimase a presidiare più a Nord il versante orientale di Court assieme ad alcune milizie dei Nilunghi. Elmut consigliò a Mhiara di rientrare ad Illand per tenere alta l'attenzione ed evitare brutte sorprese, visto che risultavano confinanti nella parte orientale con i territori di Pozental ormai invasi. Insieme a Mhiara, Elmut inviò alcuni dei Militiopliti per mettere in sicurezza Illand e rafforzare le linee di difesa dei territori di confine.

A circa cinque chiaroscure dalla presa di Pozental, Moude ricevette la notizia della schiacciante vittoria ottenuta dal suo esercito e della conquista di Pozental e ne fu soddisfatto, ma nella sua mente i pensieri malvagi lo portarono a chiedere altre azioni efferate ancor più feroci e crudeli; considerava quella vittoria una sorta di modo per farsi conoscere e far capire la sua immensa potenza, ma ben altra cosa era sottomettere e dominare. Il suo desiderio più grande era di trovare l'Armilla ed entrarne in possesso, annientando tutti i discendenti della stirpe dal fregio regale, e, mosso da questo istinto selvaggio, pensò bene di far recapitare a Zoren in un sacco le teste di due consiglieri di Moudentack che avevano osato cospirare contro di lui, chiedendogli di fare altrettanto con la testa di Elmut. Questi, dal canto suo, era concentrato nell'organizzare un'efficace difesa ed i suoi pensieri erano rivolti a tutti quegli uomini pronti ad affrontare una guerra, pronti a morire ed a lasciare le proprie terre, le proprie famiglie, i propri averi per difendere la pace e la libertà. L'Armilla, secretata a Gloriosa, non era motivo di timore o paura di possibili attacchi, anzi quella situazione così complessa che si era venuta a creare stimolava in lui ben altro, egli la vedeva come l'occasione di misurarsi e confrontarsi con quell'uomo proveniente da terre lontane per comprendere realmente da cosa fossero mossi quegli oscuri sentimenti celati nel suo animo e da cosa derivasse la sua spasmodica e smisurata sete di potere; dunque, più che timore di confrontarsi ed andare incontro alla morte, in lui vi era curiosità e desiderio di sapere. Gli eventi che seguirono furono assai diversi da ciò che Elmut, Wallace, Shaflord, Karem e Mhiara avevano immaginato. Nelle mesarie seguenti nessun attacco fu portato verso Court o verso Gloriosa, né tantomeno i territori confinanti con Illand furono invasi. Zoren adottò tutt'altra strategia, rafforzò la presenza di soldati a Pozental e decise di attendere la fine del Grandefreddo per muovere verso il settentrione e penetrare sino ai confini più remoti dell'Occidente. Egli non era realmente a conoscenza del numero di uomini e su che forze potessero contare gli schieramenti della Coalizia, né sapeva quali strategie questi avrebbero adottato in caso di conflitto ed ancora, altro fattore che lui ed i suoi Fiduciari di comando valutarono, fu quello di non avere una vera e propria conoscenza della geografia e della morfologia dei territori in cui gli eserciti si sarebbero dovuti muovere e combattere, quindi trassero le conclusione che attendere un periodo di tempo maggiormente stabile dal punto di vista climatico avrebbe reso la loro avanzata più semplice ed efficace. Altra bega non di poco conto che dovette risolvere proprio Moude fu quella del coinvolgimento nel conflitto dei Molossi dal morso mortale, razza dalle fattezze simili agli Urchidi, canidi selvaggi dalla posizione eretta con il corpo ricoperto da ispida peluria grigio fulvo, artigli taglienti, denti aguzzi ed impressionante forza nelle fauci. Il problema era che le due razze dei Molossi e degli Urchidi confinavano tra loro ed erano situate a Nord dei territori autonomi di Moudentak; erano in eterno conflitto, per dispute territoriali riguardanti zone di caccia, e spesso l'una sconfinava nell'altra dando vita a scaramucce e scontri di violenza inaudita e dunque riuscire a farle pacificare e collaborare per uno scopo a loro del tutto ignoto e di futile interesse non era certo semplice. Così, essendo le due razze dotate più di istinto animalesco che di intelligenza umana, Moude, astutamente, pensò di offrire loro una parte di territori montuosi adatti alla caccia situati a Nord di Moudentak, promettendo inoltre che se avessero partecipato sotto il suo comando e la sua egida alla occupazione dei territori occidentali, avrebbe concesso ancora più terre, ricche di verdi foreste, acque e cacciagione; affascinando gli uni e gli altri con doni di bestiame da sacrificare ed ingannevoli discorsi, riuscì abilmente a sancire un periodo di tregua tra le due specie ed a coinvolgerle nella guerra. Tutto volgeva come da lui auspicato ed anche il suo desiderio di avere un erede fu soddisfatto dalla compagna Zeyla che diede alla luce Meros.

In Occidente intanto Elmut rifletteva su di un'idea che avevano avuto Wallace e Shaflord per liberare Pozental dall'assedio e ricacciare il nemico verso Oriente e si convinceva sempre più che operare nel modo da loro suggerito non era del tutto insensato. Wallace e Shaflord avevano pensato che, visto il numero elevato di uomini a loro disposizione e visto il temporeggiare di Zoren dovuto magari a difficoltà organizzative o ad altre situazioni derivanti dall'incognita di muoversi su dei territori sconosciuti ed inesplorati, probabilmente alimentata anche dal timore di subire agguati ed imboscate, il loro agire di sorpresa in contrattacco sarebbe stato vantaggioso. Un fatto importante di cui essi vennero a conoscenza permise di far maturare la decisione e prendere l'iniziativa. Il ponte sullo Spacco di Avaron aveva ceduto ed i rifornimenti di viveri e di uomini si erano interrotti, per ripristinare la situazione sarebbero trascorse circa una quindicina di chiaroscure e questa ghiotta situazione rappresentava l'occasione per stanare le truppe erranti di Zoren e, magari, sconfiggerle. Gor e Bedok, dopo essersi confrontati con Elmut, decisero di recarsi a Badenfor da Holz e, visti i rapporti di parentela che legavano Gor a Holz, i due volevano tentare di convincerlo ad intervenire in ausilio all'esercito schierato a Sud di Court per cingere in assedio Pozental anche dal versante meridionale; con loro andò anche il giovane Luk. Elmut inviò dei doni ad Holz affinchè egli comprendesse che il rapporto tra la Coalizia e Badenfor era ancora stabile, saldo e duraturo. Trascorse due chiaroscure Muskatt diede ordine all'esercito di iniziare a marciare verso Pozental: un migliaio di uomini iniziarono a muovere in direzione Sud e a distanza di circa dieci miglia circa altri trecento seguivano in retroguardia. A breve distanza mossero anche Wallace, Shaflord e Grober assieme alle unità cavalcanti. L'armata messa in campo era composta da uomini provenienti dai vari territori della Coalizia che per usi ed abitudini erano differenti tra loro, così come per vestiario ed armature; vi erano i soldati Court che indossavano corazze e scudi fatti di cuoio e calzari neri con spade dall'impugnatura color argento e lunghe lame brune, poi vi erano i soldati di Illand dalle pettorine di pellame marrone con elmi di cuoio e spade lucenti, i Militiopliti con leggere e resistenti corazze metalliche armati di spade e lunghe lance ed i Nilunghi dalle cerbottane di frecce avvelenate con corpetti rossastri ed elmi agghindati con piccoli pennacchi, fatti di penne di rapaci. L'armata marciò per una chiaroscura ed arrivò nei pressi delle Foreste di Alama dove si accampò in una zona protetta e ben nascosta. Muskatt inviò alcune pattuglie di esploratori per verificare il posizionamento delle truppe di Vezin e Tetruz ed il numero dei soldati dislocati sul territorio, inoltre chiese agli esploratori di osservare attentamente e cercare di capire di che tipo di armamenti fossero in possesso. Al loro ritorno comunicarono ciò che avevano visto e da quanto da loro riferito risultò che il numero di soldati raggiungeva circa il migliaio e non era dislocato in maniera uniforme, ma la maggior parte degli uomini stazionava nei pressi dei territori adiacenti a Pozental. Gli armamenti che furono descritti erano gli stessi che Shaflord e Grober avevano maledettamente assaggiato, vi era poca cavalleria e non vi erano esseri di dimensioni particolari o chissà che, anzi le truppe sembravano rilassate e poco attente e concentrate sui rischi ed i pericoli di attacchi; alcuni uomini erano addirittura ebbri, altri disarmati, fiaccati dal non far niente, logorati dal forzato riposo ed immersi in un idilliaco ozio. Muskatt si consultò con Wallace e Shaflord e, studiando attentamente le cartine morfologiche del territorio, decise di schierare gli uomini per l'attacco. La trepidante attesa di vendetta di Shaflord e Grober era terminata, il desiderio di liberare Pozental da quei barbari e vendicare la morte di Malvak era vivo e forte tanto che concertarono con Muskatt di muovere la cavalleria subito dopo che gli uomini di terra fossero riusciti ad aprire un varco negli schieramenti avversari, così da puntare direttamente su Pozental con le unità cavalcanti ed in seguito far giungere i rinforzi di altri soldati appiedati. Muskatt era un grande stratega e conosceva molto bene svariate tattiche e tecniche di combattimento di squadra, la sua élite dei Militiopliti, che eccelleva in questo, era perfettamente addestrata ad applicare le sue metodologie di intervento in battaglia. Decise di intervenire così da sorprendere i soldati avversari, ma non con un attacco massiccio bensì con efficaci punzecchiature rapide e feroci, fatte di imboscate ed agguati, in modo da rendere difficile al nemico la comprensione di ciò che stava accadendo; l'intento era quello di diminuire il numero degli uomini attaccandoli alla sprovvista nel momento in cui erano più vulnerabili, durante l'oscurità. Quindi Muskatt mise in campo soldati addestrati e capaci di utilizzare piccole spade e pugnali, abili a scivolare silenziosamente sul terreno e mimetizzarsi; questi si sporcarono viso e braccia di terra e fango ed iniziarono a muoversi strisciando verso le linee avversarie. Nel buio pesto molti uomini dormienti di Vezin e Tetruz furono colti alla sprovvista ed uccisi; pochi furono i gemiti ed i lamenti, l'accortezza stava proprio in questo: sorprenderli soffocando le loro grida e bloccando sul nascere ogni loro possibile reazione, per evitare che gli altri sentissero e realizzassero ciò che stava accadendo. I corpi ormai privi di vita venivano trascinati e nascosti e nuovi interventi chirurgici di guerriglia silenziosa venivano ripetuti. Gli ordini impartiti da Muskatt ai suoi uomini erano quelli di interrompere le operazioni alle prime luci e riposizionarsi nella zona d'ombra delle foreste di Alama, come nulla fosse. La strategia ebbe successo e alla chiaroscura successiva i nemici, sia per la moltitudine di uomini dislocata confusamente nel vasto territorio da presidiare sia per la non conoscenza del numero di uomini impiegati dalle varie etnie e tribù ad essi alleate, non si accorsero dell'assenza dei soldati spariti, inghiottiti dall'oscurità. L'operazione fu ripetuta al calare della luce e funzionò nuovamente: pian piano Muskatt rosicchiava uomini a Zoren e, senza subire perdite, con il minimo sforzo otteneva il massimo risultato. Il tempo trascorreva inesorabilmente ed il rischio che il ponte sullo Spacco di Avaron fosse presto di nuovo agibile, permettendo nuovi rifornimenti di uomini e viveri alle truppe nemiche, fece sì che alla terza chiaroscura l'armata comandata da Muskatt uscisse allo scoperto ed iniziasse a muoversi invadendo la Piana di Alama nei territori di Pozental. L'armata fu disposta dapprima in colonne composte da dieci uomini con gli arcieri davanti, mentre le unità cavalcanti comandate da Wallace e Shaflord si posero in retroguardia; alla distanza di circa due miglia Grober marciava con altri uomini, pronti ad intervenire in caso di necessità. Vezin e Tetruz furono avvertiti dalle loro vedette ed organizzarono le truppe; decisero di lasciare a presidio di Pozental uno sparuto numero di uomini e di convogliare il resto del loro esercito contro Muskatt, visto che per l'esperienza precedente ritenevano, altezzosamente, i loro uomini superiori nello scontro e che la battaglia sarebbe stata una scaramuccia di poco conto e di rapida e facile risoluzione. I due eserciti erano schierati l'uno di fronte all'altro, soltanto un miglio di distanza li separava; allegria e spavalderia riecheggiavano tra le truppe di Vezin e Tetruz, mentre gli uomini di Muskatt facevano del silenzio e della concentrazione il loro credo.

Vezin diede il comando di attaccare ed una nutrita fila di soldati prese a marciare verso i nemici, seguita da una seconda pronta ad attaccare l'avversario con dardi e lance; Muskatt fece avanzare gli arcieri, pronti a scoccare, e li fece disporre in posizione di semicerchio, quindi ordinò alle colonne di fanteria di avvicinarsi tra loro e serrare creando così lo schieramento ad istrice d'urto. L'istrice d'urto era composta da vari reparti di soldati addestrati che, con movimenti armonici e sincronizzati, si mettevano a servizio l'uno dell'altro dando vita ad una perfetta macchina di difesa e d'attacco; sull'esterno dello schieramento vi erano robusti portatori di scudi, protetti da resistenti corazze ed armati di spade dotate di lame molto taglienti; al centro dell'istrice vi erano i colpitori che indossavano leggere armature complete di schinieri ed armati di lunghe e robuste lance affilate; lo schieramento si disponeva a formare un grande quadrato compatto e statico, le lance degli uomini delle prime file venivano abbassate e puntate orizzontalmente davanti all'istrice mentre quelle dei soldati arretrati venivano tenute verso l'alto ed abbassate soltanto nel momento dell'impatto con il nemico, quando le file erano sottoposte a pressione e si comprimevano. Muskatt coordinava con grande abilità le mosse e le posizioni della sua istrice, mentre gli uomini di Vezin e Tetruz si avventavano velocemente su di essa con spade e lance cercando di allargarne le maglie. Nel momento dell'urto l'istrice tenne perfettamente la posizione e, durante l'assalto, le lance dei soldati in avanguardia colpivano mortalmente il nemico, lacerandone e straziandone le carni e costringendo coloro che riuscivano ad evitarle, a restare intrappolati in mezzo alle loro aste, fornendo ai lancieri delle file arretrate facili bersagli da trafiggere, mentre gli scudi sollevati e posti l'uno di fianco all'altro in perfetto allineamento formavano una robustissima difesa dagli attacchi delle frecce. Ma il principale limite dello schieramento dell'istrice di Muskatt era la sua vulnerabilità sui lati, dunque Vezin, resosi conto di ciò, ordinò alla seconda ondata di uomini di attaccare proprio sui fianchi. Gli arcieri smisero di scoccare le frecce, ruppero la posizione, sguainarono le spade e si lanciarono in combattimenti corpo a corpo; gli scontri che seguirono furono atroci e violenti e molti soldati dell'uno e dell'altro schieramento persero la vita. La battaglia lampo di Vezin e Tetruz era diventata una battaglia lunga, con molti caduti e dall'esito del tutto incerto, tanto che anch'essi scesero in campo ed iniziarono a combattere proprio quando l'attacco portato ai fianchi dell'istrice cominciò a dare risultati. Sull'altro fronte, per porre rimedio a questa situazione, Muskatt ordinò di sciogliere lo schieramento evitando così altre vittime ed incitò i soldati a sguainare le spade e combattere. Un continuo e costante tintinnio metallico risuonò più forte sulle terre di Pozental, lamenti di dolore ed urla di sofferenza scandirono i colpi continui ed incessanti che si protrassero fino all'oscurità, poi, nel silenzio più profondo che tutto avvolse, improvvisamente, come in un tacito e nobile accordo tra gentiluomini, cessarono le ostilità per una tregua a tempo che sarebbe naturalmente scaduta alle prime luci.

Così, alla prima tacca di chiaro della quinta mesaria dall'inizio della guerra la battaglia riprese più violenta che mai e i due eserciti si fronteggiarono con attacchi alternati. Il tempo trascorreva lento e sembrava quasi che gli scontri, dall'esito incerto, durassero in eterno. Muskatt ripropose l'istrice, mettendo a protezione dei fianchi le unità cavalcanti, mentre

Vezin rispose con il lancio di massi con catapulte rudimentali, riuscendo a scompattarla. Seguirono numerosi scontri corpo a corpo che ebbero come conseguenza centinaia di vittime dall'una e dall'altra parte; la battaglia sembrava non voler finire mai e fu arricchita da un epico attacco portato da Shaflord e Wallace che, con un manipolo di uomini, ebbero il coraggio di attaccare i temuti Grizay dalle mazze ferrate, decimandoli con grande abilità ed audacia. Sull'onda dell'entusiasmo, Shaflord e Wallace assieme alle unità cavalcanti provarono a forzare la mano, cercando di sfondare le linee del nemico ed avanzare verso Pozental, ma Tetruz, con i suoi uomini, respinse l'attacco infliggendo una bruciante sconfitta. Di nuovo le tenebre abbracciarono tutto e tutti ed una forte pioggia ed accecanti bagliori annunciarono una nuova tregua.

9

Elmut venne informato dell'esito ancora incerto del conflitto ma apprese di buon grado la notizia che l'esercito di Zoren era in difficoltà ed aveva perso parte dei suoi soldati e che quindi non era poi così invincibile come si era palesato. Il reggente della Coalizia, rimurginando sulle parole dell'oracolo Ydrea riferitegli da Karem, ebbe modo di riflettere su alcune cose e giungere ad una decisione un po' avventata ma utile alla causa. Così furono convocati a Gloriosa il secondo in comando dei Militiopliti, Ilbramar, che era a presidio del confine meridionale dei territori di Fulgenland e Mhiara di Illand. Trascorse alcune chiaroscure entrambi giunsero a Gloriosa, quindi Elmut rivelò in gran segreto ciò che aveva pensato ed intendeva realizzare: inviare loro assieme a soldati Militiopliti nei territori orientali, farli accedere passando per le terre degli Enidri e farli marciare in direzione del monte chiamato Inverso per poi proseguire verso quei territori dove vi era il regno di Moude. Elmut giustificò la motivazione di questo suo piano e riferì ai due convocati che il fine della missione doveva essere solo esplorativo, spiegando loro che l'Armilla da lui custodita poteva rappresentare l'oggetto agognato da colui il quale aveva generato tutto il male che stava invadendo la Pangea Conosciuta e che vi era un mistero, tramandato dai suoi avi, che riguardava l'Armilla e cioè la possibile esistenza di un altro oggetto simile nelle fattezze, di cui era stata celata la creazione e che rappresentava l'ocuro riflesso del male. Elmut sentiva ciò come reale e dunque disse loro "Credo nelle vostre capacità e nella vostra intelligenza e affido a voi questo arduo compito, io rivelo a voi in gran segreto che l'Armilla di cui non si conosce l'esistenza rappresenterebbe la causa di tutte le follie umane e le devastazioni che stanno affliggendo le terre sia ad Occidente che ad Oriente; infelicità, malvagità, atroci delitti ed efferatezze di ogni genere vengono perpetrate in nome del male supremo; se essa fosse entrata in possesso di un uomo ed egli fosse divenuto adoratore dell'oggetto in cui fu trasfigurato il culto del male, non esisterebbero limiti alla sua malvagità per far regnare le tenebre e l'oscurità. Vi chiedo di muovervi in assoluta segretezza per raccogliere dettagli ed informazioni di quanto accaduto in quelle terre e di come si sia potuto verificare tutto questo e se ci sia qualche riferimento a ciò che io vi ho rivelato; partirete con valorosi uomini al vostro seguito, Ilbramar tu comanderai le truppe durante il viaggio e Mhiara verrà con te poiché ha già visitato le terre degli Enidri ed ha conosciuto l'oracolo Ydrea, che vi guiderà aiutandovi ad attraversare il Grande Fiume portandovi nelle terre d'Oriente, poi da lì spetterà a voi proseguire. Rischierete la vita, ciò che farete lo farete per tutti gli esseri della Pangea Conosciuta, ricordatevi però che qualsiasi cosa voi vedrete, sentirete o vi sarà riferita dovrà rimanere segreta sino a quando uno di voi tornerà da me." Detto questo accompagnò Mhiara da Jolen lasciando le due donne a conversare.

Jolen, consegnò a Mhiara un dono, la spada che suo padre Endrick aveva fatto forgiare per lei, una meravigliosa makara con la lama di colore argento leggera e resistentissima, con scanalature di colore bronzo e dall'impugnatura rivestita di pellame e cuoio di Illand, che portava, alla base dell'impugnatura, una grande gemma preziosa di colore blu incastonata dalla stessa Jolen. Così, alle prime luci della chiaroscura seguente, Ilbramar, Mhiara e la milizia dei Militiopliti presero a cavalcare verso le terre degli Enidri ripercorrendo lo stesso tragitto che la donna aveva effettuato con Karem, Ilbord e Timofte, e proprio ricordando quel viaggio ella indossò la collana che Karem le aveva donato. Mhiara era entusiasta di rincontrare Ydrea e sentiva il desiderio di confessarle che ciò che le aveva consigliato di fare era servito a risvegliare in lei sensazioni ed emozioni che da tempo erano sopite e che la forza del suo messaggio le aveva permesso di esprimere finalmente ai suoi amati genitori ciò che la turbava, ricevendo da loro comprensione ed amore; per il resto, beh ella pensava che sarebbe venuto in seguito.

Intanto Gor, Bedok ed il giovane Luk giunsero a Badenfor e furono accolti da Holz nel Castello Ausilium; Holz si rivelò una persona dalle buone maniere e molto cortese, tanto che pensarono che il suo fosse un atteggiamento di circostanza ma, durante il parlare, si resero conto che i pregiudizi che circondavano la sua figura erano solo maldicenze e che le raccomandazioni fatte da Elmut e da Shaflord non avevano gran senso in quanto quell'uomo, in fin dei conti, era buono e magnanimo. Mangiarono e trascorsero molto tempo a parlare amabilmente; il giovane Luk chiese ad Holz se vi fosse la possibilità di esplorare i suoi territori per studiarne ed annotarne le caratteristiche e la morfologia ed egli concesse al giovane di fare ciò che desiderava, anzi si offrì di accompagnarli in questa escursione esplorativa. Nella chiaroscura successiva una luce intensa accompagnò il loro cammino ed effettuarono l'esplorazione attraversando i boschi di Badenfor, la valle di Goral e visitando le piccole rapide di Varos; il giovane Luk ebbe modo di disegnare ed appuntare quei luoghi a lui sconosciuti, mentre Gor e Bedok, affascinati dagli incantevoli paesaggi mostrati da Holz, seguivano attentamente le sue digressioni sulla natura circostante; tutto ciò sembrava una splendida uscita tra amici spensierati ed affiatati, durante la quale un'aria tiepida mossa da una leggera brezza allietava gli animi. Ritornando, Gor raccontò ad Holz della tragedia che si era verificata a Valachia e Zermia, delle loro genti massacrate e sterminate dall'esercito del malvagio Zoren e del miracoloso salvataggio nelle Gole di Ubuck; Holz ne fu molto colpito e cercò di consolare ed incoraggiare i due uomini spiegando loro che, per quei tristi accadimenti, vi erano certamente delle motivazioni, sì deprecabili, ma vi erano delle situazioni, magari non rivelate, che qualcuno aveva celato per tanto tempo e che per un naturale ed ineluttabile trascorrere dello stesso, erano sfociate in quella assurda guerra che aveva coinvolto i loro territori e stava interessando anche le genti innocenti dei territori di Pozental. Per questi motivi giustificò la sua assenza dall'intervento e si stizzì quando i due elogiarono Elmut definendolo il condottiero di quella guerra come l'unico in grado di far ristabilire

pace e libertà. Giunti ad Ausilium, Holz li condusse attraverso le segrete del Castello sino alla stanza Negata dove teneva serbati gelosamente preziosi gioielli, monili di pregiata fattura, documenti e carteggi segreti. Qui custodiva anche degli scritti sbiaditi e consumati del suo predecessore Amseto e ne era in possesso poiché, subito dopo la misteriosa morte dello stesso Amseto e prima che il rogo dolosamente appiccato al Castello distruggesse tutto, era riuscito a trovarne alcuni malconci e a custodirli come reliquie. Resosi conto dell'importanza e della delicatezza degli argomenti trattati, li ripose in uno scrigno fuori dalla portata di chiunque, conservandoli accuratamente e riproponendosi di mostrarli al momento opportuno per evidenziare le cause e gli effetti di ciò che in essi era contenuto. Per Holz dunque quel momento era giunto e così fece, dicendo "Ora vi mostrerò alcune cose che mai avreste pensato potessero esistere ed essere attuali, reali e veritiere, come fu per me quando ne venni a conoscenza, ma così è."
Aprì lo scrigno che conteneva i carteggi scambiati alcuni annuarie prima tra Elmut ed Amseto e, dopo aver rovistato tra di essi, ne prese uno tra i più interessanti ed iniziò a leggerlo:
"Caro Amseto, ciò che tu mi hai riferito è vero, i tuoi dubbi e le tue paure sono motivati, gli equilibri dei nostri territori non saranno sicuri in eterno… come hai valutato anche tu è necessario che si inizi ad esplorare al di là del Grande Fiume per prendere coscienza di come siano le terre e le genti che le abitano, quali siano gli usi, i costumi, le abitudini di vita ed il loro modo di organizzarsi… in seguito credo

che si possa dare forma a ciò che io ti ho confidato e coinvolgerli in..."

e qui il carteggio, ormai lacero e scolorito, diveniva illeggibile. Ma vi era un altro foglio interessante dove si distingueva una bozza disegnata molto simile ad una mappatura di territori in cui si intravedevano i villaggi di Zermia e Valachia e di fianco vi era disegnato, oltre al Monte Avaron, un grande territorio cerchiato con un Castello, ed anche questo foglio conteneva altri appunti, ma indecifrabili. Gor, Bedok ed il giovane Luk rimasero stupiti ed interpretarono quelle parole scritte quasi come se ci fosse complicità tra Amseto ed Elmut per arrivare ad ottenere controllo e dominio anche ad Oriente del Flumendoso.

Holz, tra le varie carte, ne mostrò altre e prese a leggerle:

"...non vorrei mai darti un dispiacere del genere amico mio, ma se io potessi trattare con altri faccende così importanti, lo farei di certo, un avvicinamento permetterebbe di fare grandi cose... perché no? Sai bene che persuadere gli uomini ed avere potere fa gola a tanti... non pensare di essere immune da questo, caro amico, come d'altra parte non lo sono io, prova ad immaginare se ciò che penso si tramutasse in realtà, ma io non potrei... l'oggetto che tutto trasforma... come strumento per ottenere il controllo assoluto... se fosse così... unirsi e collaborare...; ed ancora: Bada a te... amico mio! E guardati le spalle... ottenere ciò che si vuole con sotterfugi ed azioni meschine... è scritto che accada... saper influenzare le menti e condizionare le scelte ed i comportamenti... non so ancora come... riusciremo..."

Gli scritti erano incompleti, consunti, bruciacchiati e sbiaditi, era difficile leggere altre parti, ma ai loro occhi e alle loro orecchie il contenuto di quegli incarti suonava strano, quasi come una sentenza già scritta e pattuita; ambigue parole e terribili concetti segretamente scambiati irritarono i loro animi, tanto che non ebbero voglia di commentarli, si guardarono increduli e crucciati e rimasero in silenzio. Holz ripose i carteggi nello scrigno e ne prese un altro piegato in quattro parti e, dopo averlo spiegato sussurrò "Questo è ciò che rimane degli appunti personali di Amseto"

"… Maledetto quell'attimo in cui pensai di arrivare a darti cotanta fiducia, tu che sempre mi avevi incoraggiato a fare questo ed a spingermi oltre, mi hai lasciato da solo, ormai hai fatto i tuoi interessi e ti sei servito di me, ora come una bestia famelica attendi la mia fine per sbranare ciò che resta della mia anima… quello scuro cavaliere che nei miei incubi mi rincorre per averlo scelto, ormai mi ha raggiunto e metterà fine alla mia esistenza, mentre tu ti ricorderai di me per non avermi ricordato e mi rinnegherai schernendo il mio nome."

Una confusione totale aleggiava nelle menti di Gor, Bedok e del giovane Luk, ma a mettere ordine nei loro pensieri ci pensò Holz "Ciò che vi ho fatto vedere e vi ho fatto conoscere era stato secretato per molto tempo, tutto era predisposto e stabilito sin dall'origine, chi ora si erge a paladino della nostra salvezza non è altro che un essere furbo ed astuto, perfido e malvagio, e proprio lui, che illude tutti noi ed ammalia con i suoi viscidi discorsi, ci spinge verso la guerra per raggiungere il suo scopo; non gli basta dominare le terrre di Fulgenland e di avere influenza su quelle degli altri, ma vuole controllare anche ciò che egli conosce, ma che non può ottenere... è come un fanciullo che fa capricci e si intestardisce per qualcosa che non può avere... Coinvolge e porta tutti verso lo scontro, gli uni contro gli altri per avere il controllo ed ottenere il potere. Io non conosco questo Moude, ma egli sì e ne parla; io non conosco la malvagità di questo essere, ma egli sì e ne parla; io non conosco il motivo di questa guerra, ma egli sì, ma non ne parla... e perché secondo voi io dovrei sacrificare i miei uomini, le mie genti per qualcosa di cui non conosco la causa e né i motivi? Egli mi manda oralforieri, Shaflord da Pozental e ora voi, con doni e richieste di aiuto per corteggiarmi e coinvolgermi in qualcosa che ha disegnato e di cui noi non siamo altro che pedine da muovere, di un suo progetto personale, ma fin dove vuole arrivare? Ma forse qualcuno lo dovrà fermare. Dunque, per non far torto a voi e nobilitare il sacrificio al carnefice delle genti di Zermia e Valachia, ho deciso che invierò delle mie truppe in appoggio a Wallace e Shaflord per liberare Pozental e non dirò nulla, abbasserò il capo al suo volere e come voi mi illuderò che tutto ciò che egli dice sia verità; nulla è più semplice che illudere sé stessi poiché ciò che ogni uomo desidera, crede anche che sia vero.

Ma ora, amici miei, anche voi siete a conoscenza come me di questi fatti e siete liberi di scegliere se interpretarne e comprenderne e diffonderne il significato oppure dimenticarne l'esistenza; ma non serve un saggio, anche uno stolto ne sarebbe convinto; ognuno nel profondo dell'animo può scegliere cosa fare e decidere se far conoscere o meno pensieri e decisioni celate e tenute misteriosamente segrete che segnano il destino di tutti gli esseri; ricordate che nessuno decide o progetta il volere ed i desideri altrui arbitrariamente: la libertà, la pace si ottengono realmente se tutti ne conoscono il valore e combattono volutamente per ottenerle e non perché un uomo le proclama portando guerra e sterminio nel loro nome, sono le circostanze che causano gli eventi." Così parlò Holz ed i suoi ospiti intesero il messaggio, non una parola fu detta, ma quando essi si trovarono sull'uscio della stanza, Bedock disse "Considero ciò che ho visto e sentito veramente abominevole, per il male già subito dalle mie genti e per quello che potrà esser fatto ancora reputo giusto che coloro i quali stanno combattendo per scopi pacifici e nobili ideali, siano messi a conoscenza e decidano come comportarsi, ognuno è artefice del suo destino ma deve sapere chiaramente ed essere cosciente da cosa può avere origine."

Alle prime tacche di chiaro Gor e Bedok si accodarono alle milizie di Badenfor, concesse da Holz, per raggiungere l'esercito impegnato in battaglia e dare il loro contributo. Volti tesi e pensierosi quelli che lasciarono il Castello Ausilium, mentre Holz turbato nell'animo ma sereno per ciò che aveva fatto rimase a Badenfor con la promessa di rincontrarli.

10

Le chiaroscure trascorrevano veloci e la battaglia per liberare Pozental si faceva sempre più dura e complicata, così si andava avanti nell'inerzia di feroci scontri in attesa che qualcosa potesse rompere quell'equilibrio divenuto logorante e durevole. I due schieramenti si fronteggiavano con coraggio, maestria e dedizione, erano così ben organizzati che, come disposti su di uno scacchiere, ad una buona mossa di attacco dell'uno, corrispondeva prontamente un'ottima mossa di difesa dell'altro; non uno spazio era lasciato scoperto né tantomeno le posizioni venivano perdute, tecniche di battaglia ed artifizi venivano proposti e riproposti e molto altro sangue veniva versato, vigliacchi e codardi non ve ne erano ma il campo di battaglia era un brulicare di uomini valorosi, pronti a morire con decoro. La svolta si ebbe quando Muskatt decise di attaccare le milizie di Vezin e Tetruz così da accerchiarle e farle indietreggiare sino allo spacco di Avaron, tagliando fuori quel numero sparuto di nemici dislocato a presidio di Pozental contro i quali si sarebbe concentrato l'intervento delle truppe che muovevano con Grober. Muskatt srotolò una mappa disegnata da Luk e la stese su di una roccia, chiamò Wallace e Shaflord e si pronunciò "Dovremo agire in modo da costringere le truppe di Vezin e Tetruz a compattarsi verso il versante Sud orientale; Wallace tu mi appoggerai, mentre Shaflord interverrà per accerchiarle e, così come si fa con una mandria, le spingerà verso di noi che attaccheremo avanzando e le faremo ripiegare ricacciandole proprio lì da dove esse sono venute." Wallace rispose "D'accordo, ma dovremo prestare molta attenzione nei movimenti, non possiamo permetterci di subire una loro controffensiva, perché potrebbero puntare a disperderci ed isolarci da Shaflord, così da renderci facile preda e bersaglio delle sortite di Vezin." Anche Shaflord commentò "Così facendo io potrò spingerli con le unità cavalcanti nel vostro raggio d'azione, liberando un corridoio verso Pozental, e Grober con i suoi potrà puntare dritto su Pozental e sferrare l'attacco al loro sparuto schieramento." Era così trascorsa la sesta mesaria dall'inizio della guerra, quando Muskatt impartì gli ordini e l'astuta strategia prese forma; Vezin con i suoi soldati venne facilmente accerchiato e tanti caddero sotto la pressione dell'armata; Tetruz intuì le intenzioni del nemico e contrattaccò, armando le catapulte rudimentali e facendo effettuare numerosi lanci per allentare la pressione che le truppe di Vezin stavano subendo, poi iniziò a far ripiegare i suoi verso Pozental; ma Shaflord, con le unità cavalcanti, entrò in azione distruggendo i macchinari da lancio e tagliando le vie di fuga che portavano ad Occidente verso Pozental, costringendo Tetruz a rallentare ed arretrare nella direzione opposta. Grober sopraggiunse e con un centinaio di soldati si infilò nel corridoio così creato e transitò agevolmente puntando Pozental. Ricacciati dunque fin sullo spacco di Avaron ed incalzati dall'armata, molti soldati in preda al panico finirono nelle acque del Grande Fiume annegando, mentre altri si batterono fino all'ultimo cadendo proprio in quelle terre dalle quali erano venuti. Vezin, nella confusione, cercò una via di fuga e, con uno sparuto numero di uomini, si diede alla macchia, mentre Tetruz riuscì a scampare a morte sicura e riprese a galoppare con un drappello di soldati verso Pozental. Così durante l'interminabile chiaroscura apparvero da Sud anche le truppe di Badenfor con a capo Oscal che mosse verso Pozental. Tetruz, anticipando tutti, entrò a Pozental e radunò tutti i soldati che vi erano per organizzare la resistenza, quindi fece ammassare sul varco d'accesso della Fortezza Bastione travi, carretti, masserizie e mercanzie d'ogni genere per ostruirne il passaggio ed iniziò a far appiccare fuochi qua e là creando confusione. Poi comandò ai soldati di recuperare armi da lancio e li divise in gruppi facendoli posizionare in zone non visibili. Shaflord, Grober e Oscal si ritrovarono dinanzi al varco d'accesso, lesti gli uomini presero a forzare con decisione l'ingresso ostruito da Tetruz usando travi di legno delle catapulte abbandonate dal nemico e tronchi d'albero abbattuti per far legna da ardere per il villaggio. Nel giro di poco tempo il varco fu liberato, Oscal fece un sorriso e, gesticolando con la mano verso Shaflord a mo' di riverenza, disse "A te l'onore di entrare a Pozental." Percorso il varco, un'acre odore di fumo prese la gola degli uomini, mentre colonne di fuoco continuavano a sollevarsi dai numerosi roghi appiccati distogliendo la loro attenzione e creando difficoltà nell'individuare il posizionamento dei nemici. Shaflord ordinò ad alcuni uomini di recarsi verso i grandi abbeveratoi delle stalle e prendere dell'acqua per spegnere i roghi e disse a tutti i soldati di coprirsi il volto e la bocca per evitare di inalare altro fumo. Anche Oscal e Grober erano entrati nel villaggio e ordinarono ai loro uomini di muoversi lentamente e stare compatti, scrutando e cercando di stanare i nemici; d'un tratto si udì "Frecce, frecce!" ed alcuni uomini vennero trafitti cadendo al suolo senza vita, d'improvviso tutto tacque, poi nuovamente si sentì scoccare ed altri dardi provenienti dal lato opposto al precedente trafissero soldati inermi. Shaflord stizzito e rabbioso urlò "Codardi, venite allo scoperto! Codardi!" E mentre i fuochi venivano spenti e la visibilità migliorava, Tetruz continuava a stare rintanato nell'ombra. L'impazienza di Shaflord ebbe il sopravvento, sguainò la spada, scese da cavallo ed urlò nuovamente "Visto che non esci Tetruz, giocherò a stanarti come si fa con i sorci", ma d'improvviso, dall'alto della cinta muraria, cadde un enorme pagliericcio e grosse travi di legno travolsero e schiacciarono gli uomini sottostanti, poi furono scagliate lance e grosse pietre e Tetruz venne allo scoperto; dai nascondigli uscirono gli altri soldati che, impugnate le spade, si lanciarono all'assalto prendendo a combattere senza una logica di intervento pianificato e strategicamente studiato. La rappresaglia fu volutamente violenta e disordinata, proprio perché Tetruz sapeva che i suoi uomini erano meno numerosi e l'unico modo che aveva, per resistere e magari crearsi una via di fuga, era quello di portare confusione nella gestione e nella organizzazione degli scontri. Le truppe di Badenfor iniziarono a combattere e i soldati si dimostrarono validi e forti così, nel giro di poco tempo, ridussero gli avversari ad un nugolo di uomini. Tetruz aveva evitato il combattimento e si era rintanato sulla cinta muraria continuando con alcuni uomini a riversare travi sui soldati sottostanti per creare maggiore confusione, quindi pensò bene di abbandonare la battaglia e cercare una via di salvezza. Si coprì il volto per rendersi anonimo e confondersi con i soldati, quindi scese dalla cinta muraria e si diresse rapidamente verso il varco aperto. Lì vide che stazionavano alcuni cavalli e rapidamente ne montò uno, ma si ritrovò subito catapultato al suolo poiché, dal lato opposto, di fianco al cavallo, vi era appostato Grober che, tirandolo da un piede, lo disarcionò facendolo cadere in terra. Grober esclamò a gran voce "Oh no! Così vorresti andar via? Non ti è piaciuta la nostra ospitalità? Alzati codardo e combatti", sguainò la spada e, con un calcio, ne spinse un'altra verso Tetruz dicendo "Impugnala, forza, e fammi vedere cosa sai fare, vigliacco!" Grober partì alla carica a testa bassa, ma Tetruz riuscì a schivare i colpi e contattaccò; il combattimento si fece duro e Tetruz, che aveva ancora sul braccio sinistro evidenti i segni del ferimento subito proprio da Grober, lo provocò dicendo "Ah, ora mi ricordo di te! Sei quel soldato che mi ha graffiato sul braccio", schiumando rabbia Grober replicò "sì, sono il soldato che ti ucciderà" così, con tutte le sue forze, sferrò un fendente, ma Tetruz lo evitò e a sua volta rispose abilmente, ferendolo al polso. Grober iniziò a sanguinare e, voltatosi, vide Shaflord che osservava da lontano, pronto ad intervenire; così gli urlò "No, fermo. Non ti muovere, a questo mezzo uomo ci penso io!" Grober risollevò la sua spada e riprese ad attaccare con veemenza, tanto da costringere Tetruz ad indietreggiare fino a metterlo con le spalle contro la parete della cinta, ma Tetruz, ancora una volta si divincolò e riprese a parlare con tracotanza "soldatino! Forse alla fine ci riuscirai, ma per adesso devi sudare. Forza, fammi vedere come combattono le tue genti o devo dedurne che questo è il massimo che sapete fare?" "Non ti preoccupare che il bello deve ancora venire" replicò Grober e, con tutta la forza che gli era rimasta, sferrò un fendente che spezzò la lama della spada di Tetruz e lo trafisse all'altezza del cuore. Tetruz cadde in ginocchio con la spada conficcata nel petto e dalla bocca inziò a sgorgare del sangue, allora Grober lo prese dalla testa e gli urlò ad un orecchio "Questo è per ciò che hai detto di me e delle mie genti!" e, sfoderato il pugnale, lo trafisse in gola urlando ancora "Questo invece è per mio fratello Malvak". Tetruz iniziò a tremare, le pupille si dilatarono, i suoi occhi divennero bianchi e spirò; il suo corpo, già in ginocchio, stramazzò a terra alzando un velo di polvere che lo ricoprì. Grober lasciò cadere in terra il pugnale e scoppiò in lacrime: aveva vendicato la morte di suo fratello, ma non accettava i motivi di quello spargimento di sangue, né riusciva a farsene una ragione. Shaflord si avvicinò mestamente e con un filo di voce disse "Grober grazie a te la morte di tuo fratello è stata vendicata e Pozental è di nuovo libera, so cosa pensi ed anch'io sono confuso, ma se queste cose stanno accadendo qualche ragione c'è… è finita, ora è finita amico; Elmut che odia tutta questa violenza tra le genti ci guiderà di nuovo verso la pace." Gor e Bedok assistettero alla scena e, udite le parole di Shaflord, furono tentati di intervenire, così si guardarono ma, visto il momento delicato e particolare, titubarono nel farlo e nessuno dei due ebbe voglia di parlare.

Pozental era spettrale, il villaggio era ricoperto da cenere, polvere e detriti; da alcuni cumuli bruciati si innalzava ancora un denso fumo grigio, in ogni angolo vi erano oggetti di vario genere, stoviglie, attrezzi ed arnesi della vita quotidiana, corazze, spade e lance ed una moltitudine di corpi senza nome tappezzava il livido suolo. Tutti si misero alacremente al lavoro, cominciando ad accatastare i cadaveri e a ripulire il villaggio. Shaflord chiamò a sé alcuni soldati e chiese loro di recarsi alla Torre Mattone per comunicare alle genti che la battaglia era terminata e Pozental era libera. Al calar della luce furono accese innumerevoli pire funebri che illuminarono tutta la piana, tanto da essere ben visibili fino ad Alama. I bagliori delle pire furono visti anche dai vittoriosi Wallace e Muskatt i quali, di ritorno con la loro armata, commentarono "Bravo Shaflord, rendi onore a tutti i caduti in questa grande battaglia, siano essi amici o nemici, concedi loro l'onore di un commiato funebre." Una grande vittoria era stata ottenuta; nell'animo dei protagonisti vi era la sensazione che ormai il peggio era passato, il nemico era stato ricacciato e pian piano si sarebbe tornati alla normalità, certo però con uno spirito nuovo e con la coscienza che, al di là del Grande Fiume, vi erano genti a tutti gli effetti, proprio come loro. Ciò stimolava anche la curiosità e celati desideri di maggiori conoscenze: se fino ad allora alcuni, pochi, ne avevano raccontato l'esistenza favoleggiando e molti avevano considerato sempre quei fatti, quelle storie come ingegnose finzioni narrative frutto della fantasia oppure archetipi creati appositamente per rendere saldo e stabile l'equilibrio tra i popoli, ora, a sconvolgere tutto, vi era stato il diretto e reale contatto con quelle terre misteriose ed anche se era stato traumatico e drammatico, essi non potevano negare l'esistenza di popoli organizzati come loro, magari anche più evoluti. Tra Wallace, Shaflord, Grober e Muskatt un pensiero comune prese forma, ragionarono su queste novità e, per quanto imbarazzanti ed impreviste, convennero che, con il passare del tempo, erano destinate a portare un nuovo ordine: considerare malvagi degli individui di cui non si conoscevano abitudini, usi e costumi, né tantomeno modi di pensare e di agire, era concettualmente sbagliato. Pensarono dunque che era opportuno affrontare questi argomenti con Elmut e le altre sovranità regie, per stimolare le menti a trovare metodi e modi pacifici per conoscere ed avvicinare quelle genti, ma, nel loro disquisire, intervennero anche Gor e Bedok che raccontarono per filo e per segno tutto ciò di cui erano venuti a conoscenza durante il loro soggiorno a Badenfor da Holz. Lo scenario cambiò radicalmente, rabbia, stizza, incredulità pervasero gli animi dei nobili uomini e più Gor e Bedok incalzarono nei racconti con dovizia di particolari, maggiore fu il loro stupore e la loro delusione. Il dubbio si insinuò, si sentirono soli, traditi nell'animo e nello spirito, non era possibile che Elmut fosse quell'uomo dipinto dalle parole di Gor e Bedok, un edonista astuto e perfido che agiva per proprio interesse senza pensare razionalmente alle conseguenze drammatiche che le sue azioni avrebbero potuto avere sugli altri, mosso malignamente solo dalla continua ricerca del proprio piacere e della propria soddisfazione. Il teatrino messo su per annuarie dall'istrionico Elmut aveva adescato, pervaso ed affascinato migliaia di anime, illudendole che lui fosse il paladino della libertà, della pace e del bene. Nei loro pensieri i discorsi di Gor e Bedok stonavano maledettamente, ma era chiaro che la spasmodica ricerca ed il mantenimento del bene tanto agognato e declamato da Elmut era divenuto strumento del suo volere malvagio e veniva ipocritamente invocato per insinuare paure e timori nelle genti di cui egli, come un burattinaio, teneva i fili. Era necessario dunque intervenire immediatamente, confrontarsi con Holz ed informare anche gli altri, ma senza fare intuire ad Elmut che loro erano a conoscenza della sua vera natura.

I loro dubbi furono alimentati ancor di più quando vennero a sapere che Elmut aveva inviato segretamente Mhiara e Ilbramar dei Militiopliti verso Oriente e loro non erano stati messi al corrente delle motivazioni di quella decisione né del fine che potesse avere quella missione. Poi i misteriosi contatti con l'oracolo Ydrea e la pantomima messa in scena negli incontri tenutisi nella Torre Nord a Gloriosa sulla malvagità di Moude, di cui essi avevano soltanto sentito parlare per sua bocca ma della cui esistenza e della cui feroce e smisurata sete di potere non avevano mai avuto segni evidenti e tangibili, diede loro maggior convinzione di essere stati sedotti ed ingannati. Addirittura pensarono che la guerra fosse stata architettata proprio da lui ed inscenata da quel Moude che misteriosamente veniva additato come un abominevole essere, ma magari, per paradosso, era il suo miglior alleato con cui aveva disegni e progetti comuni da realizzare.

11

Ilbramar e Mhiara erano giunti in prossimità dei territori degli Enidri e, scortati dai guardiani Adron ed Elero, si apprestavano ad incontrare l'oracolo Ydrea. Mhiara venne accolta dalla veggente ed ebbe modo di ringraziarla dei buoni consigli che aveva ricevuto; in seguito, dopo aver ricevuto anche Ilbramar, ad Ydrea furono riportate le richieste che Elmut aveva fatto. Ydrea dapprima ne fu inverosimilmente turbata ma poi, dopo aver condotto i due visitatori nella zona d'ombra della profonda grotta dalle pareti giacciate del monte Hidros, ella proferì parola e con voce sibillina disse: "Ciò che egli chiede è sorprendente ed inaspettato, vuole che io vi indichi la strada verso l'Oriente per lui e per voi sconosciuta e misteriosa trasgredendo le regole date a seguito dell'ordine precostituito e vi permetta così d'oltrepassare il limite territoriale conosciuto e di marciare con truppe di uomini armate verso l'ignoto; ma non pensa egli di turbare così gli equilibri delle indigene genti violando arbitrariamente il loro spazio? Conosco voi come conosco loro e, se aiuto voi, dovrei aiutare anche loro, soltanto che mai nessuno d'Oriente ha avuto l'ardire di chiedere una cosa del genere…". Ydrea smise di parlare e Ilbramar, resosi conto che l'oracolo aveva posto un quesito a cui né egli né tantomeno Mhiara erano in grado di rispondere, prese coraggio e replicò "Ydrea, Elmut vuole fare ciò con pacifici intenti, avvicinando quelle genti per stabilire rapporti di collaborazione ed amicizia e…" Ydrea lo interruppe sollevando lentamente la sua mano e riprese a parlare "Oh essere ingenuo che credi ancora nelle effimere parole umane così come escono sussurrate dalle labbra, ma che celano idee e pensieri a cui volutamente mai si dà fiato... ricorda che le mezze verità degli uomini sono intere menzogne per noi che ne leggiamo l'animo"; quindi Ydrea si rivolse a Mhiara "Avvicinati a me, pura essenza femminile, e chiudi i tuoi occhi", prese una piccola ampolla contenente un unguento di colore biancastro, intinse le sue dita ed unse la fronte di Mhiara, poi le mise le mani attorno al collo appoggiando la sua fronte su quella di lei e concluse parlando con bocca della stessa "So che egli è mosso dal voler conoscere l'oscuro male del monile secretato e l'uomo che ne rappresenta la sua vigoria, per molte annuarie Elmut ha custodito la pesante eredità tramandata dai suoi predecessori conoscendone l'essenza, ma non cogliendo il significato degli avvertimenti che nel corso del tempo ne rivelarono la natura contradditoria; ma egli non ne ha colpe poiché nessuno precedentemente si era posto domande e aveva cercato riposte... si era solo considerata l'esistenza del bene e del suo contrasto, il male, come cosa reietta; quindi, ottenuto l'equilibrio e disarmato l'elemento contrapposto, ci si impose di relegare il pensare a questo oscuro in un angolo remoto della mente per poi allontanarne qualsiasi pensiero diniegandolo. Superficialità umana o riflesso incondizionato di falsa evasione dalla realtà? Nessuno mai osò pensare o dare una spiegazione, ma ora il fato vuole che in questa Era la coscienza malvagia si risvegli e riprenda vita ed Elmut sente grave il compito di sapere cosa accade e di provare a

porre rimedio contrastandola, ma egli stesso è umanamente confuso e vulnerabile ed è oggetto della sua vendetta; la falsità e l'ipocrisia umana ne faranno un martire, ma dalle sue pene e sofferenze tornerà nuova vita e diverrà un'icona dei tempi. Io vi darò la strada, come egli mi ha chiesto, e negherò a chiunque me lo chieda ciò che ho proferito ed anche voi farete ciò; io ho solo visto nel profondo, ma ho parlato per bocca altrui." Ydrea finì di parlare e tolse le mani dal collo di Mhiara, poi indietreggiò, Mhiara aprì gli occhi, sospirò profondamente e ricordò le parole di Ydrea, quindi ebbe forti capogiri e Ilbramar le cinse i fianchi per sostenerla, così Ydrea purificò la donna dandole da bere una sostanza dal torbido colore. Ilbramar chiese alla veggente cosa avrebbero dovuto fare e Ydrea convocò Ardon e Maila e disse loro di accompagnarli nella zona delle umide cave ed indicare il percorso da seguire per trovarsi ad Oriente, poi accarezzò in viso Mhiara, strinse la mano a Ilbramar e, voltatasi di spalle, fece per andar via, ma sussurrò "Non tentate l'impossibile e siate sempre razionali, andate con spirito mansueto e non abbiate timore né paura, ma ricordatevi che sarete sempre ospiti in terre straniere, di genti che come voi, non conoscono la vostra esistenza né il vostro vivere; siate sinceri e leali così sarete ricambiati…"
Sceso il buio Ardon e Maila condussero Mhiara e Ilbramar alle umide cave, dove entrarono con i loro uomini e le attraversarono trovandosi ad Oriente. Sbucarono in una vasta pianura rocciosa piena di minuscoli crateri e priva di alcuna vegetazione, sembrava un immenso deserto del quale non si vedeva

la fine; ogni tanto sottili fumarole si innalzavano dal suolo rilasciando nell'aria un acre odore di zolfo e sbuffi di fumo giallastro. Continuarono la loro marcia, dirigendosi verso Sud est, ma il paesaggio spettrale continuava ad accompagnare il loro cammino ed al sorgere della luce la temperatura del suolo si innalzò rapidamente mettendo il loro incedere in pericolo; poi d'improvviso il suolo cambiò d'aspetto e divenne sabbioso e rossastro, qua e là si scorgevano rovi spinosi dalle tonalità marroni e solitari e sinuosi alberi dal tronco scuro tempestati di minute foglie grigio azzurre; in lontananza apparve un'altura ricoperta da fitta ed imponente vegetazione che, come una grande macchia verde, si stagliava all'orizzonte. Ilbramar, Mhiara ed i soldati puntarono dritti verso la grande macchia per cercare refrigerio e un luogo dove riposarsi.

Intanto ad Occidente, liberata Pozental e ricacciato il nemico, Wallace, Shaflord e gli atri risalirono verso Court dove ad attenderli vi era Karem al quale riportarono le testimonianze di Gor e Bedok, raccolte durante l'incontro con Holz a Badenfor. Anche Karem rimase scioccato e, dopo un lungo ed acceso conciliabolo, presero una decisione alquanto drastica ma a loro giudizio fondamentale. Wallace, Shaflord, Karem e Muskatt si sarebbero recati da Elmut ed avrebbero agito come stabilito; le sovranità regie dovevano essere tutelate e, anche se il nemico Moude era stato sconfitto, erano certi che il suo esercito si stava riorganizzando e presto avrebbe sferrato una nuova offensiva. In sostanza dunque bisognava far presto, trovare una soluzione che potesse dare sicurezza al loro agire e contrastare le iniziative di guerra che erano prossime. Gloriosa distava circa una chiaroscura di cammino e, sellati i cavalli, si misero in movimento; informarono anche Bloden dei Nilunghi, che preferì non aggregarsi a loro, visto l'intimo rapporto e l'enorme dispiacere che quelle informazioni a lui riferite riguardanti Elmut gli avevano procurato. Elmut stazionava nella sua stanza privata quando, d'improvviso, una guardia gli riferì che erano giunti ospiti e che Jolen li aveva accolti nella sala di corte; sorpreso da quella visita del tutto inaspettata e, non essendo al corrente di chi fossero i suoi ospiti, lasciò il suo fare e si diresse con animo tranquillo ad incontrare quei visitatori. Entrato nella sala di corte, trovò Wallace, Shaflord, Karem e Muskatt in piedi, l'uno di fianco all'altro e, raggiante per averli visti sani e salvi, allargò le braccia e si mosse incontro a loro esclamando "Che gioia immensa rivedervi e che sorpresa mi avete fatto, le mie paure di perdervi sono alleviate ed un gran sollievo mi dà questa vostra improvvisa ed inaspettata visita… su su, fatevi abbracciare, dobbiamo festeggiare, venite, sedetevi!" E così ordinò a Jolen di lasciarli soli ed alla servitù di portare da bere, ma Wallace, con tono serioso e deciso, intervenne congelando quel momento così idilliaco "No Elmut, aspetta, non vi è nulla da festeggiare, siamo qui per avere dei chiarimenti proprio sulla tua persona". Elmut rimase immobile, quasi impietrito, e Jolen, che era sull'uscio della porta e stava per andar via, si fermò e si voltò stupita ed incuriosita dalle parole pronunciate da Wallace. "Cosa vuoi dire Wallace?" rispose attonito

Elmut aggrottando la fronte, e con tono quasi stizzito intervenne Shaflord "L'istrionico Elmut è sempre in grado di stupire, non è vero?" "Scusate un attimo, non riesco a capire nulla, ma di cosa parlate? Cosa è successo ancora?" rispose confusamente Elmut, "È successo che ti sei preso anche gioco di me e Mhiara inviandoci da Ydrea per conoscere fatti di tuo unico interesse ed usandoci come personali messaggeri per il tuo vergognoso ed infimo scopo" replicò Karem. "Ma che stai dicendo? Ora basta!" incalzò veemente Elmut "Basta lo diciamo noi Elmut, siamo venuti a conoscenza di molte cose, Gor e Bedok sono stati informati da Holz, ma non semplicemente con dettagliati racconti, ma anche con fatti visibili e documentati... Amseto ti ricorda qualcosa?" rispose adirato e collerico Wallace ed aggiunse "Ora noi tutti vogliamo sapere la verità, cosa stai tramando? Cosa pensa quella mente? Oppure per tua personale convinzione noi dobbiamo ascoltare le tue parole ed ogni volta accettarle come dette da un saggio ed un uomo superiore agli altri?" Elmut, incredulo a quel sentire, si voltò verso Jolen ferma sull'uscio e cominciò a scuotere il capo, poi prese fiato e disse "Sentite, ma veramente io non riesco a capire... voi vi riferite ad Holz, fate confusione con il caro Amseto morto ormai da tempo, mi parlate di Gor e Bedok che riferiscono cose... ma veramente io stento a capirvi, cosa dovrei dire? Sapete già tutto!" "Appunto!" rispose Shaflord guardando gli altri "Sappiamo tutto, ci hai ingannati per lungo tempo, forse non ti è chiaro. Anzi, sì ti è chiaro, ma come al solito muovi la tua favella per confondere le idee ed i pensieri." "Elmut ascolta" riprese Wallace "sei accusato di tradimento agli accordi delle sovranità regie, di avere trascurato il bene comune a vantaggio del tuo interesse personale, di aver calunniato popoli pacifici e di averli coinvolti in una guerra assurda e fratricida, di aver raccontato bugie e menzogne ed aver illuso le altre reggenze per trarne vantaggi privati… non ti basta?" E di nuovo Shaflord incalzò "dovresti esser passato per la spada per tutto questo!" Elmut si sedette in silenzio, si portò le mani al volto e rispose "Ma queste sono accuse abominevoli ed il vostro qui è un processarmi gratuito o devo pensare che sia una vera e propria congiura! Il seme della follia si è annidato nelle vostre menti, chi vi ha messo la malvagità nei vostri pensieri, chi muove tutto questo? Amici, ma cosa farneticate?" "Alzati Elmut e termina questo tuo ennesimo sermone" risprese Shaflord "nessuno ci ha messo in testa nulla; Jolen ci spiace, ma le cose stanno così… Elmut, se non opporrai resistenza, ti condurremo a Rowit dove ti rinchiuderemo nella Torre Spergiura, sarai rimosso dal ruolo di reggente della Coalizia ed esso sarà affidato a Wallace, mentre Muskatt diverrà il reggente pro tempore di Fulgenland in attesa che la tua compagna Jolen decida il da farsi. Muskatt, legagli le mani!". Elmut non oppose resistenza, turbato ma dignitoso si alzò in piedi e porse le mani per farsele legare poi riprese a parlare "in tutte queste annuarie ho voluto soltanto il bene della nostra comunità, la mia vita è stata sempre dedicata all'interesse comune ed altrui ed ho trascurato i miei interessi prendendomi cura come un padre degli altri… essere accusato di ciò che voi sostenete è per me incredibile, ma io per natura sono un essere mansueto e pacifico e non opporrò resistenza alla vostra decisione... vi dico solo una cosa, state sbagliando... e a te Wallace, giovane amico fraterno, chiedo di appurare la verità prima che sia troppo tardi e tutto precipiti nel baratro da cui nessuno si salverà." Detto questo Elmut fu spinto verso l'uscio della stanza dove Jolen, visibilmente provata, lo abbracciò e così egli la confortò dicendo "Jolen, non preoccuparti, ricorda che chi fa del bene alla fine riceverà del bene" "Sì Elmut, lo penso anch'io" rispose Jolen e parlò carica di rancore rivolgendosi a loro "Ma voglio dire ai tuoi amati ospiti, così crudeli e arroganti, che si ergono a giustizieri della nostra comunità, che accusare un uomo su cose viste da altri e riferite magari con perfidia e malvagità non è da nobili d'animo e da esseri intelligenti come loro vogliono apparire... neanche l'uomo più sciocco della più remota sovranità regia prenderebbe una decisione così importante e fondamentale in modo semplice e superficiale; chi sono Gor e Bedok e questo Holz a mettere in dubbio Elmut reggente della Coalizia? Rifletteteci e preparatevi a risponderne alle vostre coscienze! È agghiacciante quello che state facendo." "Bada donna a ciò che dici e lasciaci passare o saremo costretti a considerarti complice di quest'uomo" rispose Shaflord, indicando a Jolen di stare in silenzio. Elmut fu portato nella corte del Castello ed Ilbord e Timofte, che erano con alcuni soldati ad esercitarsi, videro il sovrano con i polsi legati che veniva accompagnato verso le stalle da Muskatt sotto lo sguardo vigile di Wallace; Shaflord e Karem, che erano rimasti ad attenderli nell'atrio della corte, furono raggiunti da Ilbord e Timofte che, sbalorditi per quanto avevano visto, esclamarono "Ma cosa sta succedendo? Ehi che fate? Ma siete impazziti?" "Ilbord, Timofte! Siete qui? Che piacere rivedervi!" rispose Karem, "Anche per noi è un piacere saperti vivo, ma cosa succede, perché Elmut ha le mani legate? E dove lo sta conducendo quell'uomo?" chiese Ilbord. "Vedete, Elmut ha sbagliato, ha tradito tutti noi e verrà punito per questo" "No, non è possibile, ma che dici!" esclamò stupito Timofte "Perché, cosa ha fatto?" ribattè Ilbord e Shaflord rispose "Ci ha detto tante menzogne ed ha portato questa guerra nelle nostre case per fare il suo interesse" "Cosa? Cosa?" incalzò Timofte "Insomma basta, ha tradito perché è interessato a regnare su tutto e tutti…, ma ora basta! Ditemi, sapete dov'è Mhiara?" chiese Karem "Noi pensavamo di trovarla qui, ma… avvicinati… dunque abbiamo saputo che è andata con Ilbramar ed alcuni soldati in missione segreta verso la terra degli Enidri… è Elmut che ha disposto così…" sussurrò Timofte. Karem rimase stupito, ne mise a conoscenza Shaflord per il quale non fu affatto una sorpresa, visto che ne era gia venuto segretamente a conoscenza e ciò nella sua mente non fece altro che alimentare i dubbi sulla condotta di Elmut. Karem decise dunque di seguire quegli uomini in Oriente per capire cosa stesse accadendo e Wallace e Shaflord furono d'accordo, anche perché bisognava comprendere rapidamente i motivi per cui quegli uomini erano stati inviati lì e cosa vi era di così segreto nella loro missione. Ilbord e Timofte chiesero a

Karem di poter andare con lui e così fecero; tutti e tre, montati a cavallo, presero la strada verso la terra degli Enidri con la speranza di raggiungere il gruppo in missione nel più breve tempo possibile ed ottenere dall'oracolo Ydrea preziose informazioni su dove essi fossero diretti. Karem, in cuor suo, non attendeva altro, nutriva la speranza di rivedere Mhiara, ma allo stesso tempo era stupito per la sua adesione a questo viaggio ed era pensieroso, quasi preoccupato, che anch'ella fosse in qualche modo complice di Elmut; ma tenne per sé questi pensieri evitando di insinuare dubbi e sospetti negli altri.

Muskatt ed Elmut tornarono da Wallace e Shaflord, i quali montarono a cavallo e, scortati da alcune guardie dei Militiopliti, mossero alla volta di Rowit. Jolen, in lacrime, lasciò la sala di corte e scese dirigendosi verso Elmut per salutarlo l'ultima volta ed il popolo si unì a lei in quel triste commiato. Elmut rimase in silenzio, guardò Jolen per l'ultima volta ed esclamò "Gente, non temete, presto sarò di nuovo con voi, abbiate cura di Jolen e difendete le nostre terre da chi vorrà portare il male". In seguito Elmut, Wallace, Shaflord e le guardie lasciarono tra due ali di folla mesta e silenziosa la corte, varcando la porta d'accesso del Castello Gloriosa, e cominciarono a cavalcare per raggiungere la Torre Spergiura di Rowit. Durante il cammino Elmut rimase in assoluto silenzio, Wallace, imbarazzato per quell'atteggiamento e per gli eventi a tratti grotteschi che si stavano verificando, gli si avvicinò e gli chiese "Elmut, perché tutto questo? Dacci una spiegazione, te ne prego!" ed Elmut scosse il capo e, senza neanche rivolgergli lo sguardo, rispose "Amico mio, ho sempre considerato te come un fratello lo sai, tu mi conosci da tanto tempo e credi davvero che io abbia potuto architettare quelle nefandezze di cui avete sentito? Io non ho nulla da argomentare a mia discolpa, perché non ho prove o fatti da esporre a mia difesa ritenendo assurdo e lontano da me ciò che avete raccontato; stento ancora a capire le vostre parole e la vostra presa di posizione… magari lo avete fatto perché non mi ritenete in grado di governare e gestire gli affari comuni, e va bene, magari tu hai pensato con gli altri che fosse meglio mettermi da parte…, ma una cosa è essere ferito da un uomo estraneo che brama prendere il potere ed altro è esser pugnalato alle spalle da un caro e vecchio amico…, se ritieni che stai facendo la cosa giusta, non chiedermi nulla e continua a farla… il rimorso, i turbamenti non devi averli se nella tua coscienza ritieni corretto ciò che hai deciso di fare; la verità è che neanche tu sai quello che stai facendo e sei trasportato dalla paura di fare qualcosa di cui, prima o poi, ti pentirai e cerchi in me una giustificazione che ti possa redimere la coscienza". Wallace si stizzì ed intervenne dicendo "Elmut, basta così, io ti ho chiesto di aiutare te stesso raccontando il vero, ma tu ti ostini come sempre a giudicare gli altri e a sentenziare… caro amico, il tuo farneticare rende difficile credere minimamente alla tua innocenza, la congiura è nella tua testa". Poi Shaflord li affiancò nel cavalcare ed avendo inteso il loro discutere disse "Wallace, che fai, perdi il tuo tempo, credi di riuscire ad ottenere una confessione segreta da costui? Egli è talmente scaltro e furbo che sarebbe disposto anche a vendere la sua anima piuttosto che dichiarare le sue nefandezze". "Shaflord" rispose Elmut "forse hai ragione, forse è come dici, ma se così non fosse ricordati che le colpe ricadranno anche su di te che con presunzione ed arroganza, accecato da ira e rabbia per non essere riuscito a difendere le tue genti, non dai spazio, nella tua grande testa, a pensieri e riflessioni sensate, ammesso che tu ne abbia... di pensieri sui quali riflettere". Shaflord sbottò e commentò "se fosse stato per me ti avrei già passato per la lama senza farti neanche dar fiato a quella bocca falsa e viscida." Detto questo diede un colpo di tacco al suo cavallo e si allontanò al trotto; Elmut si voltò verso Wallace e disse "A questo siamo arrivati, a litigare l'un con l'altro ed è soltanto l'inizio; Wallace ricordati dell'Armilla, essa è secretata a Gloriosa, io ho il compito di custodirla e donarla a colui il quale discende dal fregio regale, ora dovrai essere tu a trovarla e proteggerla e far sì che Gloriosa non cada nelle mani sbagliate; Jolen non sa dove è custodita ed è inutile che vi accaniate contro di lei, è un essere mite e sincero; cercate di organizzarvi nel migliore dei modi, perché Moude presto tornerà con i suoi eserciti e non avrà alcuna pietà per nessuno." "Così dici Elmut?" rispose Wallace "Sembra quasi che tu ne sia compiaciuto; sai cosa penso? Mmm, che forse Shaflord non ha tutti i torti a dire quello che ha detto!" e anche Wallace, dopo aver tirato le briglie al suo cavallo, si allontanò, prendendo a cavalcare al seguito di Shaflord, mentre le guardie seguitarono a scortare Elmut nel suo solitario viaggio di agonia. Intanto sul fronte opposto, ad Oriente, Vezin fu chiamato a rapporto da Zoren dopo la disfatta di Pozental e la morte di Tetruz e tra i due nacque un acceso diverbio, in cui Zoren additò Vezin come un soldato incapace nell'organizzare i suoi uomini in battaglia e ciò irritò Vezin a tal punto che sguainò la spada e la mostrò a Zoren in segno di sfida, ma l'intervento di alcuni soldati evitò lo scontro e Zoren ricordò a Vezin di essere lui il comandante delle truppe erranti di Moude, minacciandolo di epurazione ed invitandolo a radunare i suoi soldati e a prepararsi ad entrare in azione sotto il suo comando. In dieci chiaroscure lo spacco di Avaron fu reso nuovamente agibile da una struttura rinforzata e sicura, così l'attraversamento era ancora una volta possibile, quindi Zoren decise di studiare una strategia differente che garantisse una vittoria schiacciante. Pensò di muovere egli stesso con migliaia di unità dell'esercito delle truppe erranti, facendo avanzare in territorio nemico dapprima Vezin con i suoi soldati, seguito da Gunter, proprio in sacrificio, per fiaccare e sterminare la loro resistenza e poi intervenire in maniera massiccia con le truppe erranti invadendo l'Occidente da Sud per risalire rapidamente senza cingere d'assedio i villaggi, ma puntare dritto al centro del potere situato probabilmente a Nord. Il disappunto di Moude per l'andamento della conquista dell'Occidente e per i così scarsi risultati ottenuti fu tale che promise rappresaglie sui popoli e le genti arbitrariamente assoggettate a causa del loro scarso impegno nella guerra. I Grizay, i Tucton e gli Zumal ne subirono le conseguenze; quasi tutti gli uomini in età utile al combattimento furono deportati nelle lande di

Sabiunta, dove furono istruiti ed avviati alla guerra, mentre il suo esercito di Moudentak fu allertato per un possibile impiego diretto nel conflitto. Fatto nuovo e non di poco conto fu che le genti appartenenti ai popoli assoggettati, stanche ed avvilite dei soprusi e delle imposizioni disumane a cui erano costrette, iniziarono a maturare l'intenzione di una sorta di exodo in massa verso nuove terre; le promesse e le lusinghe di un buon governo stabile e duraturo sotto l'egida di Moude, che avrebbe portato loro ricchezza e benessere, iniziarono a non fare più presa; così capitribù e delegati pianificarono segretamente incontri per prendere importanti decisioni riguardanti il loro futuro. Moude preferì non parlare con Zoren e, adirato, inviò un drappello di soldati presso lo spacco di Avaron dove Zoren, adunati Gunter e Vezin, era in procinto di attuare la strategia d'attacco. Gli uomini riferirono che Moude avrebbe atteso altro tempo, ma ad un prossimo fallimento, avrebbe deposto Zoren e chiesto la testa dei suoi capi fiduciari rimasti in vita.

Zeyla, nel frattempo, accudiva e cresceva amabilmente il piccolo Meros, dopo la nascita del figlio l'istinto materno le aveva donato una nuova purezza d'animo, che suscitò in lei dubbi e perplessità riguardo ai comportamenti di Moude: se in precedenza ne aveva condiviso le scelte e le decisioni sottomettendosi incondizionatamente al suo volere, ammaliata dal fascino di un uomo potente che tutto può, conquista e sottomette, ora, durante la maternità, la sua mente si era come ripulita da idee e pensieri di quel genere ed i suoi desideri erano di tutt'altra natura.

La paura di crescere un figlio tra sangue, morte e distruzione inculcandogli ideali di comando e sottomissione di altre genti le provocava angoscia e terrore e, rigettando il principio di educarlo a questi valori, sentì un fortissimo bisogno di parlarne con qualcuno in grado di aiutarla a non creare un essere così mostruosamente disumano. Zeyla individuò nel vecchio saggio di Melfir la persona più adatta per ricevere consigli validi e risolutivi. Tutto ciò, però, doveva essere fatto segretamente da Moude poiché le intenzioni di Zeyla rappresentavano chiaramente un affronto al suo volere e ne avrebbero cagionato la smisurata collera, con conseguenze talmente gravi da toglierle la custodia materna del figlio ed affidarlo a nutrici in grado di educarlo secondo i suoi dettami. Zeyla fu certa di questo quando Moude ebbe uno slancio d'affetto verso madre e figlio e, recatosi nella stanza dove lei trascorreva il suo tempo con il piccolo Meros, si pronunciò dicendo "Cresce bene questo condottiero, ancora non sa cosa lo aspetta, tra breve sarà ricoperto di gloria e guarderà tutti dall'alto verso il basso, conoscerà il potere assoluto e ne avrà il controllo, delle sue parole le genti si nutriranno e dalle sue labbra penderanno le loro sorti. Zeyla, dà a mio figlio ciò che merita a portagli grande rispetto, sia tu un'allevatrice modello affinchè io possa vedere in lui un degno successore." E da quel momento solo un pensiero assillò la donna, quello di liberare suo figlio dalle catene di un futuro fatto di arroganza, superbia e malvagità; così, dopo aver trascorso angosciose chiaroscure a rimurginare, prese coraggio ed agì.

Dopo essersi messa d'accordo con la sua devota serva Amina, la quale l'avrebbe sostituita durante l'oscurità nel badare al piccolo, si avvolse in un lungo mantello scuro coprendosi la testa e lasciò segretamente la Fortezza di Nigrunta, galoppando alla volta del Borgo di Melfir, dove aveva dimora il vecchio Anglòs. Anglòs era indaffarato in alcuni studi naturali e metafisici e, alla luce di una fioca candela, rileggeva ed appuntava dati ed informazioni sull'osservazione di eventi, sulla loro interazione con la natura conosciuta e sulla loro influenza sui comportamenti degli esseri viventi. Un sordo colpo alla porta lo distolse dal suo fare ma, preso com'era, non diede retta a quel rumore, poi altri due colpi e poi ancora altri lo spazientirono, costringendolo ad alzarsi ed andare ad aprire la porta. Una losca figura avvolta in un mantello scuro sgattaiolò velocemente all'interno, senza dare al vecchio saggio il tempo di domandare chi fosse. Egli richiuse la porta e disse "Spero che tu non sia qui per frugare tra le mie cose e portare via i miei averi, bada bene che io non ho nulla... tutto è nella mia mente e non possiedo ricchezze, ma soltanto dorati pensieri", allora Zeyla si scoprì la testa per farsi riconoscere e concitatamente disse "Anglòs no, ascolta, io non sono qui con brutte intenzioni e ti chiedo scusa per come mi sia introtrodotta nella tua abitazione violandone l'intimità". "Avvicinati alla luce della candela" rispose Anglòs "affinchè io possa riconoscerti, dalla voce penso che sia proprio tu" e così, dopo che Zeyla si avvicinò alla candela, Anglòs esclamò "La piccola Zeyla, figlia di Ioren e Danida, oh cara fatti abbracciare! Sei diventata una meravigliosa creatura, che sorpresa che mi hai fatto!", tra le lacrime improvvise e l'emozione di esser stata riconosciuta Zeyla rispose "Oh Anglòs, ho poco tempo ed ho veramente bisogno del tuo aiuto" "Siedi, siedi, asciuga le tue lacrime, non posso vederti così, ora tranquillizzati, sei al sicuro, non temere" così dicendo Anglòs chiuse le imposte delle finestre e serrò la porta, poi prese dell'acqua e la versò, dandole da bere, e si sedette di fronte a lei avvicinando dal tavolo la candela. Zeyla quindi iniziò a parlare "I miei genitori sono morti da lungo tempo e tu lo sai bene Anglòs, io ero ancora fanciulla e fui condotta a Moudentak ed allevata da Lenor e Mada come una figlia, educata e cresciuta con sani principi e buoni modi" "Certo, lo so" intervenne Anglòs e so anche che fosti scelta dal padre di Moude, l'austero Wadeo, come compagna per il figlio" "Sì, andò proprio così" rispose Zeyla "divenni la compagna di Moude, un uomo buono, pacifico e raggiante. Ma dopo la morte del padre Wadeo egli andò in tristezza, tanto che pensai che dargli un erede lo avrebbe reso di nuovo felice e così feci." "Brava Zeyla, brava" annuì Anglòs. "Poi però, in una maledetta chiaroscura, si presentò al suo cospetto un essere dalle sembianze umane ma dall'animo profondamente intriso di male, un certo Mantanathos, dagli occhi di fuoco e dalla favella viscida e persuasiva, che fece dono a Moude di un bracciale, un'Armilla, elogiandone i poteri e dicendo che lui ne era l'unico erede e che avrebbe dovuto indossarla per dar vita ad un… non so cosa… non ricordo; Moude era riluttante ma io, oh meschina e sventurata, ammaliata ed affascinata come fui dal meraviglioso monile e convinta dalle insistenti parole del malefico essere, lo convinsi a prenderlo. Moude lo indossò ed ora io sono qui da te che ne piango e ne pago le conseguenze." Zeyla si interruppe e prese a singhiozzare, Anglòs allora la consolò e riprese a parlare "Zeyla, ciò che mi racconti lo so, ne sono venuto a conoscenza e ne ho intuito anche le conseguenze, che non solo hanno colpito te, ma affliggono tutte le genti dai Grizay, ai Tucton, agli Zumal, finanche ai mostruosi Urchidi e Molossi... ma spiegami ora cosa è accaduto, che cosa hai visto!" "Sì" rispose Zeyla "egli in seguito ebbe molti incubi ed una volta, turbato ed insonne, cedette alle pressioni che nella sua mente strane voci lusinghiere e persuasive continuavano ad ossessionarlo; io ed il mio fratellastro Zoren fummo catapultati in un suo cupo incubo e, nel buio oscuro, risvegliati dalla sua voce, forte e decisa, lo raggiungemmo. Era nella stanza obliona ed aveva indossato l'Armilla, era cambiato, era un altro uomo, un essere diverso, un essere che neanch'io riesco ancora a definire. Dapprima rimanemmo stupiti, poi egli prese a parlare e ci convincemmo di questo, ma rimanemmo entrambi talmente affascinati e coinvolti che Zoren giurò fedeltà eterna al suo volere e come soldato si inginocchiò promettendogli di portare guerra in tutti i territori, anche in quelli d'Occidente, per donare a lui il dominio ed il potere assoluto, mentre io, io mi sentii rapita ed innamorata di lui, come mai prima... oh maledizione! il seme che egli aveva messo nel mio grembo con infinito amore, era ormai pronto a germogliare e Meros, nostro figlio, nacque subito dopo ed adesso egli vuole che diventi proprio come lui. Capisci, capisci ora? Oh, maledetta me, genitrice imperfetta, e maledetto quell'istante, quando fui lusingata e sedotta da quell'essere mostruoso!" "Calmati adesso, calmati" riprese Anglòs "Zeyla, ora ho compreso molte cose che in questo periodo ho provato a capire, ma per me non avevano senso, ho compreso che ciò che accade non è altro che l'essenza del male che si è manifestata materialmente ed ha scelto come suo strumento per diffondersi un uomo buono, mansueto ed irreprensibile come Moude; io non conosco la magia, né tantomeno sono mosso dal desiderio di praticarla, la mia conoscenza è la scienza che si manifesta e non l'occulto immaginato ed invocato; lo studio degli eventi, del loro ripetersi ed il loro influenzare i comportamenti degli esseri umani, questo io so; ho conoscenze di genti che praticano il culto del mistero e del sovrannaturale e proverò a confrontarmi con loro, ma ora dobbiamo pensare a te ed al piccolo Meros. Io ti suggerisco di trovare un modo di allontanarti da Nigrunta, così da evitare di far crescere tuo figlio sotto l'influenza di Moude per non farlo diventare il suo successore anche nell'animo e nello spirito che lo contraddistinguono, questo è l'unico rimedio che posso suggerirti, il trascorrere del tempo e degli eventi faranno il resto. Ora va Zeyla, non essere afflitta e non farti delle colpe per aver accolto nella tua casa il malvagio essere, egli avrebbe trovato dimora in altri, senza farsi alcuno scrupolo, ed anche se tu l'avessi respinto e ripudiato egli avrebbe ammaliato altre anime, materializzandosi ugualmente." Zeyla abbracciò Anglòs, si rimise il mantello coprendosi il capo e disse "Anglòs grazie, grazie per avermi dato speranza ed aver riacceso in me l'amore per il bene" ed Anglòs rispose "Zeyla non temere, sii forte e anche quando sarai in difficoltà credi in ciò che fai e ancor più pensa per quale fine lo fai, io cercherò di aiutarti come potrò ed anche se so che da questo momento sarò condannato a vivere nell'ombra e mi dovrò guardare da tutto e da tutti, cercherò di dare a te ed al piccolo Meros tutto il mio aiuto."

Zeyla rientrò alla Fortezza Nigrunta e riabbracciò Meros, la sua devota serva Amina non chiese nulla ma, conoscendola bene, le bastò guardarla per capire dai suoi luminosi occhi che i consigli del vecchio Anglòs erano stati utili, che qualcosa in lei era successo e che ora era pronta a combattere per suo figlio ed avrebbe fatto di tutto per vincere la sua battaglia.

12

Le guardie fecero strada e Wallace, Shaflord ed il condannato Elmut entrarono a Rowit attraversando mestamente il villaggio; le genti, distolte dal fare, lasciarono le botteghe e si riversarono per strada ad osservare cosa stesse accadendo; un profondo silenzio scese tra le vie che essi attraversarono e solo il greve rumore degli zoccoli dei cavalli scandì il loro incedere. Anche Unegard che era per strada, fu incuriosito dalla massa di gente che si accalcava lungo la via maestra di Rowit e, facendosi largo tra la folla, riuscì ad avvicinarsi in prossimità del cordone di gente che era a ridosso del selciato. Una volta raggiunto il ciglio, aguzzò la vista e riconobbe quelle figure che, in sella ai cavalli, muovevano mestamente lungo la via maestra; il lento corteo raggiunse il punto in cui Unegard era ad osservare e così d'istinto, perplesso e sbigottito, egli invase la via frapponendosi tra le guardie e i tre cavalieri ed esclamò "Wallace… ma costui è Elmut! ed ha le mani legate, ma cosa fate! Ma siete usciti di senno!?" Wallace riconobbe Unegard e, stizzito da quelle parole denigranti, rispose "Unegard sta' zitto e non farneticare come al solito!", così Shaflord, divertito dalla curiosa situazione, rivolgendosi a Wallace chiese "Ma chi è quel vecchio così arzillo che ci dà del fuori di testa?" "Non dare retta Shaflord, ne esiste di gente strana e mossa da manie di esibizionismo" commentò Wallace. Il corteo riprese a muovere, ma Unegard, per niente rassegnato a non ricevere una risposta, continuò a segurli sulla via maestra e quando

Wallace, voltandosi indietro, s'accorse che il vecchio, inarcato sul suo bastone, seguitava a borbottare ed a seguirli, spazientito si fermò e urlò "Torna indietro vecchio, non vi è nulla che interessa te!" Unegard si fermò, prese fiato e alzando il suo bastone ribattè con toni accesi "Come osi Wallace parlare così, come osi! scendi da cavallo!". Wallace smontò da cavallo e s'avventò su Unegard prendendolo per il bavero del mantello e lo sollevò con rabbia quasi a volerlo colpire con gran violenza, Shaflord si avvicinò prontamente ed intervenne nella zuffa esclamando "Fermo! Fermo! Così gli fai male!". Wallace placò la sua ira allentando la presa su Unegard, lasciandolo cadere in terra. Shaflord aiutò Unegard a risollevarsi prendendolo per un braccio e gli domandò "Vecchio, ma chi sei?" Unegard fece per riprendersi, si ricompose sistemando il mantello ed i radi capelli poi, con tono serioso, rispose "Chi sono? Domandalo al tuo amico Wallace, il reggente di Rowit dai modi così eleganti!" "Egli era un consigliere di mio padre, è una persona che conosco da molto tempo" replicò Wallace, "Ah ah, bella storia, ah ah!" prese a ridere Shaflord "… è Unegard dei Leveti" intervenne Elmut "il braccio destro di Gesper che liberò Rowit dalla congiura di Dinna e divenne suo primo consigliere" "Grazie Elmut per la presentazione, è un onore per me conoscerti!" rispose Unegard "Ora basta!" ribattè Wallace "Unegard, mi servono degli uomini che ci accompagnino alla Torre Spergiura e le sentinelle prendano servizio entro la terza tacca d'ombra." "Ma per chi? E per cosa?" chiese Unegard ed Elmut rispose "Per me Unegard, sono stato da loro giudicato e condannato e verrò rinchiuso nella torre per loro decisione!" "Davvero? E di che cosa saresti stato accusato?" continuò Unegard "Ora basta lo dico io!" concluse Shaflord, spazientito dalla situazione "Forza, rimontiamo a cavallo e proseguiamo, non c'è tempo da perdere, forza!". Giunsero così alla Torre Spergiura dislocata nella deserta Piana di Spurea, ad Occidente di Rowit; la torre, alta circa cento piedi, fatta di grandi lastre di pietra grigia, era stata costruita circa sessanta annuarie prima come ultima prigione per coloro i quali congiuravano, infamavano e tradivano gli uomini che si adoperavano per il bene, la pace e la libertà. Ad essa si accedeva attraverso una robusta ed imponente porta di legno ed al suo interno vi era una grande scala a chiocciola che conduceva ad un ballatoio dove erano situate sei piccole celle. La torre, dunque, poteva ospitare sei prigionieri per volta, ma in quel momento era vuota. All'interno di ciascuna cella vi era un giaciglio fatto da un grande sacco di iuta riempito di paglia e sul pavimento, posto ad un angolo, vi era un avvallamento con un foro di scolo che serviva come scarico per i bisogni corporali. Una piccola feritoia a mo' di finestra, con barre robuste ed affilate, faceva entrare aria e luce, mentre il lastricato e le pareti erano fatte in muratura e pietra grezza. Elmut vide la Torre e, ricordandone il significato per il quale fu edificata, chinò il capo, Shaflord gli slegò le mani e lo aiutò a smontare da cavallo consegnandolo alle sentinelle; in seguito gli fu permesso di lavarsi mani e viso nel lavatoio antistante la Torre, quindi fu fatto denudare e gli fu consegnato un lungo abito di grezze stoffe e così fu condotto all'ingresso della Torre. Wallace fu rapito da grande emozione ed istintivamente gridò "Elmut, Elmut! Sei ancora in tempo! Parla, di' qualcosa che possa mettere in discussione le tue accuse, salva te stesso se sei innocente." Ed Elmut, dopo aver appoggiato la sua mano tremante sulla porta, non ebbe il coraggio di voltarsi e, con voce roca, rispose "Wallace credimi, sto varcando questa porta e non ne conosco i motivi, ma spero che voi li conosciate bene e che almeno la mia condanna possa servire a qualcosa; credimi, mi sembra che stiate confondendo ciò che è giusto con ciò che è sbagliato, ciò che è bene con ciò che è male; credimi Wallace neanch'io conosco il perché di ciò che avete fatto". Elmut varcò la porta della Torre Spergiura e, accompagnato dalle sentinelle, fu rinchiuso in una delle celle tetre ed anguste, quindi le sentinelle serrarono la pesante porta d'accesso sbarrandola ed iniziarono a stazionare di guardia. Era ormai giunta la quarta tacca d'ombra quando Wallace e Shaflord abbandonarono la Piana di Spurea e ripresero a cavalcare per far ritorno a Rowit, meditando su cosa fare ora che Elmut era stato deposto a tutti gli effetti. Shaflord, assieme alle guardie Militiopliti, riprese il suo cammino per recarsi a Gloriosa, temendo sorprese da parte di Jolen, ed organizzare con Muskatt il presidio dei territori di Fulgenland per poi far rientro a Pozental; Wallace invece, congedatosi da Shaflord, decise di trattenersi a Rowit per meditare su come annunziare alle sovranità regie gli ultimi nefasti eventi ed il suo approdo alla guida della Coalizia. Confuso, frastornato ed an che intimorito dal greve compito che aveva inaspettatamente ereditato, si recò al villaggio presso la taverna di Zac per rifocillarsi. Si sedette in un angolo della taverna, quasi in penombra, si tolse il mantello e, a testa bassa, cominciò a bere e mangiare avidamente, solo nei suoi pensieri e nelle sue angosce. Unegard era stato avvertito della sua presenza alla taverna di Zac e pensò che, nonostante l'acceso diverbio con cui si erano lasciati, quell'uomo probabilmente aveva bisogno di lui e lo raggiunse. Entrò nella taverna e gli si avvicinò sedendosi di fronte. Wallace lo osservò, ma non distolse la sua attenzione dal cibo e continuò a mangiare avidamente; Unegard chiamò l'oste e si fece portare da bere e, dopo aver bevuto, con calma serafica disse: "Ti va di parlare? Se ne senti il bisogno puoi dirlo, sono qui per ascoltarti." Wallace alzò lo sguardo e si versò da bere ingurgitando con grande rapidità, poi rispose "Vecchio, mi stai sempre tra i piedi come un'ombra, perché non te ne vai?" Unegard accennò un sorriso e replicò "No, non vado via perché ti conosco bene e so che hai bisogno di parlare, di parlare proprio con me". Così Wallace, dopo aver bevuto ancora, lo fissò per alcuni istanti e prese a raccontare tutto, sin dalle informazioni ricevute da Gor e Bedock. Unegard ascoltò in silenzio e, più il parlare di Wallace si faceva incalzante e rabbioso, più egli con equilibrio e pacatezza annuiva rassicurando Wallace e rendendo il suo raccontare meno emotivo e più razionale. Wallace terminò di parlare e bevve ancora, Unegard lo accompagnò, poi si portò le mani sul volto, sospirò e commentò "Wallace, stento a credere a tutto ciò e adesso, in verità, anche io sono turbato per quello che mi hai raccontato, però se le cose veramente stanno così vanno accettate, ora bisogna reagire e trovare rimedi efficaci, se vorrai ti aiuterò e ti sarò vicino nel momento in cui prenderai ad esercitare la reggenza della Coalizia". Wallace sbuffò e scosse la testa, poi buttò giù un altro sorso e rispose "Unegard, vecchio mio, sii sincero, ma tu pensi davvero che io sia in grado di fare questo? E poi credi davvero, fino in fondo, a tutto quello che ti ho raccontato? Io stento ancora a trovare una giustificazione nella mia mente che possa rasserenare il mio spirito ed il mio animo. Elmut è il reggente della Coalizia ma anche un grande amico ed è stato da poco rinchiuso nel buio della Spergiura e proprio io ne sono stato uno dei fautori." Unegard allora si sollevò facendo spallucce, gli diede una pacca sulla spalla e replicò "Certo Wallace, certo che sarai in grado di ricoprire il ruolo di cui sei stato investito, d'altronde buon sangue non mente e se tuo padre, seppur per breve tempo, fu il reggente della Coalizia e fu stimato ed acclamato da tutte le sovranità per la sua lealtà, la sua coerenza e la sua correttezza, tu farai meglio, ne sono sicuro. Ma su Elmut, credimi, davvero non so; devi fartene una ragione ma senza sentirtene in colpa perchè non hai fatto nulla, non hai deciso tu la sua condanna, ma egli stesso si è mostrato meritvole di ciò, non solo ai tuoi occhi, ma a quelli di tutti; quello che avete deciso lo avete deciso per il bene di tutti e lo avete deciso assieme; l'artefice del suo destino è proprio lui, che con meschinità e malvagità ha ingannato l'intera Pangea Conosciuta e ora ne paga le inevitabili conseguenze. Ricorda che l'uomo spesso fa e disfa da solo semplicemente per puro diletto e proprio edonismo, senza curarsi dei nefasti avvenimenti che potrebbero scaturire dal suo comportamento." Sulla porta della taverna di Zac apparve Rose che si diresse verso loro; Unegard, vedendola arrivare, pensò che fosse meglio lasciarli soli quindi si rivolse a Wallace dicendo "Bene, allora è meglio che vada adesso, se hai bisogno di me sai dove trovarmi" così si alzò, salutò Rose e andò via. Rose guardò Wallace e gli domandò "Posso sedermi?" "Certo certo, puoi" rispose Wallace "Vuoi da bere?" "Sì grazie", rispose ella, ed allora Wallace fece cenno all'oste di portare da bere. "Vedo che hai gradito la buona vinerea di Zac" ruppe il ghiaccio Rose "Sì, vero, è veramente buona e scende proprio bene" "Attento che potresti ubriacarti" rispose Rose "e poi che succede eh?... Che mi accompagni tu questa volta? E magari resti con me?" ribattè con ghigno beffardo Wallace ingurgitando velocemente altra vinerea. "Mi sa che sei già alticcio" rispose con tono seccato Rose e Wallace riprese schernendola "forse vorresti baciarmi, dai sono qui avvicinati, dai" "Smettila, così mi dai fastidio, smettila sennò vado via" ribattè Rose indispettita, "Va bene, va bene, scherzavo; dai non te ne andare, rimani se ti fa piacere" fece Wallace placando i suoi bollenti spiriti; "Ti ho visto passare a cavallo con altri uomini attraverso il villaggio ed ho visto con te un uomo dall'aspetto austero e mansueto con le mani legate che, nonostante tutto, si mostrava con dignità e decoro, quasi come se fosse una vittima, invece di un condannato.

Ma chi era costui?" domandò Rose "Beh, non ne voglio parlare, d'accordo?" rispose Wallace "non ti ho chiesto di parlarne, ti ho solamente chiesto chi fosse quell'uomo, basta, solo questo" aggiunse Rose; Wallace allora bevve un altro sorso e, con viso inebetito e voce ebbra, esclamò "Elmut, era Elmut, il mio caro amico che ho rinchiuso a Spergiura e lì marcirà! Contenta adesso?" e da quel momento Wallace si mise a parlare ininterrottamente raccontando a Rose tutto quello che era accaduto e, preso dall'emotività e dai fumi dell'alcool, si commosse, ma continuò nel suo frenetico e concitato racconto con dovizia di particolari; insomma tenne un monologo che durò a lungo, fino a quando i fumi dell'alcool non abbandonarono la sua testa e la sua favella si fece più fioca e flebile. Rose ascoltò tutto il tempo senza interrompere, confortandolo durante il suo parlare e come un'amorevole ed intelligente donna, attese che finisse di sfogarsi facendogli esternare tutta la rabbia e la frustrazione che aveva da tempo accumulato nel suo animo. "Ecco, ecco, sei d'accordo anche tu con me, vero? Anche Unegard mi ha detto che è così, o no?" Wallace concluse cercando consenso in Rose, ma ella rimase in silenzio, accarezzò la sua mano poggiata sul tavolo e rispose "Non è proprio così Wallace, io penso, ma lo penso io e non è detto che sia giusto, che l'accadere degli avvenimenti e le menti, offuscate e confuse per le battaglie sostenute, vi abbiano portati a prendere decisioni frettolose, basate su congetture raccontate da uomini che hanno sentito ed hanno visto cose da un altro uomo; e se tutto questo fosse stato un grande equivoco? E se tutto questo fosse stato interpretato e valutato in maniera sbagliata, condannando un uomo innocente? Qui si parla di Elmut, della sua dignità, della sua vita e tu che lo conosci bene… pensa, pensa a questo." Così Wallace, contraddetto, aggrottò la fronte e rispose "Rose, allora tu non mi credi, allora tutto quello che ti ho raccontato per te è solo un grande equivoco o pensi che la mia mente e quella degli altri della Coalizia siano stolte e poco avvezze a ragionamenti di tale importanza… ah brava la saggia! Certo che la presunzione non conosce limiti!" "Wallace ascolta" tentò di spiegarsi Rose "stai di nuovo fraintendendo, io sto dicendo solo che prima di condannare qualcuno e poi sentirsi in colpa per averlo fatto e pulirsi l'animo cercando negli altri assenso e comprensione, bisognerebbe essere sicuri di ciò che si fa… intendevo dire solo questo, poi se le considerazioni, come tu dici, sono state fatte da grandi e saputi uomini, avete fatto bene a fare ciò che mi racconti… contento adesso?" "Ah basta, con te si può parlare solo di cose frivole, basta!" ribattè con sarcasmo Wallace "Sì bravo hai ragione, sì tu non meriti di interloquire con una sempliciotta come me, meriti di più, meriti di frequentare le amiche di Aliette, quelle sì che sono in grado di farti sentire un uomo saggio e virile" rispose con veemenza Rose alzandosi di scatto ed uscendo dalla taverna, visibilmente offesa e contrariata. Wallace si rese conto di ciò che aveva fatto e prese a seguirla, Rose scoppiò in lacrime e si mise a correre, Wallace iniziò a gridare il suo nome "Rose! Rose! Rose, aspetta!" ma ella, affannata, continuò senza voltarsi; Wallace accelerò il suo passo correndole dietro e, raggiunta, la fermò ponendosi dinanzi, poi le prese la testa tra le mani, le accarezzò il viso asciugandole le umide lacrime e le sussurrò "Scusa, scusa", il pianto si strozzò in gola, il viso contratto si addolcì ed un bacio lungo e pieno di passione sciolse i loro cuori; l'amore si materializzò nei loro corpi avvinghiati l'un l'altro e ne esaltò la sua naturale essenza, seguì un placido e lungo sonno che li avvolse dolcemente consegnando, al risveglio, le loro anime avviluppate insieme verso una nuova vita.

13

Karem, Ilbord e Timofte cavalcarono incessantemente per due chiaroscure ed arrivarono stremati nelle terre degli Enidri. Elero e gli esploratori li scortarono fino alla mezza altezza delle sorgenti dove il Flumendoso inizia a scorrere selvaggiamente ed in prossimità delle verdi grotte. Ardon e Maila, che erano di sentinella, li fermarono intimando loro di tornare indietro poiché il volere di Ydrea era quello di non ricevere nessuno. Karem reagì rabbiosamente, quasi a voler forzare il loro blocco ed Elero e Ardon si indispettirono a tal punto che puntarono le loro lance verso i tre visitatori, che furono costretti a riprendere il cammino per tornare da dove erano venuti. Arrivò il crepuscolo e Karem ebbe un'intuizione, così, astutamente, rimase in zona senza allontanarsi troppo e, appena fuori dalla vista delle sentinelle, smontò da cavallo e lo stesso fece fare a Ilbord e Timofte; quindi, allontanate le bestie, si nascosero tra la fitta vegetazione in attesa dell'oscurità. Ilbord, perplesso, guardò Timofte che fece cenno con il viso di non aver compreso le intenzioni di Karem ed allora domandò "Karem, ma cosa pensi di fare?" "Sssh, sssh, fate silenzio" rispose Karem "ascoltate, a noi non interessa che Ydrea ci accolga o meno, a noi interessa andare ad Oriente e quindi, se lei ha deciso di non aiutarci, troveremo da soli la strada per passare. Tra un po' tutto sarà buio e noi proveremo a scalare il Monte Hidros per trovare il passaggio." Così attesero che l'oscurità avvolgesse tutto e, muovendosi tra verdi cespugli e scure rocce, iniziarono la loro scalata verso il monte; il buio permise di eludere le sentinelle, così proseguirono nel cammino arrampicandosi abilmente, poi attraversarono il Flumendoso nel tratto in cui le acque di sorgente formavano un ruscello poco profondo, si portarono sull'altra sponda e da lì continuarono la loro scalata. Karem, che nel cammino si trovava avanti, aveva legato una corda alla vita di ciascuno, così da evitare, durante la scalata, che qualcuno si potesse perdere o potesse scivolare e rimanere indietro. Stanchi e provati, sbucarono sull'altopiano dove, nel precedente viaggio, avevano avuto il primo incontro con Ydrea. Sull'altopiano il freddo pungente si era impadronito dei loro corpi, tanto che il camminare divenne dinoccolante ed i loro passi lenti e pesanti; il sudore iniziò a gelarsi addosso e gli splendidi riccioli di Ilbord e Timofte che spuntavano dagli gnopel sembrarono divenire filamenti di ghiaccio. Karem, s'accorse delle difficoltà dei compagni, ma la situazione divenne veramente complicata e il freddo cominciò ad impadronirsi anche di lui, rendendo i suoi movimenti alquanto goffi e lenti. Rassegnati ad un destino beffardo, arrancando sulla immensa distesa ghiacciata battuta da una forte ed improvvisa tormenta, i tre cercarono riparo e gattonando videro un piccolo antro in cui si infilarono rapidamente. Si sdraiarono l'uno vicino all'altro, ma i loro corpi rigidi ed immobili sprofondarono in un sonno gelido e senza fine. Un tepore inatteso e la fiamma ardente di un grande fuoco sciolsero ed ammorbidirono lentamente i loro corpi così, al risveglio inatteso, si ritrovarono in una caverna calda ed asciutta, con

Ardon ed Elero seduti in terra ad osservarli. Ilbord e Timofte ebbero un sussulto e, impauriti, si levarono di scatto poi, osservando Karem che non si risvegliava, iniziarono a scuoterlo ed a chiamarlo; lui, riverso sul terreno, aprì gli occhi, si guardò le mani e le mosse, poi fu accecato dalla luce del fuoco e percepì il suo calore così, facendo forza sulle braccia, si alzò e vide Ardon ed Elero seduti in silenzio di fronte a lui. Karem, ancora intorpidito ma sufficientemente cosciente, ebbe la forza di dire "No, non desideravo questo, io non sono interessato ad incontrare il vostro oracolo per sapere ciò che accade, io voglio solo andare ad Oriente, per questo vi chiedo di indicarci la strada da percorrere." Alle parole di Karem, Ilbord e Timofte annuirono, ma Ardon ed Elero rimasero in silenzio, poi, d'un tratto, si alzarono e alle loro spalle, nell'ombra, apparve Ydrea che parlò placidamente "Lo so Karem, lo so che non vuoi sapere nulla da me, neanche il grandefreddo ha fermato il tuo caldo cuore ed il tuo desiderio è talmente ardente che scioglie fin'anche le nevi del Monte Hidros" "Ydrea, indicaci la strada verso Oriente e noi andremo via subito" rispose Karem, ma Ydrea aggiunse "Karem, non esser così frettoloso, sedetevi e rifocillatevi", e così due ancelle portarono grandi coppe fumanti piene di cibarie vegetali, che furono offerte ai visitatori. Il banchetto rifocillò anche gli animi e Karem attese che fosse Ydrea a parlare, ma ella rimase in silenzio mantenendo fede a ciò che aveva detto a Mhiara e Ilbramar. D'un tratto fissò negli occhi Karem, accennò un sorriso ed andò via, lasciando un'inebriante scia, profumata di fiori e spezie, che pervase rapidamente le narici imprimendo il suo ricordo indissolubile nei loro sensi. Ardon si alzò e così fece anche Maila poi, con voce ferma, disse "Ydrea vuole che vi indichi la strada per Oriente, poi vi donerà tre cavalli ed alcune scorte di viveri, ma ordina di attendere che sorga la luce per incamminarci, poiché presto il grandefreddo che avvolge il Monte Hidros si placherà; ella inoltre dice che l'anatema è stato lanciato ma tutto, con il tempo, troverà soluzione; la sentenza di morte ed i lutti che hanno colpito le genti d'Occidente avranno fine... ora vi avverte, badate a voi e rispettate coloro i quali ad Oriente non vi conoscono e solo così sarete ricambiati; e ricordate che la spada punta altra spada, ma la mano porge altra mano".

Quando la luce irradiò le terre, giunse il momento di riprendere il cammino; Karem, Ilbord e Timofte montarono su splendidi cavalli bianchi donati da Ydrea e, scortati da Ardon ed Elero, furono accompagnati sino alle umide cave dove imboccarono la strada per l'Oriente. Attraversarono velocemente le cave, tuffandosi nella vasta pianura craterica; l'incedere continuo e costante permise loro di recuperare terreno su Mhiara e Ilbramar, tanto che, al sorgere della chiaroscura successiva, videro apparire all'orizzonte verdi terre e intensificarono il loro galoppo. Nel frattempo Ilbramar, Mhiara ed i loro uomini si erano addentrati nella fitta Foresta, che li accolse con un profondo e surreale silenzio; gli alberi alti con maestose fronde ed imponenti ramificazioni non permettevano alla luce di diffondersi rendendo spettrale ed ombrosa la loro visione, il terreno umidiccio, ricoperto da fogliame verde e rossastro, faceva diventare il loro cammino scivoloso, mentre lo struscio delle foglie, spazzate dai loro passi, acuiva il sordo rumore del loro andare rendendo percepibile la loro presenza. Nulla era prevedibile, difficile era orientarsi, l'immensa e fitta Foresta non offriva sentieri né radure, ma solo continuità di ciò che essi avevano visto già; minuscoli e fastidiosi insetti trovavano riparo sui loro corpi impregnati dal sudore e, svolazzando disordinatamente sui volti, provocavano bruschi ed improvvisi movimenti maneschi, tanto da rendere le loro gote di un vivido colore paonazzo. Una leggera brezza si sollevò e prima il dolce fresco delle fronde degli alberi ed in seguito un ruscello d'acqua dolce, contribuirono ad alleviare le fatiche del loro cammino, finquando Ilbramar udì degli strani rumori provenire da alti rami ed ordinò agli uomini di prestare molta attenzione.

L'albino Golconda dei Militiopliti avanzò in perlustrazione, ma nulla di particolare catturò la sua attenzione quindi, tornando indietro e riaggregandosi alla compagnia, si rivolse a Ilbramar dicendo "Ho la sensazione che qui ci siamo solo noi e questi maledetti insetti" ed alla sua battuta rispose divertito Ilbramar "Meglio così, sai, essere ospite e non vedere i padroni di casa mi fa quasi sentire un ladruncolo!", ma non appena ebbe finito di parlare strane urla stridule e sincopate risuonarono nella foresta; iniziarono a guardarsi attorno, aguzzando la vista verso l'alto, ma non riuscirono ad individuare nulla, vedevano solo alberi ed ancora alberi; quindi, presi dal timore di un attacco improvviso, sguainarono le spade e si compattarono, posizionandosi in cerchio. Le stridule voci incomprensibili ripresero a riecheggiare ed il sibilo divenne assordante poi, d'improvviso, dall'alto, un piovere d'affilatissime lance, cadde dalle fronde e trafisse mortalmente alcuni di loro, indesiderati visitatori. Dagli alti alberi balzarono in terra uomini dalla pelle olivastra con lunghi e crespi capelli e vestiti di sottili pellicce animali, che si scagliarono verso gli ospiti sopravvissuti agitando rudimentali armi; nessuna pietà fu mostrata, né balenò in quelle menti indigene un minimo interesse o curiosità di sapere chi fossero quegli uomini e cosa facessero nella loro Foresta. Nei loro animi sembrava esserci soltanto l'istintivo e violento desiderio di difendere il loro territori che animava primitivamente le loro azioni. Ilbramar e Mhiara presero a combattere e, nella concitata baraonda, molti indigeni furono abbattuti; l'albino Golconda vagava come un cane rabbioso e, gesticolando, invitava gli avversari a farsi avanti: impugnava due corte spade dal bruno colore, distinguendosi per l'abilità nell'uso e nella tecnica, con veloci e mirati colpi, prima puntava e stoccava con una lama e poi affondava con l'altra, finendo l'avversario. I Militiopliti superstiti mostrarono grande abilità e riuscirono ad arginare l'agguato, mietendo molte vittime. Ma quando tutto sembrava volgere al meglio, una corta picca acuminata trafisse il costato di Ilbramar ed una seconda lo finì; egli cadde riverso a terra ansimante e, quando Mhiara si voltò e vide il corpo di Ilbramar ormai privo di vita, per un attimo si sentì persa poi, stringendo l'elsa della sua makara, urlò "Questa è la mia vita e la devo vivere". Quindi con coraggio riprese a combattere e, con due, tre fendenti ed un paio di montanti abbatté alcuni indigeni Soluzei, apprestandosi a sfidarne altri. Ormai erano rimasti due pugni di uomini, che si affrontavano letalmente, coscienti che non esisteva la resa né la prigionia, ma solo la morte. Mhiara teneva colpo e venne sfidata ancora, ma stanca e provata indietreggiava, fino a quando l'urto accidentale ad una roccia nascosta nel terreno scivoloso la catapultò di schiena in terra facendole sfuggire di mano la sua makara; l'indigeno, fiero, la osservò e posizionatosi in piedi sul suo corpo, avvicinò le sue mani l'una all'altra impugnando la sua lama e si preparò ad affondare il colpo nelle sue carni, Mhiara chiuse gli occhi e non oppose nessuna resistenza; fu un attimo ed un pugnale scagliato da lontano volteggiò fluttuante nella Foresta tagliando il tempo e cambiando il destino, infilandosi dritto nel torace dell'indigeno che, a corpo morto, cadde su di lei.

"Mhiara! Mhiara!" si sentì urlare, ella aprì gli occhi e si ritrovò il corpo dell'indigeno addosso, lo spostò con grande ribrezzo e, con occhi appannati, rimanendo riversa in terra, si guardò attorno poi dinanzi le apparve Karem che le mise la mano dietro la nuca e la sollevò portandola al riparo. Mhiara, incredula e commossa, si avvinghò al corpo del suo salvatore e farneticò alcune parole "Non te ne andare, non mi lasciare!" Karem la posò in terra tra alti cespugli, dove erano acquattati Ilbord e Timofte, poi osservò la situazione e con grande slancio si buttò nella confusa mischia recuperando la makara di Mhiara. Dal nulla si udirono delle urla che squarciarono i timpani e distolsero l'attenzione dei combattenti, che rallentarono l'azione. In seguito una voce forte e decisa cominciò a recitare in una lingua sconosciuta "Ebat, Ebat no puniar, Ebat! Omonis indighi ad accogliat, no puniar, Ebat!" e tra l'incredulità gli indigeni si fermarono. L'imponente uomo dalla pelle olivastra e capelli crespi si fece incontro a Karem, seguito da altri uomini, e disse "Straniero, straniero, che fate qui? Che volete da noi?" Karem riprese fiato, ingoiò la saliva e stupito rispose "Come, tu conosci la nostra lingua?" "Sì, io conosco il vostro parlare e vi capisco" rispose l'uomo. "Io sono Karem e vengo da Occidente con questi uomini e veniamo in pace e non vogliamo nulla da voi" così dicendo Karem porse la sua mano verso l'uomo, che lo osservò accigliato e rispose "Mubak, io sono Mubak dei Soluzei", stringendogli la mano e così facendo gli uomini che erano stati impegnati in quel confuso combattimento, indistintamente deposero le armi e si avvicinarono provati, ma rinfrancati, ai due che fraternizzavano. "Quanti siete voi?" chiese Mubak e Karem si voltò e prese a contare "dunque, siamo quattro, cinque…" "Ci siamo anche noi" si udì da un'alta siepe da dove fecero capolino Ilbord, Timofte e Mhiara "Ah!" rispose Mubak, "c'è anche la donna che urlava: 'questa è la mia vita e si deve vivere!'" "Sì, io sono Mhiara" rispose ella e Mubak la accolse dicendo "Mhiara sono onorato di conoscerti, io sono Mubak, guida dei Soluzei delle terre della Foresta Scura ed il tuo coraggio nel combattere e l'amore per la vita che hai dimostrato ti rendono superiore ad un gran numero di uomini che popolano le terre che io conosco." Mubak li invitò a seguirli nel villaggio nascosto nella Foresta, dove ad attenderli vi era il capotribù Uodoma, prima però ordinò ai suoi uomini di recuperare i cadaveri di tutti i caduti e trasportarli per dare alle loro spoglie onore e degna sepoltura, come da loro usanze. Giunsero così al villaggio ed una moltitudine di esseri si avvicinò ad osservarli; gli indigeni incuriositi cercavano di carpire somiglianze e differenze e le stesse osservazioni furono fatte da Karem, Mhiara, Ilbord e Timofte che notarono le loro meravigliose collane e bracciali fatti di strane pietre dai chiari colori, che agghindavano i loro corpi, le acconciature particolarmente curate ed arricchite da fermagli che ne adornavano l'aspetto. Il vestiario, invece, era fatto di pelli e pellicce sottili ed abilmente lavorate, tinte da colori sgargianti, ed erano così attillate che fasciavano finemente i loro corpi. "Guardate!" esclamò Ilbord "Hanno dei lunghissimi capelli intrecciati e raccolti come le donne e dei segni colorati sulle loro gote!" "Sì, è vero" rispose Mhiara "le trecce somigliano alle mie! sono veramente singolari, a me pare che non siano esseri malvagi, ma siano soltanto incuriositi dalla nostra presenza e desiderosi di conoscerci." Mubak disse loro di fermarsi ed aspettarli e così si allontanò, raggiungendo un'abitazione molto simile ad una tenda di scuro colore rinforzata da travi di legno poste a vista ed arricchita al suo esterno da disegni e linee geometricamente precise e perfette di accesi colori. In effetti tutto il villaggio era costituito da simili abitazioni, però ciascuna era caratterizzata da dimensioni ed ornamenti differenti, che permettevano di individuare i vari nuclei aggregati di indigeni che le abitavano. Dalla grande tenda comparve un uomo dall'aspetto austero, anch'egli olivastro di carnagione e dalla riccia e canuta chioma legata a formare un grande chignon retto da fermagli, e, affiancato da Mubak, si fece loro incontro; era Uodoma, il capotribù che, dopo aver confabulato con Mubak un qualcosa per loro incomprensibile, si presentò dicendo "Io sono Uodoma e Mubak mi ha detto che voi siete esseri dell'Occidente e vi dò il benvenuto, poiché mi ha riferito che siete venuti in amicizia e sarete accolti in modo pacifico dalla mia gente; ma voi chi siete esattamente?" allora Karem si presentò "Io sono Karem, lei è Mhiara e loro sono Ilbord e Timofte. Assieme a noi vi sono anche degli uomini che ci hanno accompagnati in questo viaggio, mentre altri sono stati uccisi dal vostro attacco; sì, noi siamo venuti in pace per osservare cosa vi è oltre il Grande Fiume e non abbiamo nessuna intenzione di portare violenza, ma vogliamo soltanto scambiare conoscenze con altre genti ed esplorare terre per noi nuove; Uodoma, noto che anche tu parli la nostra lingua e quindi credo che tu abbia compreso bene anche le mie parole" "Sì" annuì Uodoma "parlo e capisco ciò che dite, ho insegnato io a Mubak il vostro parlare ed è l'unico della nostra tribù e di tutte quelle che vivono nella Foresta Scura e nel deserto di Gibuta che, oltre a me, ha questi rudimenti. Ora venite con noi, andiamo verso la mia abitazione e vediamo in cosa possiamo esservi utili, prima però, come nostra usanza, seguiamo la sepoltura di tutti i caduti e la celebrazione della loro nuova vita che donerà loro la madre terra, nutrendosi dei loro effimeri corpi ed elevando le loro anime ad immortale presenza invisibile. Mi spiace" continuò Uodoma "per i vostri compagni trucidati, ma le tribù autoctone della Foresta Scura si sono sentite in pericolo ed hanno reagito istintivamente per difendere il loro territorio."

Tutti i corpi dei caduti vennero spogliati ed unti di sostanze oleose e profumate, poi furono adagiati in singole fosse l'uno di fianco all'altro ricoperti da fogliame cosparso da grigie ceneri, in seguito le fosse vennero ricoperte da terriccio misto a polveri di pietre calcifiche ed infine cosparse di infiorescenze sminuzzate di svariati colori. Un lamento funebre si alzò per accompagnarli ed un indigeno che indossava una sorta di lunga tunica di color porpora con in testa un alto copricapo dello stesso colore presenziò il rituale. L'indigeno indossava grandi orecchini ed aveva il volto dipinto di bianco con striature nere e rosse ed agitava le sue mani ritmando il lamento funebre con dei sonagli, poi con un bastone fumante accompagnava il rito disegnando in aria cerchi ed altre figure, lasciando una scia densa e chiara. Al calar della luce, in un profondo e rispettoso silenzio rotto soltanto dallo stridere di volatili notturni, i Soluzei sedettero in terra in file ordinate posizionandosi di fronte alle sepolture in attesa di qualcosa. Così, quando le tenebre avvolsero il villaggio, filamenti di fumo si levarono dalle sepolture e le esalazioni gassose dei corpi sepolti, a contatto con l'aria, incendiandosi diedero vita a fuochi fatui; lucenti fiammelle sfumate di blu, rosa ed azzurre, sparse qua e là, si accesero per dissolversi in pochi istanti, illuminando la silenziosa distesa e dando l'ultimo saluto ai caduti. Karem, Mhiara e gli altri assistettero al rituale ed apprezzarono la dedizione ed il rispetto che quelle tribù avevano nel celebrare il culto della morte. In seguito, quando fu sciolto il cerimoniale del rito della sepoltura, assieme ad Ilbord e Timofte, furono ospitati nella tenda di Uodoma ed alla presenza di Mubak e dell'intrigate Zafira, vennero offerte cibarie dal gusto agrodolce e dal sapore fortemente speziato, accompagnate da bevande alcoliche ottenute da infusi di vegetali fermentati, a loro del tutto sconosciute, ma che furono gustate piacevolmente ed apprezzate per la loro bontà.

14

Il Grandefreddo finalmente aveva allentato il suo possente e gelido abbraccio ed aveva lasciato spazio alla stagione del Mezzocaldo, annunciata da morbidi venti che allontanando le grigie e basse nuvole accarezzava tiepidamente le terre della Pangea Conosciuta. La natura prese a risvegliarsi dal lungo e gelido torpore, manifestando in un tripudio di colori e profumi il suo momento d'amore, così ogni specie vivente ne coglieva il richiamo rinnovandosi a nuova vita. Jolen, nonostante la nuova stagione si manifestasse in tutto il suo splendore portando con sè liete sensazioni negli animi, restava cupa come se il suo tempo si fosse fermato al momento in cui Elmut era stato portato via dal Castello Gloriosa. Non riusciva ancora ad accettare ciò che era accaduto ad Elmut e meditava sui fatti, provando a farsene una ragione; trascorreva il suo tempo mettendo ordine nei pensieri, leggendo e rileggendo tutti gli scritti che Elmut custodiva, ma niente, nulla di strano riusciva a catturare il suo interesse, né tantomeno loschi compromessi e truffaldini accordi emergevano dalle sue letture. Insomma, era veramente difficile trovare un appiglio per giustificare in cuor suo, anche paradossalmente, la colpevolezza di Elmut, per dare almeno conforto e sollievo alle sue sofferenze interiori che ciò che era stato fatto al suo compagno era giusto e dovuto. La sua mente così sola e confusa continuava a rimuginare sulle stesse cose, congelando i suoi ragionamenti e rendendoli sterili, inchiodati al punto di partenza del suo pensare; una logica senza logica di giustificare l'ingiustificabile nel suo malinconico farneticare la rendeva, con il trascorrere del tempo, così fragile, tanto da deprimere il suo animo e fiaccare le membra, allontanando da lei la speranza di ritrovare insieme ad Elmut la gioia di vivere. Ma quando Ella, nel buio del suo interminabile viaggio di solitudine e tristezza, laceratasi le vesti impugnò una lama avvicinandola al petto per dar fine all'angosciosa agonia d'attesa dello scadere ineluttabile del suo tempo mortale, d'improvviso si manifestò nella disperazione l'aiuto di colui che dà luce alla ragione, alla sofferta follia della mente tarlata da ingiusta giustizia. Jolen fermò la mano e non affondò la lama, così la ripose e si asciugò le lacrime, avvolse il suo corpo in un mantello e nella mente, d'improvviso, nuovi pensieri e nuove speranze presero forma; il suo cuore bigio tornò a tingersi di rosso e nuova linfa al suo stanco corpo ed alle sue sfibrate membra fu donata da una semplice idea, quella di recarsi alla Fortezza di Abbassì, da Eleana e Bloden dei Nilunghi, per poter cercare con loro di dare un senso a ciò che era stato. Jolen lasciò il Castello Gloriosa consegnando il momentaneo controllo di Fulgenland a Muskatt, affiancandogli nella guida il suo fidato consigliere Baldazar, imponendogli di non prendere iniziative riguardanti gli interessi dei territori di Fulgenland e negandogli, inoltre, l'accesso al Castello. Poi rammentò a Muskatt, con acceso confronto, che lei era sempre la reggente e qualsiasi negligenza e opposizione al suo volere sarebbe stata giudicata come tradimento e quindi condannata aspramente proprio da coloro i quali avevano giudicato Elmut che gli avrebbero, equamente, riservato lo stesso trattamento. Wallace fu avvertito della scelta di Jolen e non battè ciglio, anzi pensò che la decisione della donna era molto sensata e che con quel viaggio avrebbe potuto trovare conforto; nel suo animo, in realtà, egli sperava che la donna riuscisse a capire, prima o poi, il motivo della terribile scelta di condannare Elmut e, nonostante il rancore nei suoi confronti, si augurava che ricordasse ancora il forte legame che lo legava ad Elmut. Wallace dunque giustificava a sé stesso che nella medesima situazione probabilmente Elmut avrebbe agito nel suo stesso modo, ma le sue sicurezze cominciarono a vacillare proprio a causa della vicinanza di Rose, che con le sue idee ed i suoi pensieri contribuiva ad alimentare ragionamenti ed interrogativi e ad arricchire di differenti sfaccettature interpretative gli episodi da lui raccontati, stimolando la sua mente ad approfondire quei fatti riportati da Gor e Bedok ed ipotizzare un suo viaggio a Badenfor per far visita ad Holz per conoscere realmente ciò che Elmut avrebbe pensato e fatto celatamente. Rose chiese a Wallace di raccontarle tutto di Jolen ed Elmut e della loro amicizia fraterna e, alla fine del racconto, rimase talmente affascinata dalla figura di Jolen, da sentire un'irrefrenabile desiderio di incontrarla. Rose quindi domandò a Wallace di poterla conoscere, ma Wallace, imbarazzato, nicchiò alimentando in lei, ancor più, quel forte desiderio, quindi anch'ella glissò sull'argomento e congelò così il discorso. Rose aveva capito dunque che Wallace era in difficoltà a dare l'assenso in modo del tutto schietto ad una cosa del genere, tanto più richiesta in un momento così particolare, quindi, se ella lo avesse fatto a sua insaputa, Wallace non avrebbe potuto dire nulla, anzi probabilmente ne sarebbe stato anche contento. Rose dunque si rivolse a Wallace enfatizzando "Sarebbe bello conoscere Jolen, da quello che mi hai raccontato è una donna veramente interessante ma, date le circostanze, non credo che ora sia il caso di farmi condurre da lei, saranno il tempo ed il destino che magari mi permetteranno di incontrarla; certo, non serve la concessione o il permesso altrui per poter liberamente conoscere delle persone".

Intanto, nei territori autonomi di Moudentak, la stagione del Mezzocaldo tardava ad arrivare, per molte chiaroscure seguitarono intense piogge e nebbie persistenti. In gran segreto alcuni delegati dei Grizay, dei Tucton, degli Zumal e delle varie tribù minori della Foresta di Mozipon si riunirono e decisero di proporre e pianificare un exodo verso nuove terre, magari verso Occidente, così da salvaguardare dallo sterminio e dall'estinzione le loro razze. Erano consapevoli che chiedere l'autonomia e la neutralità ad un malvagio come Moude avrebbe certamente peggiorato la situazione ed incrinato ulteriormente i rapporti, trasformando la loro posizione già precaria di popoli sottomessi in una vera e propria schiavitù; tra loro però vi era anche chi la pensava diversamente, ponendosi in netto contrasto, e non accettava alcuna forma di servilismo proponendo, in alternativa, una forma di ribellione alle imposizioni del malvagio tiranno. Quindi in seno alla discussione scaturì un acceso dibattito tra il moderato Xalus dei Tucton ed Acrineo degli Zumal, sostenitore delle idee rivoltose. "E tu vorresti che noi tutti soggiacessimo per sempre al volere di quel malvagio essere lasciando le nostre terre per brancolare nel nulla e mendicare da altri una terra in cui vivere?" attaccò Acrineo "Oh Xalus, è già tanto che stiamo prestando i nostri servigi a questa guerra, sacrificando i nostri uomini per il diletto di un mostro che ci ha promesso gloria e potere, ma a noi non servono né la gloria né il potere, a noi servono la pace e la libertà!" "Sono d'accordo con te Acrineo" rispose Xalus "ma egli ha in mano le sorti di molti ed esporci contro di lui sarebbe una pazzia e porterebbe alla nostra rovina, ricordi cosa ha fatto ai Zermi ed ai Valachi? Invece, se noi giocassimo astutamente mostrandoci fedeli e prestandogli il fianco, ed in segreto organizzassimo uno spostamento delle nostre genti potremmo salvaguardare i nostri popoli limitando i rischi di una prematura estinzione." "Egli ha ragione Acrineo!" intervenne Falitamo dei Grizay "Le forze in campo di Moude sono troppe rispetto alle nostre e, anche se volessimo ribellarci, Zoren e Vezin ci annienterebbero immediatamente; i numeri non ci lasciano scampo, la loro forza di uomini schierati e pronti a combattere è quattro, cinque volte superiore alla nostra, tutti i territori autonomi di Moudentak sono con lui e non dimentichiamoci degli abominevoli Urchidi e dei terribili Molossi." "Allora faremo come dite voi" ribatté Acrineo "pianificheremo lo spostamento delle nostre genti in concomitanza della ripresa delle ostiltà che, a quanto pare, sembra essere imminente, così quando tutte le attenzioni saranno rivolte alla guerra, potremo approfittarne per attuare in gran segreto il nostro piano; ora sciogliamo questo incontro evitando di creare sospetti ed avvisiamo le nostre genti affinchè siano pronte e preparate per quando verrà il momento di muoversi." "Sì" aggiunse Xalus "non diffondete alcuna parola pubblicamente, ma date ai vostri uomini più fidati il messaggio nel massimo riserbo, così da farlo diffondere a labbra strette a coloro i quali abbiano indole e misura nel fare ciò: badate che il vile orecchio del traditore può essere anche tra le nostre genti. Ci incontreremo di nuovo e attenderemo il momento propizio."

Nel grembo della Foresta Scura, intanto, Karem, Mhiara, Udoma, Mubak e gli immancabili Ilbord e Timofte s'intrattenevano convivialmente intavolando svariati discorsi; dall'una e dall'altra parte vi fu grande interesse ed attenzione ad ascoltare le varie esposizioni, poiché molte cose nuove e non conosciute ed altre simili ed affini emergevano durante i loro racconti: gli aspetti paesaggistici e morfologici, la flora e la fauna, i compiti agricoli e d'allevamento, le attività manuali ed artigianali, furono gli argomenti di cui gli uomini d'Occidente e d'Oriente parlarono. "Così voi usate le bestie bianche che noi chiamiamo lamut per ricavarne bevande e caldi tessuti tagliandone il pelo?" domandò Uodoma. "Sì" rispose Mhiara "per noi le belanti sono una grande risorsa, da esse ricaviamo caldi tessuti ed in terra di Illand ve ne sono di varie specie e di colori con varie sfumature, poi, mungendole, ricaviamo il lacte che non solo beviamo, ma cuociamo e ne facciamo delle forme solide che mangiamo". "Noi invece abbiamo molti inghial" disse Mubak "dai quali ricaviamo le pelli per farne vestiti e dalle loro zanne facciamo armi da combattimento" "Sì, anche da noi vi sono gli inghial" rispose divertito Karem "sono selvatici e pericolosi; li chiamiamo cinghiat, usiamo cacciarli per mangiarne le carni e dalle loro zanne ricaviamo punte per attrezzi agricoli con cui coltiviamo." "Davvero? Ah ah ah!" un ridere contagioso invase tutti, quindi Uodoma aggiunse "vedete che siamo molto simili per usi e costumi? Siamo in grado di sfruttare ciò che la natura ci ha dato per ricavarne svariati e differenti vantaggi!" "È proprio vero!" risposero Ilbord e Timofte "anche noi abbiamo nel nostro bosco a Gnoland alcuni animali, ad esempio vi sono i vulpis ed i leprot che gli altri cacciano, ma noi, che siamo vegetariani, li allontaniamo pacificamente perché purtoppo si cibano di ciò di cui noi ci nutriamo". "Bene!" esclamò Uodoma "ma ora vi voglio raccontare altre cose attinenti all'Oriente. Dunque, per ciò che noi conosciamo, i territori sono molto vasti ed estesi, oltre alle foreste ad est, vi è a miglia di distanza, dopo la depressione delle rocce salate, il monte chiamato Inverso, scuro e roccioso nel pendio, ma coronato di verde alla sua metà dove sulla sommità vi sono bianchi ghiacciai; il suo altopiano è ricoperto da muschi verdi e piccoli fiori con canneti verdi ed ambrati ed è avvolto sempre da un'immobile nebbia; si dice che al suo interno vivano degli esseri, i Grigiofondi, della cui esistenza però non vi è prova tangibile, poiché nessuno ha mai osato addentrarsi nelle viscere del Monte ad incontrarli; più a Sud vi sono delle grandi e tetre paludi, le Yfis, fatte di acqua grigio verdastra putrida, dall'odore malsano, profonde e fangose e chi tenta di attraversarle viene inghiottito dalla loro melma, il freddo intenso della zona che è presente anche durante le stagioni più miti, crea uno strato ghiacciato non molto spesso che assume un colore biancastro; nelle paludi vi sono degli insetti volanti dalle ali di colore rosso e volatili chiamati alavoli dal lungo becco arancio ed il piumaggio variopinto che si nutrono degli insetti. Le Yfis sono il confine naturale con le terre dei mostruosi Urchidi e Molossi, di loro posso dirvi che sono orrende creature, veri esseri abominevoli, gli Urchidi dal grande corpo e forza mostruosa con occhi rossastri, i Molossi anch'essi di grande corporatura, ma con pelo grigio, denti aguzzi e mascelle terribili; le due razze sono in eterno conflitto tra loro e di continuo si fronteggiano selvaggiamente e, grazie a questo, non hanno mai invaso altri territori o mosso battaglie verso altri anche perché sarebbe impossibile fermarli. A Sud delle terre abitate dagli Urchidi e dai Molossi vi sono i territori autonomi di Moudentak dove regna Moude, i popoli che li abitano sono pacifici ed organizzati in un sistema di autonomia comune, cioè non sono assoggettati con la forza, ma sono liberi di scegliere autonomamente se far parte o meno di una grande comunità nella quale, grazie ai continui scambi di merci, traggono reciproci vantaggi." "Aspetta aspetta Uodoma!" interruppe Karem, "Hai nominato un certo Moude? Non è vero?" e Uodoma riprese "Sì, Moude figlio di Piros che diede ordine alle tribù selvagge e creò una primordiale forma di grande comunità di popoli in tutto il

Sud dell'Oriente, ma perché tu conosci il nome di Moude?" "Sì, ne parlava spesso Elmut, signore di Gloriosa, egli lo ha sempre descritto come un uomo malefico e pericoloso ed è lui che…" rispose Karem. "Cosa? Cosa stai dicendo?" intervenne Mubak con tono pericolosamente interlocutorio "No, Karem voleva dire" ribattè prontamente Mhiara per smorzare il discorso divenuto quasi inquisitorio "è lui che viene spesso nominato anche da altri nostri compagni, forse per le grandi capacità del padre, e ce ne hanno parlato anche i Zermi ed i Valachi che vivono in Oriente e territorialmente sono abbastanza vicini al Sud, vero?" Mhiara cercò assenso con lo sguardo verso Karem il quale rispose "Sì, se non sbaglio dicevano che questo Moude, rispetto al padre, è di carattere più severo, malvagio, cioè rigido nelle sue cose, tutto qui, questo intendevo dire." "Strano che si conosca Moude in Occidente, è strano che se ne parli" riflettè Mubak ad alta voce. "Va bene Mubak" disse Uodoma con tono fermo "Karem mi sembra un essere molto curioso e sincero, egli è mosso solo dal desiderio di sapere, ora però ascoltatemi, dirò solo un'ultima cosa, quella più interessante che riguarda la più antica civiltà d'Oriente di cui noi nutriamo grande rispetto e alle cui genti siamo legati da profonda amicizia; oltre la Foresta, a Sud dei nostri territori, nel mezzo del deserto di rena gialla ed arancio, chiamato Gibuta, vi è un'oasi verde con grandi alberi e diverse specie animali dove vivono, nell'antica città di pietra, gli Oicìci, prima civiltà conosciuta dell'Oriente: la loro città è fatta di meravigliose costruzioni in pietra bianchissima, con alte statue rappresentanti i loro austeri antenati, all'ingresso della città, fortifi-cata da alte mura e lunghi colonnati, vi è una grande porta sulla quale sono scolpite due bestie, che al po-sto degli occhi hanno grandi gemme di colore rosso ed i loro denti aguzzi sono fatti di pietra d'oro; il lo-ro regnante è Oifrà e nessuno osa attaccarli perché essi rappresentano il genoma di tutti i popoli d'O-riente. Lì ebbe inizio la civiltà dove Gheplana degli Oicìci si unì con il sovrannaturale Ordemisio, dando vita ad Eubioss e Geva, da cui discese la progenie di tutti i popoli conosciuti; di loro tutti nutrono gran-de rispetto, pochi o quasi nessuno ne parla poiché soltanto parlarne significherebbe sfidarli e, essendo loro i diretti discendenti di tutte le genti, sarebbe co-me andare contro ad un qualcosa che per potere e grandezza non sarà mai possibile affrontare. Il culto delle origini della civiltà legato agli Oicìci è talmente diffuso che in alcune tribù i loro antenati vengono finanche venerati e noi stessi durante la stagione del Grandecaldo compiamo rituali offrendo alle figu-re adorate Odremisio e Gheplana i frutti dei nostri raccolti e mostriamo loro la nostra nuova proge-nie in segno di fertilità, seguendo un rituale festo-so che dura ininterrottamente per tre chiaroscure." "Meraviglioso!" esclamò Mhiara. "Sì, è veramente meraviglioso, giovane Mhiara, in effetti tutto l'O-riente è meraviglioso, ma ora raccontateci delle vo-stre terre" rispose Uodoma; e così Karem, Mhiara, Ilbord e Timofte raccontarono con grande entusia-smo dell'Occidente, ricambiando ed appagando la curiosità di sapere e di conoscenza di Uodoma e di Mubak.

Era ormai schiarito e la luce cominciava a levarsi quando i racconti ebbero termine; Uodoma domandò loro che intenzioni avessero e dove fossero diretti e Mhiara, in gran sincerità, fidandosi di quell'uomo che li aveva accolti con grande rispetto e si era mostrato leale e corretto, decise di spiegare il perché del loro viaggio, parlando della guerra che vi era stata e che a breve sarebbe ripresa, delle intenzioni di incontrare Moude per comprenderne le ragioni, oltre ad approfondire quel mistero attorno alle Armille, ora importante più che mai proprio perché Elmut era stato imprigionato e condannato. Uodoma rimase colpito dalla sincerità della donna ed offrì loro l'aiuto di Mubak come guida per proseguire il viaggio, così si decise di attendere un'altra chiaroscura per poi prendere la via che conduceva al Monte Inverso. Karem, Mhiara, Ilbord e Timofte trascorsero quel tempo tra i Soluzei osservando il lavoro delle genti apprezzando i loro modi di svolgere le attività ; Mhiara rimase colpita dal particolare affetto mostrato dalle donne nell'accudire i propri figli, tanto che Karem ebbe a dire "Che grandi donne queste d'Oriente, non perdono d'occhio i loro figli e li accudiscono con grande devozione." "Beh, in effetti sono come le occidentali" ribattè Mhiara sfoggiando un sorrisetto sarcastico. "Tu trovi?" fece Karem "cioè per te le donne d'Occidente hanno la stessa grazia nel crescere ed accudire i figli? Mah, a me non sembra, in Occidente le donne sono più distaccate e a volte trascurano anche i propri compagni per…" "Per? Continua, che cosa vuoi dire Karem? Sai, sei proprio un essere insolente!" sbottò Mhiara. "Ah sì?"

incalzò Karem con fare il gradasso "Questo pensi? E lo pensavi anche quando ti ho sollevata da terra salvandoti da morte sicura? Se ho sentito bene mentre eri tra le mie braccia hai detto qualcosa come 'non lasciarmi più...' o sbaglio?" "No, non sbagli" fece Mhiara "quello che ho detto era per quel momento particolare, era semplicemente un modo per ringraziarti di avermi salvata, se ho usato quelle parole è molto probabile che stessi farneticando." "Ah, grazie, vero dimenticavo il tuo spirito guerriero, occhi di ghiaccio e cuore di pietra! comunque riprendi la tua spada" concluse Karem, "Bene, ora vado a farmi un giro visto che qui sembra che qualcuno voglia fare di me un essere bugiardo ed insensibile" chiosò Mhiara allontanandosi, seguita rapidamente da Ilbord e Timofte che, avendo assistito a quel siparietto, erano sul punto di sbellicarsi. Karem rimase solo, si sedette su di una grossa roccia e, mentre guardava la cicatrice sul suo braccio ed i ricordi lo portavano alla terribile guerra, venne avvicinato da due donne dei Soluzei che sorridenti si fermarono ad osservarlo. Egli cercò goffamente di comunicare ma da entrambe le parti le parole che venivano pronunciate risultavano per tutti incomprensibili, così il loro dialogo fu arricchito da gesti e movimenti che resero la situazione divertente. Ilbord e Timofte, che erano di ritorno con Mhiara, videro Karem che gesticolava in modo molto animato davanti alle due indigene e presero nuovamente e ridere, quindi Timofte esclamò "Ah ah ah! È proprio un uomo superiore, ora vedrete, conquisterà anche le orientali!" a quelle parole Mhiara ebbe un sussulto e si avviò velocemente verso Karem, così, una volta raggiunto, lo strattonò per un braccio e proprio d'innanzi alle due donne parlò nervosamente "che fai? ma sei impazzito? finiscila di infastidire esseri che non conosci!", le due donne Soluzee presero a ridere e si allontanarono divertite mentre Karem, perplesso e stupito di quella reazione, rispose "Ma forse sei tu impazzita, cosa cerchi ancora?" "Niente, proprio niente!" rispose Mhiara ed allora Karem, a muso duro, replicò "Anch'io non cerco niente!" così, rudemente, avvicinò le sue labbra a quelle di Mhiara e, tirandola forte a sè, la baciò; Mhiara non oppose resistenza, chiuse soltanto gli occhi e si lasciò trasportare da quel bacio lungamente desiderato. Nel frattempo era sceso il buio e Ilbord e Timofte, visto che la faccenda dei due amorevoli amanti sembrava essere diventata abbastanza lunga e dolcemente ingarbugliata, decisero di andarsene a zonzo qua e là per il villaggio.

Così giunse la prima tacca di chiaro ed il gruppo di missione con a capo Mubak salutò Uodoma e prese la strada verso il Monte Inverso con la speranza di riuscire a trovare presto spiegazioni e risposte ai loro innumerevoli quesiti e di avere un viaggio privo di insidie e pericoli.

15

Elmut, imprigionato nella Torre Spergiura, trascorreva il tempo pensando e ripensando a tutto ciò che di buono fin da giovinetto aveva fatto nella sua esistenza, così da tenere la sua mente impegnata e sgombra da cattivi pensieri; i sudici abiti, il suo viso scarno ricoperto da una incolta barba grigia ed i suoi occhi spenti ledevano l'immagine di quel grande uomo che per molto tempo era stato. Era quasi giunta l'alba della sua ventesima annuaria di vita e quella carcerazione forzata rattristava il suo animo; del suo futuro egli non aveva certezza e quando le guardie, nel trascorrere delle chiaroscure, portavano il cibo, sperava sempre che i suoi giudicanti si fossero resi conto dei loro sbagli ed avessero rigettato le accuse contro di lui: non aveva perso le speranza e dunque attendeva con ansia il momento in cui sarebbe stato liberato. Il continuo parlare tra sè e sè lo aveva portato ad uno stato di alienazione, quasi di follia; l'umida e stretta cella e la fioca luce che attraversava la feritoia sbarrata accentuavano il suo deterioramento fisico e mentale. Le guardie addette alla sorveglianza si convinsero che era ormai in preda alla pazzia e, mossi da compassione, pensarono di alleviare le sue pene dandogli delle calde coperte. La guardia Tiluk aprì la cella e disse "Prigioniero, prendi queste per scaldarti". Elmut si levò dal giaciglio e, con passo lento, si avvicinò alla guardia prendendo le coperte, poi dalle sue livide labbra pronunciò alcune parole "Guardia, il tuo gesto magnanimo sarà ricordato, io e l'altro uomo che parla dentro di me

te ne saremo riconoscenti; presto verrà il momento di giudicare gli uomini, forti tempeste di fuoco e tetri venti spazzeranno le terre... il male sarà pronto a prendersi tutto, ma troverà chi, attraverso la sofferenza, lo sconfiggerà! Guardia, non temere, tu che sei d'animo nobile sarai salvato ed avrai una serena vita." Tiluk si voltò verso l'esterno della cella, dove vi era la guardia Komat, e, stupito ed incredulo, fece ad Elmut "Prigioniero, ti ringrazio, ma le tue parole rasentano l'idiozia, io ti ho donato delle semplici coperte e mi auguro che non siano queste a scatenare tutto ciò che stai farneticano, comunque scaldati e continua nel tuo pensare, forse un barlume di lucidità tornerà in te e ti illuminerà. La porta della cella si richiuse ed Elmut tornò a sedersi sul suo giaciglio, si coprì le spalle con una coperta e prese la testa tra le mani, poi sussurrò "Mi sbatte la testa, troppi pensieri si annidano in essa, se solo riuscissi ad aprirla con una lama ed a toglierne alcuni, forse troverei sollievo, anche dalla bocca, facendo fuoriuscire bile, potrei alleviarne il peso; forse sto morendo o forse sto soltanto cercando in me stesso ciò che di male ho fatto, ora più che mai me ne sto convincendo; il corpo a stento sorregge la mia testa, pesante come un macigno, ma presto verrà il momento in cui sarà mozzata e finalmente si sentirà alleggerito... presto, presto verrà quel momento...".
Jolen era giunta nella terra dei Nilunghi ed Eleana e Bloden l'accolsero con grande affetto; la donna smise i panni della reggente di Gloriosa e parlò ai due in modo semplice ed intimamente confidenziale "Sono qui da voi per chiedervi aiuto, ho bisogno di capire

il vero motivo per il quale Elmut è stato improvvisamente accusato di falsità e tradimento, infamato e calunniato è stato tratto, come un miserevole essere, a trascorrere nella Torre Spergiura il resto della sua esistenza. Di quali motivi che io non conosco voi siete al corrente? E ditemi, perché egli avrebbe fatto tutto questo? E ancor più, io sarei una compagna tanto stolta da non essermi accorta di nulla o addirittura avrei assecondato celatamente i suoi oscuri desideri e le sue malvagie volontà; anch'io allora dovrei essere condotta in quella torre in cui trovano asilo gli infami! Il mio animo straziato urla di dolore e sofferenza, la morte ha accarezzato il mio corpo, ma la mia mente è tornata lucida e mi aiuta a combattere perché l'equo ed il giusto ottengano la vittoria."
"Jolen" rispose l'accigliato e compassato Bloden "il susseguirsi degli eventi è stato così rapido e repentino che anch'io stento a crederci. Io consideravo Elmut come un fratello e la sua onestà intellettuale e la sua integerrima capacità di governare erano considerati da tutti come le migliori doti che un uomo potesse avere ed esse risiedevano proprio in lui; ma qualcosa è accaduto e quando i rappresentanti delle sovranità regie vennero da me per raccontarmi minuziosamente ciò che avevano scoperto, io restai di sale e non ebbi neanche il coraggio di presentarmi al vostro cospetto; lasciai decidere a loro e non espressi nessun consenso a ciò che essi decisero." "Allora tu credi che Elmut sia un essere vile, proprio come quegli uomini raccontano? Ma come fai, dimmi Bloden, a cambiare il tuo giudizio su un uomo che conosci da molte annuarie fidandoti di astratte congetture

favoleggiate da insulsi uomini? Nutrivo grande stima e rispetto nei tuoi confronti, ma ora penso che mi dovrò ricredere." Corroborò il suo parlare Jolen. "Aspetta aspetta!" rispose Bloden, hai inteso male, non volevo dire che credo in ciò che altri mi hanno riferito, ma essendo loro la maggioranza dei rappresentanti della nostra comunità ed avendo già deciso il da farsi, mi sono trovato dinanzi ad una situazione già definita." "Ah!" adirata Jolen replicò prontamente "peggio ancora Bloden! Quindi elegantemente te ne lavasti le mani e lasciasti fare ai saputi uomini dotati di grande senno ed intelligenza superiore l'azione già decisa! Ma che razza di reggente sei? Eppure i Nilunghi rappresentano i discendenti del fregio regale, o sbaglio... oh Elmut, se tu fossi qui e sentissi le parole del tuo fraterno amico Bloden probabilmente lo considereresti un folle vecchio impaurto, quasi incapace di intendere e di volere! Bloden, non ti preoccupare, nessuno verrà a toglierti il regno, neanche se tu avessi condotto il loro pensare ad una riflessione meno impulsiva e più approfondita, bravo, sei rimasto neutrale, né di qua, né di là, così non potrai essere giudicato né come complice, né come accusatore!" Bloden si stizzì e rispose "Jolen stai esagerando, modera il tuo parlare così arrogante e cerca di portare rispetto per la terra che ti ospita, la tua mente è confusa e dalla tua bocca escono solo folli congetture; basta, ora non intendo più ascoltati!" così Bloden si allontanò, uscendo dalla stanza e lasciando sole le due donne. Il viso di Jolen fu solcato da profonde lacrime e nella sua mente pensò che non avrebbe mai voluto arrivare a tanto con Bloden, poi si asciugò il volto e volse lo sguardo verso la porta da cui era entrata, mossa dal desiderio di andare via. Quindi irruppe Eleana che cercò di tranquillizzarla dicendole "Jolen, dove vai? calma adesso, vieni con me e sediamoci, tu e Bloden non vi siete presi nel parlare, egli è avvilito e ferito come te in questo momento, sta cercando di comprendere bene ciò che è accaduto per correre in soccorso ad Elmut e da quello che ho inteso ha provato anche ad avere un incontro segreto con Wallace, ma tutto questo fino ad ora è stato vano; egli però è un uomo determinato e riuscirà ad interloquire con gli accusatori di Elmut e ti dico che so anche che presto partirà, ha già radunato le sue milizie per recarsi ad incontrarli." Così Jolen si tranquillizzò e rispose "Oh Eleana! Magari riuscisse almeno a farli ragionare! Le tue parole mi danno sollievo e sono rammaricata per aver usato toni così accesi con Bloden" "Non ti preoccupare! Fece Eleana, penserò io a farglielo capire. Beh, ti devo dire in tutta franchezza che al posto tuo forse io mi sarei comportata anche peggio!" così il volto di Jolen si illuminò di un timido sorriso ed una carezza di Eleana la confortò. "Ora vieni con me Jolen, ti condurrò nella stanza che ti ospiterà e potrai riposarti dal tuo viaggio" conclude Eleana prendendo sotto braccio Jolen e facendole sentire la sua presenza molto vicina. Nel frattempo Wallace aveva fatto avvisare Shaflord che di lì a poco sarebbe partito recandosi a Badenfor da Holz per avere certezza delle accuse mosse ad Elmut. Salutò Rose riferendole le sue intenzioni e prese in solitaria la Via Muraria, diretto verso Sud. Rose colse l'attimo e tramutò il suo desiderio in realtà quindi, montata a cavallo, anch'ella prese la Via Muraria, ma in direzione opposta, verso Nord con lo scopo di recarsi al Castello Gloriosa per conoscere Jolen. Alle prime luci, tra la prima e la seconda tacca di chiaro della chiaroscura seguente, Bloden lasciò la Fortezza Abbassì e, accompagnato da un drappello della sua milizia, puntò verso Rowit nella speranza di incontrare Wallace; Jolen, già sveglia, dalla sua stanza osservò da dietro la finestra la partenza di Bloden e sussurrò "Scusa Bloden se ti ho parlato aspramente, spero che tu riesca a perdonarmi e a portarmi buone notizie, che il tuo cammino possa essere leggero come il vento e la tua ricerca della verità possa dare buoni frutti, io sono con te". Così Bloden con la milizia, per uno strano caso del destino, si incrociò inconsapevolmente con Rose sulla Via Muraria, imboccata in direzioni opposte ma alla ricerca di una comune verità. Tappa obbligata, lungo la Via Muraria, in direzione dei territori di Fulgenland, era il territorio dei Nilunghi, da dove poi Rose avrebbe proseguito attraversando Pianafiorita ed entrando in Fulgenland; ella dunque, una volta giunta nel Borgo di Nilunga, fece una sosta per rifocillarsi entrando in una taverna lungo il percorso. Rose gustava calde cibarie quando, d'un tratto, sentì nominare Jolen da alcuni avventori seduti ad un tavolo di fianco al suo ed allora, senza farsi notare, tese l'orecchio e si mise ad origliare. "È venuta qui da noi a cercare conforto, ma con che coraggio! Dicono che abbia fatto innervosire Bloden con le sue parole, tanto da fargli perdere le staffe; vi immaginate voi Bloden che è così pacato, perdere le

staffe? Che tipo quella Jolen, dovrebbe essere rinchiusa come il suo compagno!" "Io so invece che Eleana l'ha accolto in casa come una ospite molto gradita ed il nostro povero Bloden, con tanto di regno, è stato visto partire alle prime luci verso Sud, forse in cerca di un altro Castello o fortezza in cui vivere. Ah ah ah! Mah, prima la guerra ed ora queste cose… Chissà ancora cosa dovrà succedere!". Rose allora prese coscienza di essere vicinissima a Jolen, quindi si alzò di scatto ed in gran fretta domandò all'oste quale fosse la strada più breve per raggiungere la Fortezza di Abbassì e, montata a cavallo, si mise immediatamente in cammino. Giunta alla fortezza, verso al prima tacca d'ombra, Rose venne accolta da Eleana e, dopo aver motivato la sua presenza, domandò di Jolen. Eleana dapprima cercò di negare di averla come ospite, ma in seguito, persuasa e convinta delle buone intenzioni con cui Rose si era recata alla sua ricerca, ammise la sua presenza nella Fortezza, ma propose a Rose di agire in un modo particolare "Rose, ecco" disse Eleana, "Jolen è molto provata ed è venuta qui per stare tranquilla e ritrovare la sua serenità. Potremmo dire, per non suscitare in lei eccessiva agitazione, che tu sei una mia cara amica e sei venuta a farmi visita, così eviteremo che ella reagisca bruscamente, pensando che tu sia una donna mossa da curiosità ed infimo pettegolezzo per tutto ciò che sta accadendo a lei e ad Elmut, tanto più che se scoprisse che il tuo luogo di origine è Rowit e, magari, che conosci Wallace: si scaglierebbe contro di te esternando tutto il suo rancore."
"Hai ragione Eleana e devo confessarti una cosa

importante, io conosco molto bene Wallace e gli sono molto vicina, spero che questo non crei troppi problemi nel rendermi affabile agli occhi di Jolen" così Rose annuì, reputando giusta la proposta di Eleana. Le due donne si intrattennero ancora in discussione ed Eleana disse "Bloden alle prime luci è partito proprio per recarsi verso Rowit a far visita a Wallace" "Quindi era lui quell'uomo con i soldati a seguito che ho incontrato sulla Via Muraria" disse Rose "Sì, era lui ed andava proprio verso Sud per…" improvvisamente si appropinquò sull'uscio della stanza Jolen e le due donne, accortesi della sua presenza, smisero di parlare. Jolen si sentì fuori posto e disse "Scusa Eleana, non pensavo che fossi in conversazione", ma Eleana, nell'imbarazzo del momento, ebbe la prontezza di rispondere "No Jolen, non ti preoccupare, vieni, vieni avanti, ti presento Rose che è venuta a farmi visita; sai ci siamo conosciute tempo fa quando con Bloden facevamo dei viaggi nei territori d'Occidente, siamo state poco assieme, ma sin dall'inizio tra noi si instaurò un buon rapporto che tuttora coltiviamo, di tanto in tanto ci scambiamo visite eh…" "Sì, è proprio così, Eleana è una persona veramente deliziosa" rispose Rose alzandosi in piedi ed andando incontro a Jolen per stringerle la mano; Rose si sentì emozionata poiché dinanzi a lei vi era la donna descritta da tutti come la più bella e più grande nello spirito e vederla in quella condizione, crucciata e sottomessa, la rattristò non poco. Jolen rispose al saluto di Rose e mestamente si sedette accanto a loro; Rose ruppe il silenzio dicendo "Mi hanno parlato molto, sin da piccola, delle terre dei

Nilunghi, descrivendole ricche di prati fioriti e di alti monti con vette sinuose ed increspate verso le quali maestosi rapaci si levano al richiamo dei loro addestratori e devo dire che è vero. Sai Eleana, lungo il tragitto ho avuto modo di osservare il paesaggio ed ammirare lo splendore del volo dei vostri magnifici volatili." "Rose, da dove vieni?" intervenne Jolen; Rose, titubante, guardò Eleana, ma poi con coraggio rispose con tono sicuro e fiero "Jolen, io vengo da Rowit, è lì che sono nata e cresciuta." Jolen la fissò con lo sguardo e si accigliò, poi sospirò ed esclamò "Rowit... bene, conosco Rowit e conoscevo bene Gesper, il suo illustre reggente, e so di suo figlio Wallace, del tutto diverso nei modi e nelle capacità rispetto al padre..." "Sì Gesper è stato un grande reggente" replicò Rose "io ero molto piccola quando egli morì ed i miei familiari mi hanno sempre raccontato di lui elogiando i modi cortesi e gentili di condurre ed amministrare la sovranità di Rowit". "E del figlio, cosa sai?" incalzò un'interessata Jolen. "Bene, ora farò portare qualcosa che potrà dissetarci!" smorzò intelligentemente il discorso Eleana, "vi farò gustare degli ottimi infusi d'erbe che si trovano solo nella zona rupestre delle Torte Colline al confine dei nostri territori con Nignoland". "Certo, va benissimo" rispose Rose reggendo il gioco ad Eleana. Così le donne, gustando le calde bevande servite in coppe finemente decorate, presero a parlare di svariati argomenti, divagando su più temi; la grande armonia e la piacevole compagnia rasserenarono Jolen che sentì nel suo animo, dopo tanto tempo, gioia e serenità. Arrivò così la prima tacca di scuro e, ormai buio, Rose fu invitata a trattenersi da Eleana ad Abbassì, anche per altre chiaroscure; infatti Eleana pensò che Rose, con il suo carattere forte ed il suo atteggiamento propositivo e comprensivo, le sarebbe stata di grande aiuto per far riconquistare a Jolen sicurezza e tranquillità. Così propose a Rose di affiancarla nel suo intento; quest'ultima accettò ben volentieri e promise ad Eleana di aiutarla senza alcuna remora, anzì, le suggerì di affrontare con Jolen anche quei discorsi così scomodi che tanto incupivano l'animo della donna, in modo da permetterle di esprimersi liberamente facendole esternare i più oscuri pensieri che l'affliggevano. "La miglior cura per una donna che soffre nell'animo è non parlarne con uomini, ma è lo sfogarsi con altre donne che di quel male non soffrono e che, offrendo il loro cuore a conforto, possono alleviare le sofferenze e trovarne rimedio" disse Rose.

Bloden giunse con la sua milizia a Rowit, dove si recò dal vecchio Unegard il quale gli riferì che Wallace si era mosso di gran passo per recarsi nei territori di Badenfor con l'intento di incontrare Holz; i due ebbero modo di parlare e convenirono che ciò che era stato fatto ad Elmut era stato un azzardo e quindi la scelta di Wallace di recarsi da Holz rappresentava la miglior soluzione per comprendere a fondo la verità sulla condanna del reggente della Coalizia. Il partito della verità assoluta prendeva corpo, ma gli oppositori più arcigni rimanevano Shaflord, Muskatt, Gor, Bedok ed i lontani Karem e Mhiara, che però erano ignari del continuo evolversi della situazione. Bloden ripartì proseguendo verso Sud per raggiungere i territori di Badenfor ed affiancare Wallace nella sua ricerca di verità. I due erano mossi dal profondo desiderio di togliersi definitivamente qualsiasi dubbio su ciò che era stato riportato da Gor e Bedok, che nel frattempo, insieme a Luk, erano ospitati nei territori di Pozental dove Shaflord meditava sulle strategie di difesa da opporre in caso di nuovi attacchi portati dagli eserciti di Zoren.

Trascorsero alcune chiaroscure e Jolen ebbe modo di confessarsi con Eleana e Rose ed il rapporto tra le tre donne divenne molto forte, tanto che la stessa Rose rivelò a Jolen del suo legame con Wallace e le spiegò che la decisione, avallata da Wallace, era stata indotta da un concatenarsi di situazioni complicate, difficili e così repentine che nel loro precipitare avevano coinvolto e convinto tutti della colpevolezza di Elmut. Rose però sottolineò la tristezza di Wallace per quanto accaduto ed il suo conflitto interiore che aveva causato in lui nuovi stimoli nel cercare la verità, tanto che, mosso da un pensare razionale, aveva deciso di recarsi da Holz a Badenfor. Rose riferì anche della grande considerazione che Wallace aveva nei suoi confronti ed in particolar modo evidenziò come egli ne avesse elogiato il carattere e sottolineato la bellezza. Così Rose confessò il motivo del suo viaggio e la sua onestà e sincerità furono molto apprezzate da Jolen, che la abbracciò e la ringraziò per la sua correttezza e lealtà. Eleana aggiunse che anche Bloden era in cerca della verità e, al riguardo, Jolen le fece intendere che lei era lì dietro la finestra della sua stanza quando Bloden era partito e guardandolo aveva ammesso che il suo comportamento era stato fuori luogo ed insensato, così, scusandosi con Eleana disse "Quando si percepisce che qualcosa di oscuro e malvagio si avvicina, tutti gli uomini cercano in modo naturale di allontanarsene e le paure, che emergono inesorabilmente in ciascuno, portano ad appannare le menti ed a rendere i pensieri torbidi e confusi. Questi influssi negativi hanno investito me, Bloden e Wallace, nessuno ne ha colpa e nessuno può farci nulla, soltanto il rinsavire razionale e cosciente può offrire gradatamente nuove riflessioni." Jolen era tornata ad essere la donna che era, temeraria, loquace e combattiva, chiara nei pensieri, razionale ed equilibrata nei giudizi e ciò, in fin dei conti, lo doveva anche ad Eleana e Rose, che amabilmente l'avevano aiutata. Ora però, con due fedeli alleati al suo fianco, bisognava fare qualcosa di veramente importante, sostenere Wallace e Bloden nella ricerca della verità. Jolen aveva portato con sè, in gran segreto, carteggi e scritti che Elmut custodiva nel Castello Gloriosa ed assieme le tre donne cominciarono a spulciarli attentamente, per capire se vi fossero tracce comprensibili e prove tangibili della sua colpevolezza.

16

Intanto era trascorsa la sesta mesaria da quando la guerra aveva avuto inizio e ad Oriente il grande esercito veniva addestrato ed istruito su come operare, novità importante però era la presenza nello schieramento delle truppe erranti degli Urchidi e dei Molossi che, mobilitati attraverso l'intervento diretto di Moude, rappresentavano l'arma in più dell'impresa che il malvagio uomo orientale si apprestava a compiere. Più a Nord, intanto, Mubak aveva condotto, attraversando la piana di rocce salnitriche, Karem, Mhiara, Ilbord e Timofte ai piedi del Monte Inverso; il monte apparve loro maestoso proprio come era stato descritto da Uodoma, una verde corona di vegetazione disposta a mezza altezza separava le rocce scure dai bianchi ghiacciai. Si addentrarono nel nebbioso altopiano tappezzato da muschi verdastri e ricoperto da minuscoli fiori simili a loti dalle infiorescenze gialle; qua e là radi ed alti canneti dai colori verde turchese completavano la vegetazione. "Che luogo incantato!" esclamò Karem allontanandosi improvvisamente dal gruppo e accelerando il passo "Dove vai? Aspetta!" gridò Mubak "Può essere pericoloso!" così neanchè egli terminò di parlare che si udì un sordo boato che scosse i canneti dai quali si levarono in un volo confuso uccelli dalle piume d'avorio. Karem attonito volse lo sguardo seguendo lo stormo che si allontanò poi sentì un formicolio sotto i piedi ed improvvisamente sprofondò nel nulla: la terra si era aperta sotto i suoi piedi e lo aveva inghiottito. Il resto della compagnia, atterrito, rimase fermo, immobile, poi Mubak si chinò e camminò carponi avanzando velocemente seguito da Mhiara, Ilbord e Timofte quindi si sporsero dalla tetra voragine che aveva inghiottito Karem nelle viscere del Monte Inverso e presero ad urlare il suo nome. Karem precipitò ruzzolando come un grande masso che si stacca dal pendio di una montagna e si fermò sul fondo atterrando con il volto all'ingiù; subito puntò le mani per rialzarsi, ma scivolò e si accorse che tutt'attorno era viscido e grigio, la terra sembrava quasi poltiglia scura e dinanzi ai suoi occhi apparve un'immensa caverna dalla quale si sentiva uno strano ribollire di qualcosa ed un incessante e lento battere. Minute piante, simili a felci di colore brunito ed arancio e lumache bianche dalla chiocciola striata, completavano il tetro luogo involontariamente scoperto. "Karem! Karem!" gridarono a scuarciagola Mhiara, Ilbord e Timofte "Sì, vi sento!" egli rispose, "Tutto bene?" chiese Mubak "Sì, va tutto bene!" li rassicurò ancora. "Calmo, adesso ti calerò una corda così potrai risalire" aggiunse Mubak. "No Mubak" fece Karem "forse è meglio che scendiate a dare un'occhiata a cosa ho scoperto qui sotto". Quindi fissata una spessa corda alle rocce Ilbord, Timofte, Mhiara e Mubak si calarono all'interno della grossa cavità, lasciando di guardia l'albino Golconda con il resto degli uomini al seguito. Toccato il suolo Mubak esclamò "Ma questo è materiale ferroso e argentiero! le rocce sono grigie e questa vischiosità non è altro che oleosafiamma" "Cosa vuol dire?" chiese Mhiara pulendosi le mani unte di quella sostanza viscida e repellente "Significa che con particolari accorgimenti diventa fuoco" rispose Mubak "Ascoltate, ascoltate, laggiù deve esserci qualcuno che batte su qualcosa" azzittì tutti Karem, e così pian piano e con molta accortezza si inoltrarono tra le rocce della caverna seguendo il suono udito da Karem. Tre grandi e robuste figure dalle sembianze umane, con pelle grigiastra, privi di alcuna peluria, apparvero ai loro occhi; erano intente a battere delle pietre con delle corte e robuste mazze di ferro; vicino a loro una fiammella rossa e gialla scaldava le pietre rendendole morbide così da permettere di dar loro, con continui colpi, la forma voluta. Uno dei tre si fermò e si voltò annusando l'aria e tendendo l'orecchio; i suoi occhi erano del tutto bianchi, ma la particolarità era che essi erano ciechi e muti ed avevano gli altri sensi, l'olfatto e l'udito, finemente sviluppati. Mubak bisbigliò "Sono i Grigiofondi" "I forghi!" disse Karem, così le tre creature smisero di battere e ruotarono i loro corpi verso il lato dove erano aquattati Mubak e gli altri e, facendo gesti con le loro grandi mani, li invitarono a farsi avanti "Mubak uscì allo scoperto e senza alcun timore gli andò incontro e in seguito anche Karem, Mhiara, Ilbord e Timofte imitarono Mubak; quando si trovarono dinanzi quelle creature, si resero conto della loro imponente stazza fisica: erano alti quasi una volta più di loro, erano dotati di un corpo robusto e muscoloso del tutto liscio ed avevano soltanto una sorta di peluria molto folta che ne copriva le parti intime. Uno dei tre alzò il braccio brandendo la corta mazza di ferro usata nel loro fare e si preparò a colpire Mubak quando, prontamente, un altro forgo gli si pose dinanzi fermandolo; a quel punto la compagnia arretrò e Mubak, Karem e Mhiara sguainarono le spade, il Forgo che aveva bloccato il suo simile allargò le braccia in segno di amicizia e portandole verso il suo petto li invitò nuovamente ad avvicinarsi. Mubak esclamò "Voi siete i Grigiofondi? Capite il mio parlare?" così nessuno rispose; soltanto il Forgo più mansueto annuì con la testa, poi mise una mano sulle sue labbra di un pallido arancio e la portò sui suoi bianchi occhi facendo intendere che essi erano non vedenti e muti, quindi si inginocchiò ed invitò Mubak ad avvicinarsi e a toccarlo, così Mubak fece ciò che il Forgo mansueto gli aveva chiesto, poi quest'ultimo, gesticolando, fece intendere di voler fare altrettanto e Mubak si prestò alla sua richiesta. "Che fa, è impazzito?" bisbigliò un preoccupato Ilbord tirando fuori dalla sua borsa di pelle una fionda "Shh" disse Karem "fermo, riponi quell'arma, stanno comunicando, i Forghi non vedono e non parlano e grazie al tatto riescono a vedere ciò che non vedono e a dire ciò che non possono dire" poi fu la volta di Karem che imitò Mubak e si fece conoscere, in seguito Mhiara e poi i titubanti Ilbord e Timofte si prestarono alla stessa azione. D'istinto anche gli altri due Forghi fecero la stessa cosa e, conosciuti i visitatori, considerati pacifici, placarono la loro aggressività. Mubak iniziò a parlare cercando di trovare un modo efficace per comunicare "Io sono Mubak dei Soluzei e loro sono miei compagni; vengono dalle terre aldilà del grande fiume" il Forgo mansueto fece cenno di aver capito e, presa una piccola bacchetta ferrosa, si chinò e cominciò ad incidere scrivendo sulla grigia roccia "Mubak, grazie ai rudimenti linguistici di Uodoma, fu in grado di decifrare e comprendere l'arcaica lingua dei forghi "Siete visitatori graditi, mai nessuno si è addentrato nelle nostre caverne", lesse ad alta voce Mubak, "Noi viviamo qui dal tempo della nostra creazione e siamo rimasti in tre, io sono l'unico che conosce lo scrivere, non abbiamo nomi e battiamo le rocce; facciamo strisce di ferro come i nostri antenati ci hanno insegnato. Non facciamo altro". Karem guardò Mhiara e le ricordò "Ecco, i loro antenati forgiarono le Armille, Mhiara, fu qui che i Druidi fecero i monili". Mubak incuriosito domandò "Ma di cosa parlate?" ed allora Mhiara riferì della leggendaria creazione dei due bracciali e Mubak pensò bene di approfondire e di porgere qualche domanda ai forghi sull'argomento. Il Forgo mansueto bagnò la sua bacchetta impregnandola di oleosa fiamma e la strofinò su di una roccia accendendola, quindi li invitò a seguirli mentre gli altri due forghi ripresero il loro fare. Così attraversarono alcuni varchi stretti e scivolosi della caverna e giunsero in un punto dove vi era una parete con alcuni disegni raffiguranti dei forghi durante il loro fare, poi di fianco degli uomini intenti ad osservare ed infine, sullo sfondo, forme di bracciali circolari ed un piccolo simbolo appena accennato. Sotto i disegni vi erano incise delle scritture deteriorate e corrose dal tempo, Karem, Mhiara, Ilbord e Timofte rimasero sorpresi, poi Mhiara pregò Mubak di provare a decifrare quelle scritture, così Mubak si chinò e, dalla luce della torcia del forgo mansueto, cominciò lentamente a leggerle: ...Nell'epoca della caotica origine noi diamo vita all'Armilla che ci porterà lontano dalla malvagia confusione relegandola nel suo oblio senza tempo... l'Armilla diverrà simbolo di infinito ed eterno equilibrio e sarà ricordata nei tempi che verranno... la stirpe onorata a rappresentare l'essenza sarà chiamata dal Fregio Regale e avrà sul corpo trascritto il suo sigillo che a matura età diverrà visibile agli altri esseri... l'Armilla verrà indossata... Mubak si interruppe poiché le incisioni scritte sulla roccia, corrose e deteriorate dal tempo, erano illeggibili; poi, prestando maggiore attenzione, Ilbord e Timofte s'accorsero che più in basso vi era un'altra parte di parete ricoperta da striature verdi di muschi, tra i quali si scorgevano minute incisioni. Karem e Mubak si misero a raschiarle a mani nude, così l'indigeno Soluzeo riprese a decifrare ...dei druidi un amuleto sarà ma non... farneticò Mubak ad alta voce. "È un'altra scrittura! Questa è un'altra scrittura! La lingua è del tutto differente e non la comprendo bene, ma vi assicuro che è differente e scritta da altri, il resto è incomprensibile e non si riesce a leggere, la parete è troppo consumata, mangiata dall'umidità e dai vermi." "Grazie Mubak!" disse Mhiara "Ci hai donato tante informazioni, da ciò che sei stato in grado di decifrare noi potremo comprendere molte cose." Karem, che si era appartato per riflettere, camminando avanti e indietro disse a Mhiara "Allora è tutto veramente accaduto, questa ne è la prova tangibile" "Certo, ma cosa credevi, che fosse tutto inventato dalla mente diabolica di Elmut?" rispose Mhiara che continuò "Ora sappiamo che il monile fu forgiato qui proprio dai Forghi, però chi ordinò di farlo non è scritto". Ilbord e Timofte si inserirono nel discorso "Un'altra cosa" aggiunse Timofte "I Druidi, che erano fratelli, fecero fare una seconda Armilla..." "E quindi" chiosò Ilbord "Furono loro che assistettero alla forgiatura e poi se la tennero." Mubak, che era stato fin lì un attento ascoltatore dei loro discorsi, intervenne "Ora anche io inizio a comprendere alcune cose, tutto questo è collegato ai vostri racconti della guerra e l'unico modo per farla cessare è capirne l'origine, l'Occidente e l'Oriente potrebbero essere uniti, invece adesso, per questi che voi chiamate bracciali, sono in guerra" "Sì, più o meno hai capito!" esclamò Ilbord. Il Forgo mansueto ascoltò anch'egli i discorsi e, gesticolando con veemenza, li invitò a seguirlo, li condusse attraverso altri angusti e tetri cunicoli ed alla fine sbucarono in una caverna nella quale misteriosamente una tenue, ma costante fioca luce proveniente dall'alto, illuminava l'ambiente. in quell'antro nascosto e di difficile accesso, scoprirono un altro splendido e variopinto luogo sotterraneo: era lì che i tre forghi dimoravano, le pareti rocciose erano alte ed umide, tutte striate di un verde intenso ed acceso, sopra di esse crescevano rade erbette adornate da piccole bacche trasparenti; il terreno era di roccia, mischiata a grossolano terriccio sul quale crescevano minuti arbusti dai quali pendevano frutti marroni dalla forma lunga ed affusolata, un rivolo d'acqua scorreva lungo il bordo della caverna dove, nel loro lento andare, numerose lumache dalla chiocciola striata transitavano. Altri piccoli rovi di foglie crespe ed acuminate erano sparsi sul suolo qua e là. Il Forgo staccò un frutto dall'arbusto e l'offrì loro; Mubak lo prese, ma non lo mangiò, poi toccò sul braccio e sul cuore il Forgo per ringraziarlo e dal tascone della sua borsa di pellame prese un piccolo arnese di legno intagliato dalla punta di ferro ricambiando il gesto. La compagnia risalì in superficie e l'albino Golconda, incuriosito, domandò "Allora, che c'è lì sotto?" "Nulla di così importante" rispose Karem, così prese dalle mani di Mubak il frutto donato dal forgo e lo offrì a Golconda dicendo "Ecco che c'è, questo è il frutto della terra più profonda, mangialo e ti donerà energia", così la compagnia improvvisamente fu pervasa da bisbiglii e sghignazzi e Golconda, sentitosi preso in giro, aggrottò la fronte, poi annusò il frutto e lo frantumò con le sue mani buttandolo in terra. Karem ridendo aggiunse "Golconda, e che pensavi, che ti avremmo portato preziosi monili e nuove ed affilate spade?". Così, lasciato l'altopiano del Monte Inverso, la compagnia riprese il cammino in direzione Sud ed anche se ormai era arrivata la stagione del Mezzocaldo, la temperatura diveniva sempre più rigida e scure e dense nubi si stagliavano minacciose all'orizzonte. Dopo circa una chiaroscura di cammino, il freddo divenne intenso ed un vento teso, proveniente da est, ne accentuava la percezione. La compagnia proseguì la sua marcia avvolta in grandi mantelli che coprivano anche la testa, mentre Ilbord e Timofte, per difendersi dal freddo, imbottirono i loro gnopel di caldi pezzi di stoffa. Attraversarono quindi una grande pianura di sabbia, simile a quella del deserto di Gibuta ma, a detta di Mubak, di differente colore, più scura e molto più dura da calpestare. Poi osservarono in lontananza dense e scure nubi, tempestate da continui bagliori di luce, che improvvisamente s'invorticavano su loro stesse come mulinelli scaricando la loro energia e infuocandosi cadevano al suolo. Muovendosi in uno zig zag senza ordine, i mulinelli di nubi risucchiavano, nel loro cono di fuoco, la sabbia che, arroventata, si disperdeva nell'aria e creava una fine e sottile pioggerellina bruna. "Le roventi lingue del malvagio!" esclamò Mubak "Siamo entrati nella Concascura. Presto, allontaniamoci da qui! Prima che i fulmini ci vengano addosso bruciandoci!" Così, atterriti, deviarono frettolosamente verso Sud ovest e, usciti dalla Concascura e attraversate le due colline allineate di Duna e Giubea, giunsero alle Paludi di Yfis. Un'immensa distesa limacciosa, putrida e verdastra, si presentò dinanzi a loro, strani insetti dalle ali rosse svolazzavano su di essa; poi videro dall'alto puntare verso la palude veloci volatili dal lungo becco arancio e dalle zampe palmate che, planando rasenti a pelo d'acqua, catturavano le minuscole prede riempiendosene il becco, per poi riprendere immediatamente quota sbattendo energicamente le grandi ali. "Le Alivole!" esclamò stupito Timofte "Sì, sono i bellissimi volatili variopinti di cui Uodoma ci ha parlato" fece Ilbord "Che meraviglia!" aggiunse Mhiara. Il freddo si intensificò tanto che la compagnia ne risentì e, stazionando sulla riva delle paludi, rifletteva intirizzita sul da farsi. Mubak, scrutando a Sud e poi volgendo lo sguardo sia ad est che ad ovest, parlò "Facciamo il punto: verso Sud non possiamo andare, ad est e a ovest neanche, non ci resta che risalire verso Nord per cercare qualche altra via che ci possa condurre al di là delle paludi, altrimenti riprenderemo la via del ritorno." "Rientrare? Ma neanche per idea Mubak! Una strada ci dev'essere per forza!" esclamò Karem "Ah sì, e quale?" gli fece verso Golconda facendo un giro su se stesso con le braccia aperte così da schernirlo, "Io reputo sensato tornare indietro" riprese Mubak, così Karem aggrottò la fronte e si rivolse a Mhiara "No, non possiamo tornare indietro, dobbiamo sapere cosa vi è oltre, siamo arrivati fin qui e non possiamo tirarci indietro", allora Mhiara cercò di far ragionare Karem. "Sì, hai ragione, ma se Mubak, che conosce questi territori, dice che non possiamo andare oltre, è inutile cercare una via che non c'è." Karem, indomito, non si rassegnò e si allontanò camminando lungo la riva della palude alla ricerca di una soluzione per attraversarla. Dinanzi a lui vide un tratto in cui la grande palude si restringeva improvvisamente ed era ricoperta da una coltre ghiacciata. Così, incuriosito, si avvicinò ed osservando riuscì a scrutare fino alla riva opposta, scorgendo degli alberi e fioche macchie luminose che volteggiavano in un movimento continuo e frenetico. Karem allora provò a mettere un piede sulla grande lastra di ghiaccio poi, visto che la stessa era in grado di reggere il suo peso, con coraggio mise anche l'altro. Così, soddisfatto dalla situazione, volse lo sguardo verso il resto della compagnia e fece cenno di venire avanti e raggiungerlo. Egli mostrò la sua scoperta ed espose la sua idea. "È ghiaccio, spesso, e non si spacca, guardate!" "Ah sì?" rispose Golconda poggiando un piede sulla grande lastra e ritraendolo immediatamente atterrito dall'improvviso e sordo scricchiolio del ghiaccio calpestato. "Karem, non può reggere il nostro peso" disse Mubak, "quando saremo arrivati alla sua metà si frantumerà e finiremo risucchiati nelle paludi, inghiottiti dalla melma, senza poter neanche muoverci, ricordi quello che ha detto Uodoma?" "Sì, ma osservate laggiù" e attirò l'attenzione, indicando l'altra sponda della riva, "quelle fioche luci tra la nebbia dietro a quegli alberi, lì c'è qualcosa, dobbiamo arrivarci" "Non se ne parla proprio" fece Mhiara "questo putrido olezzo mi ha già nauseata e Mubak ha ragione, il ghiaccio non sarà in grado di reggere il nostro peso" "Allora faremo una prova, Golconda aiutami" incalzò Karem. Così Karem e Golconda sollevarono un grande e pesante masso e lo lanciarono sulla lastra di ghiaccio facendolo rotolare, poi ne presero un secondo, più grande ed un terzo ancora più grande e fecero la stessa cosa. La lastra, sollecitata, non si frantumò, quindi Karem, convinto dal risultato, disse "Vedete, è resistente e poi ci metteremo pochissimo ad attraversarla, io andrò per primo", così, senza dare agli altri neanche il tempo di replicare, si legò una corda attorno alla vita e consegnò l'altro capo nelle mani di Mubak, quindi prese a camminare sulla palude ghiacciata. Il suo passo fu leggero e lento, a metà percorso però si udirono degli scricchiolii ed egli rallentò il suo cammino ed ebbe la tentazione di tornare indietro; quindi, fatti altri passi, si accorse che la lastra reggeva e, riprendendo a muoversi con rapidità, approdò sull'altra sponda. Karem, eccitato e soddisfatto del risultato, gesticolò con le mani gridando "Avanti! Sotto a chi tocca!" così, una volta aggrappati alla corda che da una riva teneva Mubak e dall'altra Karem, rapidamente tutta la compagnia attraversò le paludi. Mancava solo Mubak "Forza, coraggio! O vuoi fartela a nuoto?" gridò Golconda. Mubak, stizzito e un po' impaurito iniziò, con lento incedere, ad attraversare la lastra di ghiaccio, ma giunto quasi alla metà del suo percorso, d'un tratto forti scricchiolii presero a farsi maggiormente costanti e rumorosi; allora si fermò voltandosi, quando un lungo e sordo colpo spaccò il ghiaccio mangiando velocemente la lastra alle sue spalle. Mubak sgranò gli occhi e si mise a correre in modo forsennato tra la preoccupazione dei compagni che lo incitavano; più egli accelerava il suo passo, più il ghiaccio, rapidamente, veniva inghiottito nelle putride acque. Poi, stremato, effettuò un grande salto ed atterrò sulla sponda travolgendo Golconda. "Uff" sbuffò Mubak, ancora sdraiato sul corpo di Golconda il quale lo abbraccò e per scioglierere la tensione gli disse "Sì, va bene per questa volta, ma non farci l'abitudine perché non sei proprio il mio tipo!" Per il frastuono fatto nella concitazione del momento, da dietro curvi alberi fecero capolino alcune minute creature d'altezza simile a quella di Ilbord e Timofte che, senza timore, si fecero loro incontro; il loro aspetto, allo stesso tempo buffo e orripilante, incuriosì la compagnia: la pelle di quegli omini era giallastra, come bruciacchiata, i loro occhi celesti e i radi capelli alcuni bruni, alcuni neri, con nasi schiacciati e piccole orecchie aguzze. "Chi siete?" disse uno di loro "Ah ecco, parlate la mia lingua" rispose Karem "Siamo visitatori e siamo di passaggio". "Dove andate?" ribattè un altro "Verso Sud" fece Mhiara divertita da quelle buffe creature che avevano una voce gracile, ma stridula. "Noi siamo gli Iferi delle paludi e voi siete sul nostro territorio!" esclamò un terzo, cercando di assumere un tono minaccioso, ma che alle loro orecchie suonò come una simpatica cantilena. "Sì, andiamo via subito, non temete, non siamo qui per farvi del male" li tranquillizzò Mubak. "Va bene, allora vi osserveremo mentre voi andrete via" brontolò il più intraprendente di quelle creature, così Ilbord, incoraggiato e ringalluzzito dal poter confrontarsi con esseri della sua statura, pose un interrogativo "Potresti dirmi cosa sono quelle piccole macchie luminose che si muovono su e giù lì in fondo?" "Sono le yfede alghe che abitano le paludi e illuminano le nostre dimore, se volete vederle dovete seguirci, tanto per andar via dovete passare da questa parte perché tutto attorno ci sono i profondi liquefatti" concluse il più minuto degli omini. La compagnia seguì gli Iferi ed arrivò in un punto meraviglioso del territorio, dove la palude diventava stretta, quasi come un fiume, e, a causa del dislivello delle terre, le sue acque precipitavano rapidamente formando una cascata; così, nel loro continuo e perpetuo cadere, dalle acque si sollevava una sottile schiuma d'alghe iridescenti che come fuliggine radiosa fluttuava sospesa, illuminando tutto il territorio circostante. Poi ebbero modo di vedere le piccole case degli Iferi costruite con rocce e legna e ad Ilbord e Timofte ricordarono Gnoland, tanto che Ilbord esclamò divertito "Voi siete alti su per giù come noi e se verrete a trovarci vi potremo ospitare senza problemi". Mhiara allora domandò "Ma cosa sono i profondi liquefatti di cui prima parlavate?" e Mlup degli Iferi rispose "Sono dei buchi profondi nella terra in cui, chiunque cada, diventa come noi." "In che senso?" domandò Ilbord, allora Zetab degli Iferi rispose "Noi un tempo eravamo diversi, avevamo una pelle rosa e liscia, morbidi e folti capelli ed il volto come il vostro, ma quando i nostri avi Bebeta e Dalid, incuriositi da quei buchi profondi, si avvicinarono e scivolarono al loro interno immergendo il loro corpi in un putrido ed oleoso liquido, si trasformarono e subirono la deformazione delle loro carni che li rese simili a come siamo noi adesso; da allora tutti i procreati della nostra razza hanno assunto irrimediabilmente queste caratteristiche, il primo fu un certo Beruf." "Beruf? Ma ho già sentito questo nome!" fece incuriosito Karem inginocchiandosi davanti a Mlup che spiegò "Sì, Beruf era un Ifero che viveva con un uomo che indossava sempre uno scuro mantello e portava un cappuccio che gli copriva finanche il volto, Beruf era il suo fidato servo, ma poi quando quell'essere strano scomparve, egli lasciò la rocca di quell'uomo e tornò a vivere nelle paludi e da quel momento in poi nessuno dei nostri avi ha saputo altro di lui; l'unica cosa che si seppe fu che, con quello strano essere, ospitò dei Druidi nella sua rocca dove ebbero un incontro su misteriosi arti magiche." Karem riconobbe in quella losca figura descritta da Mlup il malvagio e perfido Mantanathos e così, rialzatosi, prese in disparte Mhiara chiedendole "Ti ricordi? Elmut nominò

Mantanathos e parlò anche di qualcosa che accadde con dei Druidi." "Mmh, non ricordo chiaramente, però l'unica cosa che mi è rimasta impressa è il nome di Mantanathos che fu descritto da Elmut come un adoratore del male e che era stato allontanato da Eubioss proprio al tempo in cui cominciava l'Epoca dell'equilibrio" "Certo, hai ragione, ora ricordo…" ribattè Karem… e quindi se vi erano con lui anche i Druidi e se i Druidi erano presenti alla forgiatura dell'Armilla…" "quindi?" interruppe Mhiara…" "e quindi mi manca qualche passaggio ancora per comprendere il legame tra le Armille, Moude e l'inizio della guerra." Karem soddisfatto le diede un bacio e si allontanò, tornando a parlare con Mlup a cui Mubak era intento a chiedere informazioni sul percorso da seguire per giungere nei territori del Sud senza incappare in spiacevoli sorprese.

Ormai era giunta la prima tacca d'ombra quando la compagnia lasciò le paludi di Yfis ed iniziò a sentire il peso del lungo viaggio, così, seguendo il consiglio di Mlup, mossero in direzione della tranquilla terra di Loomba dove Golconda, assieme ai soldati, avvistò, nella verde e lussureggiante vegetazione, piccoli Inghial ed invitanti leprot e dunque si adoperò in un'improvvisata battuta di caccia; quindi, acceso un fuoco nelle vicinanze di un ruscello, la compagnia diede vita ad un banchetto e bivaccò recuperando forza ed energie, approfittando anche della mite temperatura che, addolcita da un tiepido vento proveniente da Sud, permise di riposare serenamente.

17

Wallace galoppò per due chiaroscure e giunse nelle prime tacche di chiaro alle porte di Badenfor; una milizia di guardia lo scortò fino al Castello Ausilium dove Holz, appena svegliatosi, rimase sorpreso da quella visita del tutto inaspettata. Wallace si presentò al cospetto di Holz con il grande desiderio di affrontare i fatti che riguardavano Elmut poiché, cosciente che la ripresa della guerra era ormai vicina, aveva premura di rientrare e dare man forte alla organizzazione delle strategie di difesa. Holz lo accolse in modo molto benevolo, assumendo un atteggiamento cordiale ed amichevole, così, dopo averlo fatto accomodare nella sala, parlò "Ecco Wallace, ecco il reggente della nostra Coalizia, finalmente ho il piacere di incontrarti, molti mi hanno parlato di te elogiando i tuoi ottimi modi di condurre le battaglie e raccontandomi le tue grandi imprese, ultime delle tante il leggendario salvataggio di Gor e Bedok nelle Gole di Ubuck." "È piacevole anche per me fare la tua conoscenza" rispose Wallace "ti ringrazio per l'amichevole accoglienza e per le belle parole, ma non credere che le cose che ti hanno raccontato siano sempre andate per il verso giusto, a volte ho dovuto anche fuggire a gambe levate, credimi."
Holz condusse Wallace nella Sala Cortese del Castello Ausilium, dove fece conoscenza di due avvenenti amiche del reggente di Badenfor; poco dopo fu imbandita la tavola e venne consumato un lauto pasto; molta vinerea fu ingurgitata e molti discorsi seri ed altri leggeri videro partecipi anche le donne

che, affascinate da Wallace, lanciavano esplcite provocazioni sul suo aspetto virile, ma egli, con molto garbo, fu restio ad accettare quella particolare forma di ospitalità e, tra un calice ed un altro, sotto lo sguardo divertito di Holz, come in un combattimento, parava i colpi e respingeva gli attacchi portati dalle due donne d'animo semplice e dai frivoli costumi. Così si andò avanti per un bel po', fin quando, dopo aver gustato alcune delizie del luogo ed aver congedato le donne, i due restarono soli e si trasferirono nella stanza attigua. Così, mentre si rilassavano su comode sedute somiglianti a maestosi troni, si scambiarono pochissime parole, difatti sembrava proprio che da una parte e dall'altra si stesse meditando su cosa dire e vi fosse qualche remora ad affrontare alcuni argomenti delicati. L'intento di Wallace era quello di intavolare qualche discorso che avrebbe portato a parlare di Elmut, senza però dare la sensazione al suo interlocutore di avere come unico interesse quello di scoprire ciò che egli sapeva. Wallace diede una decisa virata all'imbarazzante situazione dicendo "Holz, ora che sono alla guida di questa nostra grande alleanza, credo che sia giusto parlare della posizione di Badenfor e della sua permanenza in essa, ho in animo di proporre alle altre sovranità regie di conferire un ruolo di primo piano alla tua persona affinchè tu possa avere maggiore influenza sulle comuni decisioni; il mio intento è farti divenire consigliere ridandoti le stesse funzioni che un tempo furono del tuo predecessore Amseto, rinnovando così la mia fiducia nei confronti della lealtà e della devozione che hanno contraddistinto Badenfor e le sue genti sin dall'origine della Coalizia." "Oh Wallace! Ne sarei onorato!" esclamò gaudente Holz "insieme potremmo rivedere e rinnovare vecchi e desueti sistemi organizzativi con nuove ed innovative idee, in effetti l'organizzazione che vige nella Coalizia è lo stessa da annuarie, mai rinnovata e portata avanti stancamente da Elmut a cui tutti noi siamo stati fedeli servitori nel rispetto di regole ed antiche tradizioni, ormai sorpassate.". Wallace colse l'attimo interrompendo Holz e con tono confidenziale disse "A proposito, sei al corrente di Elmut? Ora egli è rinchiuso nella Torre Spergiura dopo essere stato condannato e bollato come un essere malvagio e privo di scrupoli, mosso da interessi personali e smanie di grandezza: sembra che il male sia andato ad abitare in lui." "Sì" rispose Holz bisbigliando "sono al corrente della condanna di Elmut ed ho accolto la notizia con immenso dispiacere, sapere che un uomo come lui, così austero e moralmente irreprensibile, architettava segretamente tutto ciò di cui è stato accusato mi ha profondamente toccato nell'animo, ma poi, stigmatizzando il suo comportamento, ho pensato che, per il bene comune, non la migliore, ma l'unica soluzione era quella di condannarlo, proprio come tu ed i saggi uomini della Coalizia avete fatto." "Ben detto Holz, beviamoci su" aggiunse Wallace rendendosi conto di essere riuscito finalmente a rompere il ghiaccio e pensando arditamente che da quel momento in poi avrebbe potuto condurre il discorso a suo piacimento, trovando le risposte di cui aveva bisogno. Holz riprese a parlare sottolineando, quasi a volersi giustificare, alcuni suoi comportamenti che erano stati giudicati da altri reggenti come ambigui e fuorvianti. "Sai, dopo aver tentennato per un po' su cosa fare, decisi, subito dopo i primi scontri della guerra intrapresa dall'orientale Moude e la concitata e drammatica presa di Pozental, di fare intervenire l'esercito di Badenfor nel conflitto proprio per manifestare il mio pieno appoggio alla Coalizia e mettere a tacere tutte le voci che mi volevano contrario e fervido oppositore alla gestione ed alle decisioni prese da Elmut in seno alla guerra." Così Wallace, udite quelle strane parole, pronunciate ad arte per giustificare un suo comportamento fortemente voluto, comprese che Holz era risentito nei confronti di Elmut ed allora tentò volutamente di stimolarlo per coglierne le reali motivazioni. Quindi, parlando astutamente, disse "Di tutto ciò non sapevo nulla, ho sempre creduto che tu ed Elmut foste grandi amici e confidenti, come in precedenza egli lo era stato con il tuo predecessore Amseto, gli squallidi pettegolezzi di cui tu parli, fatti tra consiglieri e reggenti, non hanno mai avvicinato il mio orecchio, ma se tu dici questo, io non posso far altro che crederti. Questo ti fa onore poiché non è da tutti ammettere di essere stati in pieno accordo con tutte le decisioni di un uomo che è stato appena condannato; ora invece sarebbe stato sensato prenderne le distanze." "Certo" rispose Holz "i pettegolezzi lasciano il tempo che trovano, io ho sempre condiviso le idee ed i pensieri di Elmut e l'ho considerato sempre un uomo integerrimo e non rinnego assolutamente tutto questo, anche se egli non si è dimostrato tale; ma ora parliamo d'altro, ciò che a me interessa veramente è voltar pagina per il bene della nostra Coalizia e la fine della guerra. È mio vivo desiderio contribuire a ricacciare il nemico da dove è venuto e ristabilire pace e giustizia… poi, se sceglierai di affidare a me il ruolo di tuo consigliere nella Coalizia, ti posso garantire che non te ne pentirai, poiché avrai un fedele alleato ed un servitore del bene comune." Holz aveva compreso biecamente che la visita di Wallace aveva tutt'altro fine che quello di concedergli un ruolo di primo piano nella Coalizia e dunque si mostrò molto astuto nel fuorviare i discorsi, costringendo Wallace ad operare grandi artifici mentali per non smarrirsi nel labirinto di pensieri e parole che Holz abilmente continuava ad esternare. Di primo acchitto, osservati da occhi estranei, lì dove erano ormai da tempo comodamente seduti lambiti dalla fievole e tiepida luce del crepuscolo, sembravano due uomini che, conversando amabilmente ed in grande franchezza, si scambiavano notizie ed informazioni; ma, dietro a quel cordiale atteggiamento, si mascherava in ciascuno la più meschina ipocrisia, beffardamente alimentata da un forbito ed astuto parlare, mosso da lingue taglienti come lame, ma ben protette da labbra socchiuse. Si arrivò così alla prima tacca di scuro ed Holz fece accompagnare Wallace nella stanza degli ospiti, chiedendogli per quanto tempo si sarebbe trattenuto a Badenfor. Wallace, togliendo il candelabro dalle mani del servo che lo accompagnava e rivolgendolo verso Holz, rispose "se non creo disturbo mi tratterrò ancora un altro po', non ti dimenticare che in fin dei conti sono venuto qui per conoscerti e se vuoi diventare veramente il mio consigliere, dovresti assecondare i miei desideri." Quelle parole pronunciate da Wallace furono percepite da Holz come un velato avvertimento, quindi egli, astutamente, accennò un sarcastico sorriso e rispose "Potrai trattenerti fin quando vorrai, mi auguro però che tu non venga affascinato dalle bellezze di Badenfor e non perda la cognizione del tempo, trascurando per diletto i pressanti impegni della Coalizia. Ti dico questo proprio perché, in vista del mio futuro incarico, alleno la tua persona ad accettare i miei consigli: dormi bene Wallace." Così i due si congedarono e rimandarono alla chiaroscura successiva i discorsi sul nuovo ruolo che Holz avrebbe ricoperto nella rinnovata Coalizia. Nel frattempo ad Oriente Mubak svegliò la compagnia e, in piena oscurità, ripresero il cammino seguendo il percorso indicato da Mlup: costeggiarono il lembo di terra denominato Mulatta che li avrebbe condotti direttamente al Borgo di Melfir, situato nei territori a Nord di Nigrunta. Essi dunque, percorrendo la lingua di terra che da Nord portava verso Sudest, si trovarono a costeggiare l'insidioso territorio in cui i Molossi si erano stabiliti, demarcato da una verdissima e compatta vegetazione, ricoperta da alte e fittissime erbe che superavano l'altezza di sei piedi e non permettevano di scorgere cosa vi fosse al di là di quella immensa distesa di vegetazione che, con il soffio del vento, ondeggiava armonicamente e rendeva ancor più intrigante ed affascinante quel luogo. Così il fato volle che, a soddisfare la loro curiosità, fosse un lieve altopiano che si ergeva sul tragitto della Mulatta. Mubak e gli altri scalarono l'ammasso roccioso e, giunti sulla sua brulla distesa, volsero lo sguardo verso quel territorio; il vento aveva smesso di soffiare e l'immensa distesa d'erba era lì, dinanzi a loro, immobile e statica. Ilbord, spazientitosi, esclamò "Uff, non si vede nulla, cosa facciamo qua? Perché non riprendiamo il cammino?" "Hai proprio ragione!" rispose Timofte e così pian piano tutti si convinsero dell'inutilità della loro attesa in quel luogo e cominciarono a scendere nuovamente verso la Mulatta. Golconda, che si era attardato nell'osservazione, notò in lontananza del movimento nel mezzo dell'alta e fitta erba e percepì che stava accadendo qualcosa di particolare, così gridò "Ehi, fermi laggiù! Ho visto qualcosa che si muove, venite!" La compagnia risalì celermente sull'altopiano e si acquattò, osservando che l'erba, in alcuni tratti, era mossa da qualcosa di misterioso. Mhiara, non vedendo nulla di particolare si sollevò ed esclamò "Ah Golconda, sarà sicuramente un forte soffio di vento che scuote le alte erbe". "No, vedi, osserva bene laggiù; è impossibile che si muova solo laggiù" "Hai ragione, c'è qualcosa laggiù" disse Karem, così Mubak zittì tutti e, con affannati gesti, fece rapidamente sdraiare i compagni in terra e bisbigliò "Sono gli abominevoli Molossi, fate silenzio e state sdraiati, non ci devono assolutamente vedere." D'improvviso si sentirono selvaggi guaiti seguiti da lunghi e cupi latrati, che terrorizzarono la compagnia rimasta silenziosamente ad osservare. Poi, un fulvo e folto corpo fece capolino dall'erba, subito seguito da altri; i Molossi, che avevano assunto la posizione eretta, si guardarono attorno, annusarono l'aria e rapidamente si mossero in branco, scomparendo nuovamente nell'erba.

Golconda, che era sdraiato di fianco a Mubak, si sollevò delicatamente sulle braccia e, voltandosi velocemente a destra e a sinistra, si accorse che all'appello mancavano alcuni Militiopliti, così, preoccupato, bisbigliò a Mubak "Non vedo Laber e Klomot, dove sono?" Mubak strisciò verso il versante rivolto a Nord dell'altopiano e vide i due che erano rimasti indietro e camminavano lentamente lambendo le alte erbe. Anche il resto della compagnia, strisciando, si avvicinò a Mubak ed osservò quella pericolosa situazione, quindi Golconda istintivamente tentò di chiamarli, ma la sua voce fu soffocata immediatamente da Karem che con le mani gli coprì la bocca e Mubak lo redarguì "Zitto, zitto! Così peggiori la situazione, forse non li hanno visti". Improvvisamente il branco si mosse velocemente tra l'erba e puntò dritto verso i due soldati, attirato dall'odore percepito sottovento, repentino, rapido e veloce si avventò sui due uomini, che scomparvero tra l'alta erba, improvvisamente schizzata di rosso. Poi, tra un feroce e convulso ringhiare e il digrignare rabbioso, accompagnato da un sordo lacerare di carni, consumarono avidamente il fugace ed inaspettato pasto ritirandosi con passo felino tra le alte erbe. Così la compagnia fece la conoscenza anche dei Molossi. "Forza, andiamo, non perdiamo tempo!" come un vero capotribù Mubak diede ordine di muoversi alla compagnia che, atterrita per ciò che aveva visto, stazionava singhiozzando immobile in terra. Il cammino riprese lento e divenne pieno d'angoscia, timore e preoccupazione; compatti l'uno vicino all'altro e con gli occhi ben aperti forzarono nuovamente il loro andare senza fare soste. Era la prima volta che assistevano ad un essere metà uomo e metà bestia che sbranava un uomo e di tutte le cose che avevano visto e che erano loro capitate fino a quel momento, quella era destinata a diventare un'immagine indelebile nelle loro menti. La terza tacca d'ombra era trascorsa ed il buio era ormai prossimo, le gambe provate dal lungo cammino non permettavano più di sostenere il peso dei loro corpi e fu manna per i loro animi quando videro delle luci fioche che si stagliavano all'orizzonte, oltre la collina che erano intenti ad attraversare faticosamente. Furono pervasi da nuova energia e, con grande determinazione, in assoluto silenzio, mossero alla volta delle luci, raggiungendole in breve tempo. Era un piccolo villaggio e sembrava del tutto abbandonato, le abitazioni però erano molto simili a quelle dei villaggi d'Occidente e questo fu di conforto, poiché sperarono di poter incontrare esseri simili a loro. "Logico che non c'è nessuno e sembra deserto, siamo nelle tacche di scuro e certamente le genti di questo villaggio staranno riposando" disse Karem, poi Mhiara aggiunse "Accampiamoci laggiù, mi sembra un posto ideale, c'è erba secca ammassata e una tettoia per ripararci" "Sì, ma io ho fame!" rispose un sudicio ed assonnato Ilbord, "Vieni, prendi, ho ancora delle provviste" così Mhiara aprì la sua sacca e diede dei dolci frutti ad Ilbord ed anche a Timofte. Si sistemarono in un pagliericcio dove, per loro fortuna, vi era anche un abbeveratoio con acqua limpida e potabile ed in un angolo dei frutti secchi ammassati in terra. Mubak stabilì dei turni di guardia, così la compagnia rinfrancata si preparò a trascorrere

le ultime tacche scure in quel posto confortevole e
dall'aspetto familiare.

18

Il vecchio Anglòs, tenendo fede alla promessa fatta a Zeyla, si era recato a Kronodar, un borgo situato a Nord del Monte Kran posizionato sul versante est al confine della terra degli Urchidi ed al limite orientale della Pangea Conosciuta. Il piccolo borgo era abitato solo da pochissimi uomini dalla veneranda età che erano dediti allo studio di fenomeni sovrannaturali e misteriosi riguardanti le arti magiche. Essi effettuavano esperimenti e riflettevano sui loro effetti, erano dunque una comunità di saggi del paranormale di cui erano studiosi, ma non veri e propri praticanti, si limitavano a conoscere gli influssi maligni e benigni che le arti occulte e misteriose di stregoneria, incantesimo e magia potevano avere sugli uomini e sulla natura. Il borgo era infatti bandito dalla maggior parte delle Sovranità dei territori del Sud civilizzati poiché era luogo comune ritenere che quegli uomini, considerati orrendi fattucchieri soprannominati stregoni di Kran, potessero, con le loro arti, portare scompiglio tra le genti ed impadronirsi delle loro menti rendendole folli e delle loro anime rendendole malsane. Anglòs incontrò il gibuto Iacov a cui era legato da vecchia amicizia e a cui aveva salvato la vita annuarie prima, quando un improvviso attacco sferrato dagli Urchidi aveva distrutto il Borgo di Kronodar ed egli era andato in suo aiuto portandolo in salvo a Melfir. Anglòs raccontò della visita di Zeyla e dei fatti a lui riportati dalla donna e Iacov intuì sin da subito qual era il misterioso male che affliggeva Moude; così raggiunsero Ubaloz che abitava appena fuori dal Borgo di Kronodar, nella zona rocciosa di Limitia, estremo Oriente, limite ultimo del conosciuto. E lì Anglòs, confrontandosi anche con Ubaloz, comprese tutto ciò che l'oscuro potere magico era stato in grado di fare alla mente di un uomo. "Non posso credere a tutto questo!" esclamò Anglòs quando Ubaloz finì di spiegare i maligni influssi dimoranti in Moude, "Quindi il male in persona è tornato per riprendersi ciò che era suo nell'epoca della caotica origine e Mantanathos, suo fedele servitore, beffò i Druidi sottraendo loro l'Armilla che essi avevano fatto forgiare segretamente e le donò potere" "Sì, è andata proprio così" rispose Ubaloz "Mantanathos di Limitia, l'adoratore del male da cui tutti gli abitanti di Kronodar, al tempo villaggio ricco e fiorente, presero le distanze e che fu bandito da tutte le terre d'Oriente da Eubios nell'annuaria zero dell'epoca dell'equilibrio, si rifugiò proprio qui tra le rocce ai confini della Pangea ed attese gli eventi; quando poi i druidi Alecpe e Lumante gli offrirono ingenuamente l'occasione di vendicarsi e far rivivere il male sulla Pangea, egli non esitò e diede al monile innocuo il potere più oscuro, adorandolo per annuarie fino a consegnarlo con l'inganno a Moude, suo lontano discendente... ed il resto è quello che ora vediamo". "Ma esiste un rimedio a tutto questo?" domandò Iacov e Ubaloz, scuotendo il suo capo avvolto da lunghissimi capelli grigio cenere rispose "Questo lo sa solo Mantanathos che si è estinto nel suo corpo, ma vive nel braccio di Moude e nella sua mente" "Allora forse i Druidi sapranno qualcosa" incalzò Anglòs, "i Druidi furono legati e buttati nell'oscura voragine dell'Infamonte che li inghiottì" rispose Ubaloz e continuò "fu Beruf degli Iferi a fare ciò per volere di Mantanathos; egli fu scaltro a cancellare le tracce di ciò che aveva in mente di fare" "Ma qualche soluzione dovrà pur esserci" riflettè Iacov e poi aggiunse "Ubaloz, tu sai dove è vissuto Mantanathos, vero?" "Sì" rispose Ubaloz. "Bene, allora conducici in quel luogo" chiosò Anglòs. Così, indossati caldi mantelli ed impugnati lunghi bastoni, si inerpicarono tra le alte e taglienti rocce del Monte Cantarupo fin lassù dove, sulla sommità, governava il Nulla; quindi ai loro occhi apparve un'infinita distesa grigia e continua di nebbiose nuvole brontolanti che avvolgevano tutto il visibile come una grande massa gassosa che, in un lento e costante moto perpetuo, era scossa da piccoli lampi di luce e tenui e continui bagliori, ora di colore chiaro, ora di colore bruno. Lassù si fermarono ad osservare e Iacov disse "Lo sconosciuto oltre la Pangea... chissà se verrà quella chiaroscura in cui qualche uomo oserà sfidare il Nulla ed andare oltre" "Oltre a cosa?" fece Ubaloz. "Se il Nulla non conosce fine e chiunque oserà sfidarlo ne rimarrà inghiottito per sempre" "La natura è in continua trasformazione come la terra ha le sue metamorfosi" bisbigliò Anglòs "e se tutto questo non è frutto di sovrannaturale e di poteri occulti, prima o poi permetterà agli uomini di andare oltre e magari di scoprire altre terre... ne sono certo amici." Così proseguirono, seguendo un sentiero scavato sul versante esposto a Nord e dinanzi a loro comparve l'angusta e tetra Torre Ut in cui Mantanathos era vissuto. Sospesa su di una roccia circondata da una profonda pozza d'acqua dal blu intenso, la Torre, di ridotte dimensioni, aveva una passatoia in legno che ne permetteva l'accesso. Essi la attraversarono entrando dalla porta socchiusa e cigolante, ricoperta ed avvolta da fitte e filamentose ragnatele, e si trovarono in una piccola sala circondata da larghi finestroni che davano sul Nulla, priva di qualsiasi arredo e ricoperta solo da sudiciume, tra cui piccoli roditori zigzagavano emettendo gracili squittii. Osservando meglio, però, notarono che in un angolo, ricoperta da polvere, vi era una botola, così Anglòs sollevò l'apertura e scesero attraverso una ripida ed angusta scala in legno, sbucando in un'altra sala di dimensioni molto più grandi. Dinanzi ai loro occhi apparve dozzinale mobilia, uno scrittoio infradiciato e una sedia sfondata posti al centro, poi un armadio con due ante socchiuse, inoltre, riposti disordinatamente e sparpagliati a terra, c'era un gran numero di carteggi laceri e consunti. Dopo aver dato una sbirciatina rapida e fugace ad alcuni incarti impolverati posti sullo scrittoio, Anglòs aprì un'anta dell'armadio dalla quale caddero molti altri fogli raccolti in rigide pelli legate con fili di iuta, così ne raccolse uno e, dopo averlo slegato, iniziò a sfogliarlo assieme a Iacov e Ubaloz. Lo scritto era di difficile comprensione, scritto in maniera arcaica e corredato anche da illustrazioni, sfogliandolo trovarono abbozzato il disegno di due anelli, poi un castello e sotto vi era scritta una frase che recitava: oltre le acque... Iacov raccolse altri fogli, intenzionato a trovare altri disegni e trovò il disegno del Grande Fiume ed una mappa che raffigurava il mondo ad Occidente contraddistinto da monti e da strani segni simili a croci che indicavano luoghi, privi però di alcun nome ed altre indicazioni. Poi, andando avanti nel rovistare tra altri fogli, s'imbattè in un altro disegno molto più chiaro: si distingueva un Castello ed un'alta Torre ed alle spalle dei monti, lievemente accennati; quella raffigurazione era cerchiata più volte e recava di fianco, in una minuta calligrafia, alcune indicazioni. I tre si impegnarono nel tentativo di comprenderla quando Ubaloz, improvvisamente, esclamò "Ecco, ci sono! Qui vi è scritto: qui bisogna cercare per averlo ed il tutto conquistare… al mio discendente non dirò nulla… la mia creatura di metallo, indossata al suo polso, gli indicherà la strada." I tre si guardarono e si resero conto che avevano trovato ciò che cercavano: a loro era chiaro, ora, che esistevano due Armille, una era nelle mani di Moude, mentre l'altra era nascosta in Occidente, in un Castello probabilmente, ed avevano anche capito che quell'Armilla aveva dato origine all'epoca dell'Equilibrio e che doveva essere trovata da Moude per mettere fine a questa epoca e condurre la Pangea Conosciuta in una nuova ed oscura epoca di caotica malvagità, governata da egli stesso che impersonificava il volere del male. La loro attenzione fu distolta dallo scricchiolio di una porta adiacente alla scala, Anglòs l'aprì e scorsero un letto ed una coperta, così, incuriositi, si avvicinarono, e, scrutando attentamente, si accorsero che sotto la coperta sembrava esserci qualcosa. Allora, repentino, con mano ferma e decisa, Anglòs la sollevò ed un mucchio di ossa vestite da uno scuro saio li fece sobbalzare: da una mano scheletrica si staccò un piccolo cofanetto che cadde in terra aprendosi, Iacov lo raccolse ed osservandolo vi trovò una piccola incisione che recitava: ti adoro mia creatura; quello scheletro era ciò che restava di Mantanathos ed il cofanetto, ancora stretto tra le mani del malvagio, un tempo aveva custodito l'Armilla, prima che fosse donata a Moude. D'improvviso un forte boato li atterì e subito dopo la terra fu scossa, così i tre uomini risalirono in gran fretta la scala, ritrovandosi nella sala d'ingresso, e osservando dalle grandi finestre, notarono che la torre si era inclinata e continui lampi accecanti e fragorose scariche elettriche animavano il Nulla. Uscirono rapidamente dalla Torre e si catapultarono sulla scricchiolante passatoia, così, appena l'ebbero attraversata, un altro forte boato seguito da intensi tremori li fece cadere in terra, mentre la passatoia fu inghiottita nella grande pozza d'acqua e la Torre, accartocciandosi su se stessa, divenne un enorme cumulo di macerie fumanti. "Andiamo via da qui! E di fretta!" urlò Anglòs, strattonando Ubaloz e Iacov accasciati a terra ed invitandoli ad alzarsi. "Non abbiamo preso nulla dei carteggi, Maledizione!" borbottò Iacov "Andiamo, andiamo!" aggiunse Anglòs e così i tre uomini furono salvi e presero la via del ritorno. Rientrati a Limitia, Anglòs ringraziò Iacov e Ubaloz per l'aiuto e si incamminò per il Borgo di Melfir, ma prima di andar via riferì ai due uomini che avrebbe parlato con Zeyla per raccontarle tutto quello che avevano scoperto e li pregò di continuare ad indagare su quei fatti emersi, affinchè lo aiutassero a trovare un modo risolutivo per contrastare l'avanzata del male.

Nel frattempo, a Badenfor, un forte e violento temporale svegliò Wallace durante le tacche di scuro. Non riuscendo a riprendere sonno, si affacciò alla finestra della sua stanza e vide un cavallo con un uomo bagnato che stazionava dinanzi al cortile. Wallace riconobbe quell'uomo, era il Nilungo Bloden, così nell'oscurità, lasciò la sua stanza e, percorsa la lunga scalinata, si recò ad aprire il portone del Castello facendolo entrare "Prego, accomodati" bisbigliò Wallace, esibendosi in una sorta di inchino ironicamente riverente dinanzi a Bloden che grondava acqua da tutte le parti. "Grazie, gentile da parte tua" rispose. "Ma che ci fai qui?" domandò Wallace, facendo cenno di parlare a bassa voce, e con voce sommessa Bloden rispose "Sono venuto a cercarti a Rowit ed Unegard mi ha riferito che eri partito per venire a Badenfor e così ho deciso di raggiungerti". Annuì Wallace e aggiunse "parliamo piano così nessuno potrà ascoltarci" "Meglio, così potrò parlarti subito" rispose Bloden togliendosi il mantello intriso d'acqua e prendendolo per un braccio. "È stato un azzardo condannare Elmut così frettolosamente, Jolen è venuta a trovarmi e mi ha fatto capire molte cose" "Ah, non incominciare anche tu" rispose Wallace liberando il braccio dalla presa ed incamminandosi quatto quatto verso un angusto e scuro corridoio, poi Bloden si fermò appoggiandosi con le spalle alla parete del corridoio e tirò a sé Wallace, quindi scosse la testa e disse "ma non capisci? abbiamo sbagliato!". Wallace, stizzito per l'atteggiamento di Bloden, gli si pose faccia a faccia e a muso duro incalzò sussurando "Ma tu credi davvero che io sia venuto qui in viaggio di cortesia? Se pensi questo ti sbagli di grosso, io sono qui per conoscere la verità ed estorcere da Holz informazioni essenziali, da un momento all'altro Moude farà attraversare ai suoi eserciti lo spacco di Avaron e non ci sarà più tempo per fare niente; saremo travolti da una guerra che sconvolgerà la Pangea Conosciuta" e Bloden rispose "Calmati, io la penso come te e per questo sono venuto a cercarti fino a Rowit, sapevo che eri un uomo riflessivo ed ero certo che non ti saresti accontentato di parole e congetture dette da alcuni uomini di cui quasi non conoscevi l'esistenza" "Io ho già avuto modo di parlare con Holz e non mi piace, nasconde qualcosa, credimi" replicò Wallace. Poi d'improvviso un forte tuono interruppe la discussione ed un cigolio proveniente dal lato opposto del corridoio catturò la loro attenzione; così, quatti si mossero in quella direzione ed una fioca luce, proveniente da una porta socchiusa posta alla fine del buio corridoio, indicò loro il percorso. I due uomini giunsero dietro la porta e Wallace fece cenno a Bloden di stare in silenzio mentre egli si sporse ed iniziò a spiare attraverso lo spiraglio aperto; alla sua vista apparve una figura di spalle che, alla luce di una candela, spiegava dei carteggi e li disponeva frettolosamente in un tascone di pellame, poi uno di quei carteggi cadde a terra e la figura si chinò per raccoglierlo e Wallace riconobbe Holz. Wallace arretrò repentino e sussurrò nell'orecchio a Bloden "È Holz, sta nascondendo qualcosa" e Bloden, senza pensarci su due volte, spinse leggermente la porta entrando di soppiatto

"Ah!" esclamò Holz sorpreso e spaventato alla vista di quelle figure che in penombra gli erano piombate alle spalle, "Holz, stai tranquillo, sono Wallace e con me vi è Bloden reggente dei Nilunghi venuto a farti visita, egli era qui davanti al Castello in piena notte, tutto bagnato, ho ritenuto opportuno farlo entrare!" esclamò con tono ironico Wallace, soddisfatto di aver colto Holz in oscure e losche faccende. "Ah, che spavento che mi avete fatto prendere! Ma hai fatto bene Wallace ad accogliere Bloden che, come te, è sempre benvenuto" rispose confuso e titubante Holz "Grazie Holz, sai, avevo urgente bisogno di incontrare il reggente della Coalizia per dare il mio benestare ad alcune sue decisioni e, dopo aver saputo che si era recato da te, ho pensato di raggiungerlo; ma dimmi Holz, ti vedo molto affaccendato, eppure saremo tra la quarta e la quinta tacca di scuro e sei già così impegnato a rovistare tra tutti questi incarti!" "Oh Bloden, non mi ero neanche accorto che era così presto e, con questa pioggia incessante che non mi ha fatto riposare, ho pensato di trascorrere del tempo e sono venuto qui a mettere in ordine queste scartoffie, cercando proprio qualcosa per Wallace; ecco, vedi? Già mi ha tolto il sonno." rispose Holz voltandosi verso Wallace. "Sì, devi sapere Bloden che egli sarà un fututo consigliere della nuova Coalizia" fece Wallace con fare posticcio verso Bloden che, reggendo il gioco, ribatté "Ah sì, bene, bene; servono uomini saggi onesti e fedeli!". Holz rovistò tra le carte e trovò un foglio piegato e marchiato in un angolo da un simbolo di lacca, così lo prese, lo spiegò e soddisfatto esclamò "Ecco cosa cercavo! Il patto siglato da

Amseto ed Elmut quando i territori di Badenfor aderirono alla Coalizia." Lo diede a Wallace per farglielo leggere ed anche Bloden si avvicinò per dare un'occhiata, ma urtando alle innumerevoli carte poggiate sul bordo del tavolo, ne fece cadere alcune, quindi si chinò e fece per raccoglierle e s'accorse che erano gli scritti tra Elmut ed Amseto, che erano stati letti a Gor e Bedok e di cui raccontava Jolen; in un attimo balenarono nella sua mente le parole dette con piglio acceso dalla stessa donna "…e tu credi a ciò che non hai mai letto e non ne conosci il vero contenuto, non sai neppure perché Elmut ed Amseto si scrissero quelle cose; ricorda che chi vuole può anche far intendere, dagli scritti di altri, ciò che desidera, omettendone il vero significato", così Bloden li raccolse e disse ad un distratto Holz. "E questi cosa sono? Sono i carteggi di Elmut ed Amseto, vero? Sono quelli che hai letto a Gor e Bedok e che hanno sancito la condanna di Elmut!" Wallace, udite quelle parole, si avvicinò e disse "Fammi vedere!" ma Holz cercò di smorzare l'interesse ed affievolire quei toni inquisitori sfilando dalle mani di Bloden i carteggi e riponendoli forzatamente nella sacca, quindi rispose "Sì, questi sono gli scritti di cui sapete, li conservo in ricordo del mio grande predecessore Amseto e li custodisco come una reliquia, sono già laceri e consunti, non vorrei che si deteriorassero ulteriormente". Allora Wallace incalzò dicendo "Possiamo leggerli?", ma Holz ribattè "Preferirei di no, sono troppo preziosi per me; aprirli nuovamente significherebbe farli sbriciolare tra le mani, il contenuto oramai lo conoscete, è meglio tenerli riposti al sicuro." Quindi allargò la bocca della sacca e fece per riporli, ma Bloden, prontamente, gli bloccò il braccio dicendo "È scortese da parte tua non esaudire il desiderio del nuovo reggente della Coalizia, se veramente vuoi divenire suo fidato consigliere, non trovi?", con stizza Holz si divincolò dalla stretta di Bloden e fece irritato "Questo cosa c'entra, ora stiamo superando il limite dell'educazione! Voi siete miei ospiti e vi permettete anche di dire cosa devo o non devo fare?" "Certo!" ribattè Wallace sbattendo un pugno sul tavolo "Io voglio vedere con i miei occhi quello che tu nascondi!" così, con gran forza, afferrò dalle mani di Holz la sacca di pellame e riversò sul tavolo il contenuto, tirando fuori i carteggi, poi, con Bloden, cominciarono a leggere, ma immediatamente, conoscendo la calligrafia di Elmut, entrambi si accorsero che molte parti erano state contraffatte, cancellate e modificate. Inoltre erano ben al corrente anche del tipo di carta usata a Gloriosa su cui Elmut era solito scrivere e dunque si resero conto che alcuni carteggi erano dei veri e propri falsi, creati ad arte. I due si guardarono e Wallace bisbigliò a Bloden "Ne ero certo, il nostro Elmut è stato tradito da questo uomo meschino e vigliacco!". Messo alle strette, Holz aprì frettolosamente un cassetto del tavolo e, senza farsi notare, impugnò una corta lama lanciandosi arditamente su Wallace che era immerso nella lettura, ma Bloden, con la coda dell'occhio, s'accorse del movimento e urtò violentemente il fianco di Holz sbilanciandolo e facendolo cadere in terra. Wallace si voltò di scatto e si avventò come una furia su Holz, sollevandolo come si fa con un cencio quando, lercio e putrido, si mette da parte e, stringendo le mani attorno al suo collo, gli urlò con tutta la sua rabbia "Maledetto verme! Ora ti squarterò con questo stesso tuo pugnale come si fa con le bestie per cacciare fuori le interiora!"; nella concitata situazione, mentre Bloden tentava di placare l'istintiva e sommaria vendetta di Wallace, che con tutta la sua forza continuava a stringere con una mano il collo di Holz sbattendolo con la schiena sul tavolo e con l'altra brandiva il pugnale mostrandoglielo davanti agli occhi, delle urla improvvise rieccheggiarono nella stanza "Signore! Signore! Hanno attaccato, hanno attaccato!" e sull'uscio apparvero due guardie visibilmente agitate, che rimasero attonite nel vedere quella scena. Wallace si placò e allentò la presa, sputando con sdegno sul volto di Holz, e disse con ringhio feroce "Ti è andata bene per adesso, verme! Ma ricordati che ti tirerò fuori il cuore e lo darò in pasto ai miei cani!" poi lo sollevò e gli mise le mani dietro la schiena. Bloden intervenne dicendo alle guardie "Datemi le maniglie di corda" così Wallace legò le mani di Holz, ma sulla porta apparve Oscal, il comandante delle truppe di Badenfor che, sguainata prontamente la spada, esclamò "Cosa sta succedendo?". Bloden fece cenno con la mano ad Oscal di riporre l'arma e rispose "Succede che il tuo sovrano ha falsificato i carteggi di Elmut ed Amseto tradendo tutti noi e la Coalizia. In questa sacca, che porterò con me, ci sono le prove; Wallace, reggente della Coalizia, diciamo che amichevolmente lo ha fatto confessare e lo ha appena condannato... e ora dimmi soldato" "Oscal, mi chiamo Oscal! Comandante di Badenfor!" replicò il comandante. "Bene Oscal, ti ho riconosciuto ora, cosa intendi fare?" domandò Wallace con tono fermo e deciso, quasi ad impartire un comando "Intendo rinchiudere quest'uomo perfido e viscido che mal sopportavo per i suoi comportamenti falsi ed ambigui e rinnovare la mia fedeltà alla Coalizia." "Ottimo!" esclamò Bloden dandogli una pacca sulla spalla "e ora Wallace, se sei d'accordo, visto che conosci quest'uomo che mi sembra un eccellente comandante ed un uomo retto e dai sani principi, io lo nominerei reggente di Badenfor sino a quando la guerra non sarà terminata." "D'accordo" rispose Wallace, sei il nuovo reggente, ora prenditi questo Sudiciume", così Wallace spinse con un colpo di ginocchio Holz che, con le mani legate dietro la schiena, cadde di faccia in terra e fu sollevato dalle guardie che lo trassero nelle segrete della prigione di Badenfor; ma prima che fosse condotto fuori, Bloden aggiunse "Holz, non ti preoccupare, starai poco in cella, presto ti porteremo a dare il cambio ad Elmut, molto presto!"

19

Gunter e Vezin erano rientrati in Occidente ed avevano ripreso a combattere sbaragliando i nemici, così Zoren aveva rotto gli indugi e si era messo in marcia con le truppe erranti. Lo spacco di Avaron era un continuo brulicare di soldati che, in ordinate e lunghe colonne, si accalcavano per attraversarlo; orde feroci di uomini avanzavano prepotentemente invadendo le Foreste di Alama, a migliaia, assetati di sangue e vendetta combattevano ferocemente, mentre abominevoli Urchidi sradicavano i secolari alberi di Alama, deturpandone il paesaggio, accompagnati dai famelci Molossi che masticavano le cortecce facendone poltiglia, così neanche la natura immobile e disinteressata veniva risparmiata dalla ferocia della massa malvagia di Moude. L'eco della ripresa della guerra risuonò ad Occidente e tutto divenne scuro e tetro, il suolo riprese a tingersi di rosso; la terra, scossa da forti tremori, iniziò a vomitare lingue di fuoco che, lente ed inesorabili, distruggevano tutto ciò che incontravano sul loro cammino, la Pangea Conosciuta fu ammantata da un nero mantello ed il tempo si fermò piombando all'epoca della caotica origine. "Un nuovo re! Un nuovo re!" gridavano con voce stridula e sarcastica i mostruosi storpi di Nigrunta, appollaiati sulle mura della Fortezza ad osservare estasiati l'oscurità tenebrosa avanzare e la terra solcata da lingue di fuoco. Il suono di un corno annunciò a Nilunga la ripresa della guerra e Jolen, Rose ed Eleana si avvicinarono ad una grande finestra della Fortezza che dava sul cortile principale ed osservarono le milizie che in gran fretta organizzavano la partenza e le guardie impegnate a serrare le porte d'accesso; nuvole immense di un colore scuro e sbuffi grigi si intravedevano oltre i monti verso Sud, verso Court. "Wallace, dove sei?" bisbigliò Rose preoccupata, mentre Eleana le stringeva la mano, accennando un sorriso "Non temere, sarà insieme a Bloden e sapranno cosa fare", ma Jolen, irrequieta e decisa, diede una scossa alle due donne che, confuse, continuavano ad osservare dalla grande finestra. "Su su venite, dobbiamo renderci utili! Eleana tu che adesso, in assenza di Bloden, rappresenti le genti Nilunghe, va' incontro alle guardie ed impartisci gli ordini." "Ma io, io non so cosa fare!" rispose frastornata Eleana. "Bene, allora ci penserò io" fece Jolen lasciando di fretta la stanza e, smettendo i panni d'austera e pacata donna, si vestì da soldato, legandosi i capelli in una pratica coda di cavallo. Jolen si ripresentò da loro che la osservarono sbigottite ed esclamò "Beh, cosa c'è da guardare? Cambiatevi anche voi, forza, Mhiara di Illand può indossare l'armatura e noi no? Forza muovetevi!".

Intanto al Borgo di Melfir, Mhiara riaprì gli occhi tra le braccia di Karem che dormiva profondamente, così, sciacquatasi il viso nell'abbeveratoio, sgaiattolò fuori dal pagliericcio ed osservò la coltre di nuvole nere, attraversata da flebili e continui fulmini, che, rapidamente, si ammassava all'orizzonte. Dinanzi a lei vi era Golconda che, uditi i passi di Mhiara, si voltò e con tono impaurito disse "È l'inizio della fine". Prontamente Mhiara diede la sveglia a tutti i suoi compagni che, in un fare confuso ed affrettato, si ricomposero e si precipitarono ad osservare. "È ricominciata la guerra!" esclamò Ilbord "ed ora cosa facciamo?" "Niente" disse Mubak smorzando la tensione "andiamo a Nigrunta a trovare Moude e gli facciamo capire che la deve far finita, no?" "Ah, finiscila di fare il simpatico!" rispose Karem che, preoccupato, cominciò a camminare verso la zona abitata del Borgo dove vi era fermento di genti intente a lasciare frettolosamente il villaggio. Nella confusione Karem fermò un uomo domandandogli "Dove state andando?" "Andiamo via tutti, seguiamo l'exodo", così Karem venne raggiunto dagli altri che brancolavano tra la gente in continuo e repentino movimento. Mhiara, pensierosa, si scontrò con un uomo trafelato che transitava di gran fretta, facendogli cadere tutti i carteggi che aveva tra le mani, così, in modo cortese, si chinò con lui a raccoglierli e, nel mentre lo aiutava, gli chiese "Puoi dirmi che direzione devo seguire per recarmi a Nigrunta?" e l'uomo, dopo averla guardata in volto ed aver intuito, sia per i tratti somatici che per l'accento e l'inflessione linguistica differenti dalle locali, che proveniva da altre terre, le rispose facendo cenno con il braccio "Lì a Sud, a circa due miglia vi è Nigrunta, ma perché hai interesse a conoscere la via che porta in quei territori?", intanto i due furono circondati dal resto della compagnia ed una volta che Mhiara e l'uomo si rialzarono, seguirono fugaci presentazioni. Anglòs aveva molta fretta, ma intuì che quegli uomini venuti da lontano non erano capitati lì per caso e che forse il loro interesse poteva in qualche modo coincidere con il suo e quindi decise di investire il suo prezioso tempo in quell'incontro. Karem e Mhiara ebbero la medesima sensazione quando Anglòs cominciò a porre loro alcune domande, così, intuito che l'uomo era un essere pacifico, dichiararono di provenire da Occidente e quando poi Karem aggiunse avventatamente che loro erano giunti fin lì per conoscere Moude, Anglòs si convinse che quell'inaspettato e fortuito incontro andava approfondito e li invitò a seguirlo nella sua dimora. A causa delle ridotte dimensioni del suo alloggio, Karem, Mhiara, Mubak, Ilbord e Timofte furono gli unici ad entrare, mentre Golconda, spazientito, rimase sull'uscio insieme agli altri Militiopliti. "Voi dunque volete incontrare Moude il signore di Nigrunta. E perché mai?" domandò Anglòs a Karem e Mhiara intervene a bruciapelo rispondendo "No, noi non vogliamo incontrare Moude, noi vogliamo capire il perché egli sta invadendo l'Occidente e cosa lo spinge a tutto questo." "Bene Mhiara, sei una donna schietta e sincera ed io…" fece Anglòs "…ti risponderò allo stesso modo; ora accomodatevi ed ascoltate attentamente perché io ho bisogno di voi e voi di me e non abbiamo molto tempo." Così Anglòs raccontò tutto ciò che sapeva, dall'incontro con Zeyla sino al suo viaggio nelle terre estreme di Limitia, parlò delle Armille, della follia di Moude e delle sue intenzioni di conquistare tutta la Pangea Conosciuta facendo regnare il male. Poi parlò anche del dramma di Zeyla e del piccolo Meros, confidando loro le sue intenzioni di aiutarla, così Mhiara e Karem ebbero finalmente un quadro completo della situazione e tutti gli incastri sembravano finalmente collocarsi al posto giusto...

Mhiara ricambiò la sincerità e la lealtà di Anglòs riferendo, a sua volta, tutto ciò che essi sapevano, parlando anche di Elmut e dell'Armilla che era secretata ad Occidente. Entrambi convenirono che l'intento di Moude era quello di conquistare l'Occidente ed impossessarsi dell'Armilla segretamente custodita in quei territori, per avere il predominio all'infinito cancellando tutto ciò che era stato fatto da coloro i quali avevano traghettato la Pangea Conosciuta dall'epoca della caotica origine all'epoca dell'Equilibrio, facendola entrare in un nuovo tempo dominato dal suo nome legato al male. Anglòs consigliò loro di non esporsi nel ricercare un incontro con Moude, perché sarebbe stato palesemente chiaro, ai suoi occhi, il motivo del loro viaggio e dunque sarebbero stati immediatamente uccisi senza avere neanche il tempo di incontrarlo, suggerì di fare diversamente e propose loro di attirare l'attenzione di Zeyla, poiché era certo che la donna sarebbe stata una loro fedele alleata ed avrebbe potuto suggerire, essendo la compagna e la persona più vicina a Moude, quali fossero i suoi punti deboli, i suoi pensieri ed i suoi segreti. Essi avrebbero ricambiato l'aiuto della donna offrendole collaborazione per farla fuggire con il piccolo Meros lontano da Nigrunta. Karem e Mhiara accettarono la proposta di Anglòs e confabularono con il vecchio saggio per progettare un piano d'azione che avrebbe permesso loro di entrare a Nigrunta senza correre alcun rischio e di incontrare segretamente Zeyla. Il problema più grande, però, era quello di capire innanzitutto dove si trovasse Zeyla e come fosse presidiata la fortezza, quindi Anglòs esternò una sua fantasiosa idea di intervento e pensò di attuare un astuto stratagemma; dunque, dopo aver aperto una cassapanca di legno in cui conservava dei vecchi abiti di una serva avuta a mestiere parecchie annuarie prima, chiamò a sè Mhiara, invitandola ad indossarli. La donna si sarebbe presentata alla fortezza fingendo di essere una vecchia amica di Amina, la fedele serva di Zeyla, e le avrebbe chiesto di Zeyla e di come fossero dislocate le guardie in presidio alla fortezza poi, ottenute queste informazioni, avrebbe fatto ritorno a Melfir e dunque, grazie alle notizie raccolte, si sarebbe stabilito come muoversi. Così Mhiara mise i panni della serva coprendosi il capo con un cappuccio di lana grezza, legando le sue lunghe trecce nere in una crocchia poi, aiutata nel suo mascherarsi da Anglòs, diede un po' di colore al suo viso coprendosi le gote con un impasto di terra rossiccia sciolta in un unguento oleoso bianco; si camuffò talmente bene che il suo volto assunse un colore molto simile a quello degli uomini d'Oriente e infatti, quando uscì dalla porta ed incrociò sull'uscio l'albino Golconda, non venne riconosciuta, tanto che lo stesso, rivolgendosi ai soldati che stazionavano con lui, esclamò "Che bella servetta che si è trovato quel vecchio orientale!". Udite quelle parole, la compagnia fu pervasa da una contagiosa risata ed ebbe la sicurezza che Mhiara non avrebbe corso alcun pericolo di essere scoperta.

Intanto, a Badenfor, Oscal, dopo aver promesso a Wallace e Bloden che si sarebbe occupato della resistenza dei territori meridionali d'Occidente, riferì della ripresa della guerra e raccontò anche importanti dettagli che i suoi esploratori avevano visto e non scherzò quando disse che le Foreste di Alama erano diventate un giardino di verdi prati ormai privi d'alberi e che, a distanza, gli eserciti nemici somigliavano ad immense montagne che avanzavano ed erano accompagnate da abominevoli e mostruosi esseri che tutto distruggevano. Wallace e Bloden lasciarono Badenfor e cavalcarono veloci verso Pozental; il caotico viandare ramingo di una moltitudine di genti che da Sud verso Nord e da Est verso Ovest si spostavano alla ricerca di salvezza, rendeva il cammino lento e difficile, soldati a piedi e a cavallo si muovevano in modo confuso, mischiandosi con le genti e tentando di organizzare improvvisate difese. La Via Muraria era un fiume in piena di uomini e donne che, disperati, la percorrevano ammassandosi l'uno sull'altro ed era lambita da profondi squarci che, improvvisi, si aprivano nel suolo e da cui fuoriuscivano esalanti sbuffi gassosi che inesorabilmente ne mangiavano le fondamenta. "Bloden, di qui non si passa!" urlò Wallace dall'alto del suo cavallo "dobbiamo percorrere percorsi secondari, seguimi!". Risalirono verso Nord attraversando il sentiero dei Monti Ambrini dei territori di Illand e, tagliando per il poco battuto Passo di Rogenfort, giunsero nella piana a Nord di Pozental. Wallace, intenzionato a raggiungere Shaflord che stazionava con le truppe a poche miglia di distanza, si separò da Bloden; il reggente Nilungo, invece, proseguì verso la Fortezza Abbassì per dare man forte a Muskatt, pronto ad intervenire in guerra con l'esercito dei Militiopliti. Giunto alla Fortezza di

Abbassì, Bloden trovò le tre donne vestite in abiti da guerra così, senza dir nulla, abbracciò la compagna Eleana e poi fece lo stesso con Jolen, verso la quale ebbe a dire "Avevi ragione Jolen, bisogna sempre approfondire quando si ha la sensazione che ciò che viene fatto è fatto in modo affrettato e senza una reale convinzione. Elmut era e continuerà ad essere un uomo retto e leale e presto tornerà da te; mi scuso con te per aver dubitato di lui e ti ringrazio per aver acceso in me il desiderio di verità. Ecco, consegno a te questa sacca che tu, a tu volta, consegnerai ad Elmut, qui vi sono le lettere che egli inviò ad Amseto di Badenfor e rappresentano la prova della sua innocenza." Così Bloden consegnò nelle mani di Jolen la sacca sottratta ad Holz e lei, con occhi umidi e brillanti, rispose "Bloden, mi hai donato una nuova vita, ti ringrazio per quello che hai fatto ed anche Elmut te ne sarà riconoscente per sempre!" così i due si lasciarono andare ad un lungo abbraccio dinanzi alle emozionate Eleana e Rose, poi Bloden volse la sua attenzione verso Rose e, mentre Eleana si apprestava a presentarla, disse "Rose, non ti preoccupare, Wallace è vivo e vegeto e ti posso anche dire che ha raggiunto Shaflord a Sud di Court per unirsi a lui e all'esercito e presto anch'io lo raggiungerò, non temere, egli è un osso duro." Rose, sollevata, abbozzò un sorriso e rispose "Grazie Bloden per la bella notizia!" quindi Bloden concluse "Beh, ma che fate ora qui che siete in abiti, diciamo, da battaglia, presto, datevi da fare, aiutatemi ad organizzare la difesa di Abbassì e a lasciare le consegne prima che mi metta in marcia con le milizie falconiere verso Gloriosa per raggiungere Muskatt. Jolen, se vorrai potrai venire con me a Gloriosa per dare alle tue genti la lieta notizia, Elmut sarà liberato a breve, Wallace si recherà di persona a prenderlo." "No!" rispose con fermezza Jolen, "preferisco che sia tu a dare la notizia, io rimarrò qui insieme ad Eleana e Rose a cui devo molto e starò al loro fianco prodigandomi con loro nella difesa di Nilunga durante la tua assenza; ti chiedo solo, però, di riferire alle mie genti che i loro reggenti le amano e che presto torneranno."

Al Borgo di Melfir, Mhiara ascoltò attentamente le istruzioni di Anglòs per giungere a Nigrunta nel modo più sicuro. Poi il vecchio saggio diede alla donna alcune indicazioni che ella avrebbe dovuto seguire sul posto. Il compito di Mhiara era quello di osservare come fossero presidiate tutte le entrate della fortezza poste lungo il perimetro ed annotare il numero e la disposizione delle guardie ed i loro movimenti. Anglòs, infine, le spiegò accuratamente cosa fare per incontrare Amina e le suggerì "Amina abitualmente esce dalla fortezza verso la terza tacca di chiaro per recarsi al lavatoio, poi si reca nel Borgo per prendere dai mercanti dolci frutti da portare a Zeyla, tu potrai seguirla nel suo cammino e potrai, senza dare nell'occhio, riferire che sono io stesso ad averti mandata da lei; non temere, lei è già al corrente poiché Zeyla le ha raccontato tutto… poi spetterà a voi non far notare la vostra intesa ai soldati che, a causa della ripresa della guerra, saranno dislocati dappertutto, ma questo potrà essere anche un vantaggio poiché, presi come saranno dagli eventi, non presteranno molta attenzione. Amina è facilmente riconoscibile poiché indossa sempre una stoffa grigia intorno al collo ed ha lunghi capelli rossicci raccolti in grosse trecce e fermati in un copricapo di colore scuro con chiari decori." Così Mhiara, dopo aver salutato Karem che le raccomandò molta cautela, nascose la sua makara sotto gli abiti e prese il sentiero per Nigrunta, assumendo l'atteggiamento e la postura di una giovane serva e mischiandosi nella massa che seguiva la sua stessa direzione. Dopo circa una tacca Mhiara era entrata nel territorio di Nigrunta e davanti ai suoi occhi apparve l'immensa e tenebrosa Fortezza; grigie mura di grossi mattoni di pietra, venate di verde vegetazione, finestroni ad arco ed alte torrette con merletti dal bruno colore incutevano in lei timore e preoccupazione. La donna, senza dar troppo nell'occhio, si avvicinò alla Fortezza e, seguendo il flusso di alcune genti, si mosse lungo il versante che conduceva all'ingresso principale e, a passo lento, senza fermarsi, osservò attentamente; sui grandi scaloni bianchi adiacenti all'ingresso, stazionavano alcune guardie proprio dinanzi alla porta principale e le sembrò che quei soldati formassero un presidio fisso, così si rese conto che da quella porta, alta e fatta di scuro ferro, era impossibile entrare; quindi si spostò sul lato che dava verso Sud ed individuò un'entrata laterale, un portone di legno massiccio sormontato da grandi fregi, sorvegliato anch'esso da alcune guardie. Oltre a questo vide una pattuglia che effettuava la ronda e seguitava a camminare lungo tutto il perimetro della Fortezza e pensò che fosse impossibile trovare una via d'accesso e le sembrò come cercare un foro in una tasca appena cucita. Proseguendo lungo il perimetro dal lato occidentale, meno controllato, Mhiara, aguzzando la vista, notò, in corrispondenza di due grandi scanalature che dal tetto giungevano sino in terra e permettevano all'acqua piovana di defluire, la presenza di una minuta grata metallica nascosta dall'alta erba, posta proprio alla base delle mura. Dopo essersi guardata attorno, furtivamente si avvicinò e vide che la grata non era abbastanza larga da permettere l'accesso ad un uomo di statura normale, poi volle fare una prova e la scalciò per testarne la resistenza e s'accorse che era semplicemente appoggiata e poteva esser facilmente rimossa. Allora, piegandosi ad osservare, notò che al di là della stessa vi era un lungo cunicolo che poteva esser facilmente percorso; fu tentata di farlo ma, giunta ormai la terza tacca di chiaro, desistette poichè pensò che fosse giunto il momento di concentrarsi per individuare Amina, prossima ad uscire dalla Fortezza. Riposta accuratamente la grata, Mhiara tornò indietro verso l'attiguo ingresso laterale e, mentre si muoveva con passo deciso evitando di incrociare qualsiasi sguardo, con la coda dell'occhio s'accorse che alcune guardie avevano preso ad osservarla e, confabulando tra loro, ammiccavano nella sua direzione; ella dunque abbassò il cappuccio coprendo anche il volto e proseguì con passo spedito. D'improvviso la massiccia porta di legno si aprì ed uscì una donna, seguita da un soldato; la donna imbracciava una grande cesta ed era vestita con un lungo mantello scuro ed un cappuccio dello stesso colore, da cui si intravedevano lunghe trecce di colore rosso. Mhiara capì che quella donna era Amina e, deviando il suo percorso, la seguì, mantenendo però una certa distanza. Quando poi Amina, in prossimità del lavatoio, fu lasciata sola nel suo andare, Mhiara pensò che non sarebbe stato opportuno avvicinarla in quel luogo, poiché avrebbe destato troppi sospetti, quindi attese che finisse i suoi servigi e riprendesse il suo cammino verso il borgo. Amina, giunta al borgo, si avvicinò ad un mercante che aveva in mostra numerose ceste contenenti frutta e, dopo aver confabulato con questi, si chinò per sceglierne alcuni. Mhiara colse l'attimo raggiungendo la donna e, chinatasi, le sfiorò la mano e, dopo aver stretto un frutto tra le sue mani, le sussurrò "Questo frutto sicuramente piacerà ad Anglòs, grande amico di Zeyla." Amina, udendo quelle parole, volse lo sguardo verso Mhiara e si risollevò, consegnando al mercante alcuni frutti poi, nel mentre corrispondeva il dovuto, sussurrò a Mhiara "Cammina di fianco a me e porta questa cesta, faremo il percorso più lungo e meno sorvegliato poi, quando io ti dirò di andare via, ti allontanerai." Mhiara fece un cenno d'intesa e le due donne si incamminarono lentamente l'una di fianco all'altra. Mhiara interrogò Amina, domandandole di Zeyla e quali intenzioni avesse, poi chiese anche quale fosse il modo per entrare nel castello di nascosto per incontrarla; Amina, dopo averla ascoltata, le rispose dandole tutte le informazioni richieste ed aggiungendo un particolare molto importante riguardante Moude, cioè che aveva lasciato la fortezza recandosi verso il Monte di Avaron per seguire l'invasione del grande esercito diretto nei territori d'Occidente. Così

Amina riprese la cesta dalle mani di Mhiara e con un cenno d'intesa la salutò, facendole intendere di aver compreso le informazioni da riportare a Zeyla. Amina rientrò alla Fortezza e Mhiara fece il percorso a ritroso, recandosi a Melfir per raggiungere gli altri della compagnia che erano in trepidante attesa di sue notizie. Mhiara raccontò del suo incontro con Amina e riferì anche dettagliatamente la disposizione delle guardie attorno alla fortezza, illustrando quale fosse, a suo parere, il modo di eludere la sorveglianza per accedere al castello. "Ho osservato attentamente" disse Mhiara "ed Amina mi ha dato la conferma che la Fortezza ha solo due punti di accesso presidiati costantemente e, quindi, inaccessibili, però ha un punto debole ed è situato proprio su di un lato poco controllato, infatti alla base delle sue mura vi è una spessa grata metallica che può esser facilmente spostata e, dietro ad essa, vi è un cunicolo simile allo scolo per le acque, però esso è angusto per uomini di statura normale ma, come mi ha confermato Amina, conduce all'interno del palazzo." "Ah sì?" disse Anglòs "Bene, ma come possiamo attraversarlo se è così stretto?" osservò Karem "Semplice!" si illuminò Mhiara "Abbiamo la soluzione: io ho preso le misure dell'apertura e loro due sarebbero perfetti!" così, voltandosi, indicò Ilbord e Timofte che, nell'imbarazzo del momento, esclamarono "Noi? Ma noi non siamo in grado di fare una cosa del genere!". Allora intervenne Karem che, dopo essersi chinato e aver posto le mani sulle loro spalle, li incoraggiò dicendo "Ascoltate, voi due siete in grado di fare qualsiasi cosa, vi siete allenati con le spade per combattere e siete arrivati fin qui con grande coraggio; ora avete timore di fare una cosa così semplice?" "Hai ragione Karem!" rispose Ilbord, riempiendosi d'orgoglio, e poi Timofte aggiunse "Saremo noi ad incontrare Zeyla e a svelarle il modo per lasciare Nigrunta!". E così, all'imbrunire della stessa chiaroscura, la compagnia arrivò nei pressi della Fortezza di Nigrunta acquattandosi tra gli alti alberi ed i fitti cespugli; Mubak fece cenno ad Ilbord e Timofte di tenersi pronti ad entrare in azione, mentre Karem e Mhiara li incoraggiarono con forti e calorosi abbracci. Così i due di Gnoland, nell'oscurità, iniziarono a sgattaiolare tra l'alta erba, dirigendosi verso il perimetro della Fortezza proprio nel punto in cui Mhiara aveva individuato il cunicolo coperto dalla grata ed eludendo, senza alcuna difficoltà, la sorveglianza delle guardie, un po' distratte poiché intente ad ingrassare e lucidare le armi. Ilbord e Timofte rimossero delicatamente la grata posta a protezione del cunicolo e, con grande cura, una volta entrati, la riposero richiudendosi all'interno, così da non destare alcun sospetto; quindi cominciarono a strisciare lungo il tetro ed angusto percorso. Il cunicolo era bagnato da fanghiglia, che lo rendeva scivoloso, ma essi, con grande volontà, muovendosi a carponi riuscirono ad arrivare in fondo dove, improvvisamente, si aprì alla loro vista uno spazio sotterraneo più ampio, che permise di rimettersi in piedi e procedere a passo svelto lungo le pareti di questa nuova cavità. Dopo un breve tratto, si trovarono di fronte una porta chiusa a chiave che ostruiva il loro cammino, così si fermarono e, senza perdersi d'animo, Ilbord aprì la sua sacca di cuoio e prese un piccolo arnese metallico, una sorta di chiave su cui erano incisi svariati denti con differenti scanalature e, infilatala nella serratura della porta, iniziò ad armeggiare; così, d'improvviso, due scatti ed un leggero cigolio la porta si aprì. Essi proseguirono speditamente lungo il selciato del corridoio e sbucarono su di un grande ballatoio quindi, nel buio, salirono lungo una grande scala che li condusse in un altro corridoio, illuminato da flebili candele, lungo il quale si affacciavano svariate stanze. Ilbord e Timofte si mossero in punta di piedi sul pavimento fatto di grandi quadroni grigi ed amaranto, facendo capolino sull'uscio di ciascuna stanza per sbirciare se all'interno vi fosse qualcuno; quindi, dopo averne esplorate un paio completamente vuote, giunsero sull'uscio dell'ultima e, sporgendosi dall'uscio con molta cautela, videro una donna che, tenendo in braccio un piccolo, era intenta a cullarlo per farlo addormentare, mentre sullo sfondo vi era un'altra donna dalle lunghe trecce rossicce, che sistemava il giaciglio. Ilbord e Timofte, avendo riconosciuto nella donna dalle trecce rossicce Amina, si fecero un cenno d'intesa ed entrarono nella stanza bisbigliando "Voi siete Zeyla ed Amina?". Le due donne, alla vista di quegli esseri così graziosi e minuti, sgranarono gli occhi ed Amina li invitò a fare silenzio e, gesticolando, indicò loro di avvicinarsi, affrettandosi a chiudere la porta. I due svelarono dunque che erano lì pronti per aiutarle nella loro fuga e che, nascosti nella zona circostante la Fortezza, erano pronti anche i loro compagni a contribuire alla riuscita dell'operazione; Ilbord, a bassa voce, si rivolse alle donne dicendo "Presto, non abbiamo molto tempo, raccogliete ciò di cui avete bisogno perché dobbiamo andar via." "Ma come facciamo?" domandò Zeyla eccitata dalla situazione. "Tra poco Timofte farà il segnale attraverso la finestra e nel giro di poco verranno a prenderci, non temete" ribattè Ilbord. Intanto gli orientali Anglòs e Mubak uscirono allo scoperto e si mossero verso la facciata della Fortezza, proprio nei pressi dell'accesso principale, e, ponendosi in un punto ben visibile, diedero vita ad una accurata messa in scena; "Ehi tu, vecchio, finiscila di guardarmi in quel modo!" urlò Mubak "Cosa vuoi, cosa cerchi? Non vedi che sono vecchio ed ho il bastone e potrei anche spezzartelo sul collo?" rispose con tono acceso Anglòs, destando l'attenzione delle guardie che iniziarono ad osservare divertite, poi Mubak rincarò la dose "Ah! Cosa dici, stolto! Ora ti prenderò a calci e ti farò ruzzolare!" quindi si avvicinò ad Anglòs e i due iniziarono una grande zuffa condita di parole malsane strillate a squarciagola ed accompagnate da botte da orbi per dare alla pantomima parvenza di realtà. I colpi di bastone inferti da Anglòs furono talmente reali che un rigolo di sangue iniziò a scendere da un labbro di Mubak ed a quel punto le guardie decisero di intervenire per sedare quella fragorosa rissa. Nel mentre le guardie erano distratte da quella grottesca situazione, Timofte fece capolino da dietro la finestra agitando una candela, così anche Karem, Mhiara e Golconda entrarono in azione e lestamente uscirono dall'ombra, imbracciarono una scala a pioli e la posizionarono in coincidenza della finestra. Zeyla con il bambino, poi Amina ed in seguito Ilbord e Timofte, si calarono velocemente dalla scala, dileguandosi assieme agli altri tra i fitti cespugli. Quando la grottesca rissa tra Anglòs e Mubak fu sedata, anche loro due si allontanarono, prima però distolsero ancora l'attenzione delle guardie chiedendo dell'acqua per abbeverarsi e sciaquare le ferite, dando così ai fuggiaschi la copertura per farli andar via ; questi si mossero velocemente tra le alte fratte dove erano stati nascosti dei cavalli, prendendo celermente a galoppare per raggiungere il luogo dell'appuntamento a Nord del Borgo di Melfir, dove si sarebbero incontrati con gli stessi Mubak ed Anglòs per proseguire assieme la fuga.

Mentre ad Occidente l'esercito di Zoren avanzava e si apprestava a scontrarsi con la resistenza di Wallace e Shaflord, rafforzata dall'arrivo dal versante meridionale delle truppe di Badenfor guidate da Oscal, ad Oriente un nugolo infinito di esseri umani dava inizio all'esodo, mettendosi in viaggio in direzione dello spacco di Avaron per fuggire alla malvagia tirannia di Moude. Migliaia di Tucton, Grizay e Zumal, assieme ad altre genti delle tribù dei piccoli villaggi d'Oriente, avevano abbandonato le loro terre per cercare altrove libertà e giustizia ed in questo caotico flusso incontrollabile Anglòs pensò di far andare anche Zeyla ed Amina, che avrebbero potuto confondersi nella massa ed allontanarsi agevolmente da Nigrunta. Karem, Mhiara, Ilbord e Timofte, nonché Golconda ed i Militiopliti al loro seguito, decisero di intraprendere il viaggio con Zeyla ed Amina e seguire l'exodo verso Occidente, mentre Anglòs si mosse con Mubak per recarsi nel territorio dei Soluzei, i quali erano in procinto di appoggiare la Coalizia nella guerra. Nel giro di un paio di chiaroscure il Monte di Avaron divenne un luogo in cui i soldati e le genti, ammassandosi in gran numero, si confondevano tra loro ed era divenuto difficile, quasi impossibile, cercare di dare un freno o un ordine ad un pullulare di uomini e soldati che paradossalmente, seppur con intenti differenti, avevano soltanto uno scopo, quello di attraversare lo Spacco. Moude si rese conto che la situazione gli era sfuggita di mano e dunque decise di compiere una clamorosa azione dimostrativa per placare il flusso di genti che da Oriente fuggiva in Occidente, così Xalus dei Tucton, Acrineo degli Zumal e Falitamo dei Grizay furono catturati e, dopo essere stati selvaggiamente uccisi, vennero impalati al centro dei loro villaggi, affinchè la loro morte per aver tradito il suo volere fosse di monito a tutti; ma così non fu, quel gesto così crudele sconvolse gli animi d'Oriente e acuì il desiderio di libertà, scatenando rivolte e disordini che a stento vennero soffocati; le genti d'Oriente si sollevarono e continuarono con maggior fervore a cercare la libertà e a fuggire verso nuove terre. Così lo Spacco di Avaron fu violato e gli inermi soldati posti a presidio furono travolti, proprio come quando un fiume in piena rompe i suoi argini ed invade inesorabilmente le terre circostanti, spazzando via tutto ciò che incontra nel suo impetuoso scorrere. Moude che era cosciente del fatto che la maggior parte del suo immenso esercito era dislocato nei territori oltre le Foreste di Alama, a seguito di Zoren, Vezin e Gunter, ed era in procinto di affrontare la grande battaglia per la conquista di quei territori, pensò, al fine di rimpinguare le sue forze belliche, di far liberare, da tutte le carceri dei territori autonomi di Moudentak, i reclusi che erano stati condannati con accuse delle peggiori specie e riscattare i servi di tutte le famiglie delle terre d'Oriente, arruolandoli a sostegno delle truppe. Nuove forze selvagge, prive di qualsiasi scrupolo, incontrollate ed incontrollabili, mosse da rancore, odio e desiderio di vendetta, nel nome di Moude e della sua benevola malvagità, si scatenarono facendo strage di innocenti, con incursioni dirette a rallentare l'exodo.

In questo caotico disordine la compagnia con Zeyla ed Amina riuscì ad attraversare, tra mille insidie e pericoli, lo Spacco di Avaron, mischiandosi astutamente al flusso di genti che procedevano nel loro cammino verso Occidente. Il Sud d'Occidente era divenuto un brulicare di genti, un crogiuolo di razze che, confuse e disperate, si muovevano farraginosamente, ora verso il settentrione, ora verso l'Oriente, ora ancora verso meridione, non avendo una meta ben precisa, né una destinazione prestabilita; esuli confusi vagavano alla ricerca di luoghi dove stabilirsi, ma lo scontro con i popoli autoctoni era inevitabile e, come in una grande polveriera, nuovi focolai di scontri si accendevano improvvisi, rendendo le terre della Pangea Conosciuta luoghi infernali. In effetti a Moude quella situazione confusa e caotica faceva comodo ed ancora una volta cambiò idea, lasciando proseguire l'exodo nel suo scorrere, intuendo che lo scontro tra le genti non avrebbe fatto altro che rendere la sua conquista più semplice. Ma quando alcuni comandi dei territori autonomi di Moudentak gli comunicarono che Zeyla era riuscita a fuggire da Nigrunta portando con sè il piccolo Meros, ebbe grande collera e lasciò il suo presidio nei pressi del Monte Avaron, muovendo con il suo esercito, rimpolpato dagli spietati galeotti e dai servi riscattati, verso Occidente per ricongiungersi a Zoren, Gunter e Vezin, con l'intento di ritrovare il figlio Meros e mettere fine all'Occidente.

Intanto Holz era stato segretamente liberato da alcuni suoi fedeli soldati che, approfittando della situazione confusa che imperversava anche nei territori di Badenfor, avevano attaccato le prigioni, riuscendo a sopraffare la guardia disposta da Oscal. Il reggente ripudiato di Badenfor, con i suoi fedeli uomini, decise di appoggiare Moude muovendosi verso Nord con l'intento di congiungersi a lui, prossimo ad entrare in Occidente. I due si incontrarono sul versante occidentale dello Spacco di Avaron e cominciarono a marciare in direzione delle Foreste di Alama, dove era assiepato il grande esercito delle truppe erranti. Holz, con atteggiamento spocchioso, si rivolse a Moude dicendo "Combatterò al tuo fianco per conquistare l'Occidente!" quindi Moude, dall'alto del suo cavallo, fece un ghigno feroce e gelò l'uomo con un solo sguardo, poi con fare sprezzante rispose "Tu, traditore istrionico, assetato di fama e potere, mi offrirai i tuoi servigi e morirai combattendo nel mio nome, poiché il tuo destino è già segnato al pari degli uomini che tradiscono: sarai un semplice guerriero che striscerà con i suoi uomini al mio volere, la tua carne nutrirà la mia gloria e le tue ossa non saranno altro che polvere sparsa su questa terra di perdenti."

Intanto la compagnia con Zeyla ed Amina raggiunse i territori di Court e, con l'aiuto di Leowold, si trasferì al sicuro nella Rocca di Monservat, situata a Nord di Court, in un luogo inaccessibile circondato da alte e profonde gravine. Leowod riferì degli echi della imminente grande battaglia ed informò Karem e gli altri della innocenza di Elmut, poi comunicò di aver mobilitato le milizie di Court per difendere il territorio e, detto ciò, andò via in gran fretta lasciando un drappello di uomini a Karem. La compagnia dunque poteva contare su un cospicuo numero di soldati e quindi Karem e l'albino Golconda, assieme ai Militiopliti ed alla milizia di Court, potevano pianificare il da farsi. Prima, però, di prendere qualsiasi decisione, scelsero di rifocillarsi e di riposarsi rimanendo al sicuro nella rocca di Monservat.

In Oriente Mubak ed Anglòs erano giunti nei territori dei Soluzei e, dopo aver raccontato a Uodoma delle loro innumerevoli peripezie, lo misero al corrente degli ultimi avvenimenti. I tre uomini decisero di organizzare tra la tribù alcuni contingenti di soldati e prepararli ad un possibile impiego in ausilio agli esuli ribelli. Alla quinta tacca di scuro della ottava mesaria dall'inizio del conflitto, quando nuvole nere venate da lampi infuocati svegliarono la Pangea Conosciuta, il suono cupo e prolungato di corni di scuro avorio riecheggiò a Nord della Foresta di Alama; d'improvviso migliaia di uomini inferociti, agli ordini di Zoren e Vezin, si lanciarono contro gli schieramenti disposti da Wallace e Shaflord, mentre un troncone delle truppe erranti si separò dal grande esercito ed iniziò a marciare rapidamente verso Sud per invadere i territori di Pozental e spingersi oltre, sino ad Illand. Gli abominevoli Urchidi ed i mostruosi Molossi esibirono la loro smisurata forza, attaccando i soldati della Coalizia ed infliggendo loro atroci mutilazioni. Per Wallace e Shaflord divenne impossibile arginare la forza d'urto di una moltitudine di uomini che avanzava con grande veemenza e decisione, quindi l'unica mossa che venne loro in mente, in attesa che Muskatt e Bloden da Nord e Oscal da Sud portassero rinforzi, fu quella di ripiegare indietreggiando e muovendo in linea retta, così da limitare le perdite e non permettere al grande esercito delle truppe erranti di puntare verso Nord. L'idea era di attirarli verso la loro direzione permettendo ai rinforzi di portare l'attacco sul fianco delle truppe erranti, considerato il punto debole del grande esercito. Karem, Golconda e Mhiara, assieme ai loro soldati, lasciarono la Rocca di Monservat e si unirono a Wallace e Shaflord, mentre Zeyla ed Amina rimasero al sicuro nella Rocca in compagnia di Ilbord e Timofte. La strategia di Wallace e Shaflord diede buoni risultati, ripiegando essi costrinsero le truppe erranti a convergere e ad ammassarsi come in un grande imbuto, riducendo così il loro raggio d'azione. Feroci scontri e combattimenti cruenti si protrassero incessantemente sino all'oscurità e gli Urchidi ed i Molossi, confusi ed infastiditi dalla baraonda di soldati che disordinatamente si muovevano ai loro fianchi, non essendo in grado di distinguere quali fossero gli alleati e quali i nemici, agivano selvaggiamente nei confronti di chiunque si trovasse sul loro cammino; il buio rallentò le manovre e gli scontri proseguirono alla luce dei roghi appiccati dalle truppe erranti e fu proprio allora che Wallace chiamò a sè Shaflord e disse "È ora che io vada a liberare Elmut, porterò con me alcuni uomini, mantieni la posizione ed indica a Karem e Mhiara come far disporre le truppe per arginare l'attacco, a breve Oscal, Bloden e Muskatt saranno qui."

20

Elmut, rinchiuso nella Torre Spergiura, combatteva la sua guerra; alte febbri ne avevano fiaccato il corpo ed improvvisi incubi e visioni nefaste ne offuscavano la mente tanto da renderlo, agli occhi delle guardie, un uomo oramai destinato alla follia, giunto quasi ai suoi ultimi istanti di esistenza. Così, seduto sul suo giaciglio, preso da lancinanti dolori che lo costringevano a rannicchiarsi ed a comprimere il suo ventre, portava le mani a tappare le orecchie per affievolire quel vociare costante, simile ad un ronzio, che ormai gli era entrato come un tarlo nella testa; e mentre l'uomo cercava di reagire ed uscire da quella condizione così angosciosa e disperata; d'improvviso, con occhi socchiusi ed appesantiti, vide materializzarsi, oltre la feritoia che dava luce alla sua cella, una oscura macchia fuligginosa che allungò le sue possenti braccia aprendosi un varco attraverso le sbarre della feritoia ed assunse le sembianze di un grande volto deforme; quindi sospeso e privo di corpo stazionò dinanzi a lui come una grande bestia dagli occhi rossi e con denti aguzzi, la cui saliva giallastra bagnava le scure fauci. La forma dal sinistro aspetto si squamò e divenne come un volto dalla pelle raggrinzita intrisa di sangue e bruciata, poi digrignò i denti lasciando cadere bava, spalancò la bocca ed emise parole "Il tuo tempo è terminato uomo, ti converrebbe mettere fine alle tue sofferenze, stringi il tuo collo con le tue stesse mani e lasciati conquistare dall'oscurità, presto potrai essere come me e cercare tra le tenebre la tua pace. Fà questo ora ed avrai sollievo e potrai sedere al tavolo del vincitore; il tuo tempo è finito uomo, vieni con me, ti darò la gloria nei tempi." Elmut si alzò dinoccolando dinanzi alla figura e suggestionato portò le sue mani tremanti al collo e fu tentato di stringerle, ma accadde che un forte bagliore investì la figura ed iniziò a trasformarla, poi un volto più umano, simile al suo, come un riflesso della sua immagine austera, si sostituì al deforme e a sua volta parlò "Non credere a ciò che egli ha detto, il tuo tempo inizia adesso." Così un nuovo bagliore di luce, scuro e poi chiaro, dissolse la figura e la risucchiò al di fuori della cella disperdendola ed Elmut, stordito, stramazzò in terra privo di sensi. Le guardie videro provenire da sotto la porta che dava accesso alla cella un sottile filo di fumo e lestamente la aprirono per rendersi conto di cosa stesse accadendo, così il fumo si diradò all'istante e trovarono Elmut riverso in terra. Lo adagiarono sul giaciglio e notarono il bigio colore del suo viso ed il suo stato privo di sensi, così si resero conto che l'uomo era morto. Il suo corpo divenne rigido e freddo ed una guardia, mossa da pietà, prese una coperta e lo coprì, quindi fu avvisata anche la sentinella d'ingresso, che andò ad issare sulla Torre Spergiura il drappo nero indicante la morte del detenuto Elmut. La sentinella lasciò il posto di guardia e partì alla volta di Rowit per comunicare l'accaduto, mentre le guardie presero gli abiti di Elmut e cominciarono a vestirlo. La guardia Tiluk sfilò dal corpo del reggente la grigia veste, ma d'improvviso si sentì stringere e tirare il braccio, impaurita sobbalzò indietreggiando mentre l'altra guardia, atterrita, sguainò la spada, cosi le due guardie videro che l'uomo aveva ripreso a respirare e i suoi occhi sgranati fissavano il soffitto e, come se nulla fosse accaduto, Elmut disse "Cosa volete da me?" e proprio in quell'istante sentì un forte bruciore sul polso e vide che la pelle era come lacerata, consumata, e sottili linee di un color rosa più scuro iniziavano a dare forma ad un'immagine, un piccolo simbolo, il simbolo del fregio regale. "Aprite questa porta! Presto, aprite questa porta!" rimbombò la cupa e decisa voce di Wallace mentre batteva i pugni in modo violento e continuo sulla porta d'accesso della Torre Spergiura. La guardia prontamente si recò ad aprirla e Wallace, dopo aver salito in gran fretta le scale, si affacciò sull'uscio della cella e vide Elmut con la guardia Tiluk che, attonita, lo aiutava a rialzarsi dal giaciglio; Wallace si avvicinò e aiutò a sollevare Elmut poi lo abbracciò e sentì il bisogno di rivolgergli alcune parole "Elmut, ripongo la mia vita al tuo volere", Elmut teneramente sorrise e rispose "Amico mio, ti vorrò sempre al mio fianco" quindi, quasi con timidezza, scoprì il suo polso e mostrò la sua vera natura. Wallace rimase immobile ad osservare il polso di quell'uomo non uomo e, mentre i suoi occhi si inumidivano, alzò lo sguardo e si inginocchiò e così fecero anche le guardie che finalmente compresero la natura di quell'uomo per loro dapprima morto ed ora rinato.

Elmut era dunque il discendente della stirpe dal fregio regale, figlio di Siregard e Lucien e nipote di Eron, il giovinetto Eron, figlio di Navuk e Melanea, che fu ucciso per mano del druido Arzock, così, in effetti, era stato narrato nella notte dei tempi. Invece in quella lontana chiaroscura delle ultime annuarie dell'epoca della caotica origine, avvenne qualcosa che nessuno osò rivelare, lasciando credere che il futuro discendente dal fregio regale fosse morto e che rimaneva soltanto da custodire l'Armilla donata a Navuk e Melanea, che la portarono nei territori di Fulgenland. In quella chiaroscura, dunque, il druido Zort, che aveva assistito di nascosto alla cruenta scena in cui il fratellastro Arzock osò lacerare le carni del giovane Eron per cancellare le tracce del simbolo del fregio regale, fu mosso da grande pietà e lo soccorse. Zort, dopo averne curato le ferite con unguenti oleosi ricavati da alcune erbe mediche mischiate a polveri di minerali e ad alcoliche essenze, lo condusse in gran segreto nei territori di Fulgenland, dove Navuk e Melanea si erano recati per nascondere l'Armilla. Essi, che avevano perso la speranza di rivedere il proprio figlio ancora in vita, furono pervasi da immensa gioia e felicità e, per non fargli correre altri rischi, decisero di stabilirsi in quei territori ed edificare un castello a cui diedero nome Gloriosa. Adiacente al castello venne costruita anche una torre e fu stabilito che la stessa avrebbe custodito l'Armilla e sarebbe divenuta la dimora segreta di Eron e del druido Zort che lo aveva salvato. Eron dunque crebbe con Zort, che ne curò l'educazione e l'istruzione poi, dopo la sua morte, la torre, in memoria del Druido, fu innalzata di altri due livelli divenendo, imponente e maestosa. Eron prese come compagna la Nilunga Mafira che gli diede l'erede Siregard. Mafira ed Eron morirono quando Siregard aveva appena compiuto un'annuaria lasciandolo alle cure di Efea degli Enidri, ava di Ydrea, che lo allevò proprio come un figlio senza svelare nulla della sua natura, rispettando il volere di Eron ed educandolo secondo gli usi, i costumi e le tradizioni tramandate dalla stirpe del fregio regale. Siregard s'innamorò follemente della nilunga Lucien e dalla loro unione nacque Elmut; egli fu istruito sin da giovane ad essere il custode dell'Armilla e nessuna informazione sulla sua importante discendenza gli fu svelata e quando Siregard, compiuta la sua ventesima annuaria, morì senza aver ricevuto in dono l'effige, Lucien, pensando che la tradizione si fosse interrotta con l'inizio dell'epoca dell'Equilibrio, non rivelò nulla al figlio Elmut e si convinse ancor di più che il suo compito sarebbe dovuto essere quello di custodire e tenere celata l'Armilla lucente, fin quando la stirpe da cui discendeva non si fosse del tutto estinta. Quando morì la madre Lucien, Elmut seppellì nel livello sotterraneo della torre la donna, proprio di fianco al padre Siregard ed all'ava Mafira, ma vicino alle sepolture di codesti egli non trovò quella del suo avo Eron, ma notò che vi era, a ricordarlo, soltanto un epitaffio inciso sulla sepoltura della compagna Mafira che recitava:

"Le umane spoglie di colei che in vita è stata fedele compagna del dono e di cui i resti riposano in petrapucinalaten".

Per molte annuarie Elmut si scervellò per comprendere quell'enigma ma, non arrivando ad alcuna soluzione, considerò che il termine dono era rivolto al compito di custodire l'Armilla e non alla sua diretta discendenza, così anche la ricerca della sepoltura fu trascurata poiché nelle secrete delle fondamenta della torre, in luogo ameno dove era custodita l'Armilla, vi era anche un ossuario privo di alcuna indicazione e quindi egli, a ragion veduta, ritenne che il suo avo Eron era stato sepolto proprio di fianco all'Armilla. Ma quando gli avvenimenti precipitarono ed egli venne a conoscenza dell'esistenza di una seconda Armilla finita in possesso di un uomo in Oriente, si recò nelle secrete fondamenta della torre ed aprì l'ossuario in cui doveva esser contenuto lo scrigno dell'Armilla, ma trovò soltanto resti animali ed una piccola sacca di stoffa con all'interno un semplice bracciale fatto di vil metallo. Elmut fu preso da grande sconforto e pensò che l'Armilla era unica ed era finita realmente nelle mani di Moude e ciò che era stato a lui tramandato era stata tutta una grande menzogna e quindi si sentì tradito nell'animo e nel cuore, anche dai suoi stessi discendenti, che lo avevano istruito ad essere il custode di qualcosa che non c'era, del nulla, di un segreto non segreto, ma di una fuorviante e falsa tradizione creata ad arte e portata avanti per generazioni con l'intento di mantenere uniti popoli e genti attorno ad una leggendaria stirpe immaginaria che aveva dato vita ad un'epoca di pace ed austerità. Ma Elmut non si rassegnò a credere a ciò che l'evidenza e le sue deduzioni facevano intendere, la verità andava cercata forse in altro modo ed in altro luogo e così, quando incontrò le sovranità regie nella Torre Nord, non fece alcuna parola di ciò che aveva scoperto. Il fato volle però che in quello stesso incontro qualcosa di imprevisto e magnifico accadesse e, quando egli volse lo sguardo dalla finestra posta in corrispondenza della grande arcata centrale della Torre, la sua attenzione fu attirata da un piccolo particolare delle pietre del basamento, di colore più scuro, posto in corrispondenza dei grandi mattoni della Torre del lato Nord. Quindi, nella chiaroscura successiva, quando i suoi ospiti erano già lontani, Elmut si recò ad osservare quella strana lastra posta proprio in corrispondenza del basamento e, toccando lo spigolo con le dita, si accorse che vi era una piccola incisione quindi, mosso da gran curiosità, si inginocchiò a leggere ciò che vi era scritto e scoprì che l'incisione riportava la frase: "de petrapucinalaten". Così, dunque, egli, con una picca di ferro, fece leva sollevando la grande lastra e scoprì che al di sotto della stessa vi era una cavità simile ad un piccolo sepolcro ed anche qui, su una grigia lastra, notò che vi era un'incisione, un editto, quindi con il palmo della mano levò la polvere e lesse: "Di stirpe fregiato in vita ed in morte custode" poi, guardando attorno alla grigia lastra, intravide un piccolo sacchetto interrato, lo dissotterrò e lo aprì trovando, al suo interno, la meravigliosa e lucente Armilla. Elmut, preso da grande emozione, realizzò che quelle ossa appartenevano al suo avo Eron, primo a cui fu donato il fregio regale che era stato sepolto in luogo sicuro e segreto con accanto a se il monile che ne caratterizzava la discendenza dalla stirpe prescelta. Egli richiuse il sepolcro, trasferendo l'Armilla nelle secrete del Castello Gloriosa senza riferire nulla neanche alla sua compagna Jolen, la quale continuò a credere che la stessa fosse nascosta nelle fondamenta della Torre Nord. Quindi, dopo aver fatto quella scoperta, il reggente di Gloriosa iniziò ad avere strane sensazioni e particolari percezioni, proprio come se egli fosse stato destinato a cosa diversa dalla custodia del prezioso monile; sogni premonitori e visioni improvvise caratterizzarono le sue chiaroscure successive e quando egli maturò l'idea e fu sul punto di svelare a Jolen la sua particolare scoperta e quelle sensazioni che durante le tacche di buio lo accompagnavano oramai in modo costante, accadde che fu accusato d'essere un uomo malvagio, paradossalmente peggiore di Moude e fu condannato sommariamente a trascorrere il resto della sua vita imprigionato nella Torre Spergiura. Elmut, nonostante ciò, non riferì nulla di quanto gli stava accadendo e, come se fosse stato messo alla prova d'esser degno di quel grande dono, accettò la condanna con animo sereno, così a voler dimostrare, con la sua innata pacatezza, una natura superiore a quella d'altri uomini, propria di una discendenza regale; così umiliò se stesso, uomo davanti ai suoi simili, redimendo la sua figura dai peccati per poi purificarsi nello spirito e nell'animo ed elevarsi a simbolo di condottiero del bene che trionfa sul male.

21

Wallace ed Elmut cavalcarono verso il Castello Gloriosa seguendo un percorso tortuoso e poco conosciuto che, attraverso le montagne a Nord di Rowit, portava a Pianafiorita, nei territori di Fulgenland.

La grande porta di Gloriosa venne aperta e le guardie si disposero ordinatamente su due file, lasciando passare Wallace ed Elmut che salutò alzando la mano; il reggente smontò da cavallo e chiamo a sé il militoplite Kudda, designato a presidiare il Castello, e lo esortò a tenere alta l'attenzione, incoraggiandolo nel suo compito, poi, assieme a Wallace, varcò l'ingresso del Castello e si diresse nel tetro piano ribassato dove, attraverso un segreto corridoio, dalla Sala del Commiato si giungeva in una stanza misteriosa. Elmut infilò il suo indice nella fessura della porta e, girandolo come una chiave, la aprì, quindi chiese a Wallace di attenderlo fuori ed entrò nella stanza. Si trattava di una vera e propria cripta, priva di finestre, con pareti a cui erano appese grandi tele, con ricami broccati dagli accesi colori reacanti immagini di paesaggi di Fulgenland e battaglie combattute, e varie teche ed ossari erano ordinatamente disposti lungo il pavimento di tufo. Elmut si avvicinò alla parete posta a nord e si chinò dinanzi ad una teca contenete uno scheletro con di fianco un'armatura ed una spada dalla lama argentea, quindi spostò la teca e dietro ad essa si intravide una nicchia scavata nella parete, un piccolo foro nel tufo grigio fatto a misura del suo braccio. Così egli mise la mano e, arrivando in profondità, tirò fuori un sacchetto; Elmut lo aprì e tirò fuori l'Armilla, poi la indossò al polso in corrispondenza del fregio regale sussurrando "cercherò di esser degno di portarti", quindi calzò l'armatura e prese la spada dalla lama argentea e, coprendosi con uno scuro tabarro, lasciò la stanza mettendosi in marcia, assieme a Wallace, alla volta di Nilunga.

Scure nuvole roboanti illuminate da lingue di fuoco accompagnarono il loro cavalcare, così, quando giunsero dinanzi alle massicce mura bastionate della Fortezza Abassì, fecero cenno ai soldati di lasciarli passare e, attraversando velocemente la larga passatoia, si fermarono nel grande cortile della Fortezza. Intanto, Eleana, Rose e Jolen avevano lasciato la Fortezza e si erano recate sul versante Sud delle mura, intente ad osservare la partenza di Bloden seguìto dall'esercito falconiere e di Muskatt con le milizie dei Militiopliti. Quando furono di ritorno, si trovarono dinanzi, nel grande cortile, Wallace ed Elmut. Rose e Jolen presero a correre e raggiunsero i due che, smontati da cavallo, attesero immobili il loro caloroso ed amoroso abbraccio; dolci effusioni e parole sussurrate con voci rotte e commosse alleviarono e placarono le loro angosce. Un misto d'emozione, passione e gioia pervase i loro cuori e per un attimo fece perdere loro la cognizione del tempo e della tremenda situazione che affliggeva i territori della Coalizia. Jolen s'accorse che Elmut indossava qualcosa al polso e quindi osservò con attenzione cosa fosse, così rimase attonita e, non avendo più la forza di parlare, tanto lo stupore, accennò un inchino dinanzi a lui in silenzio; Elmut, vedendo il gesto della compagna, le accarezzò la testa e disse "Alzati

Jolen, che fai? Alzati! Non devi inginocchiarti dinanzi a me, ma devi stare al mio fianco ed essere la mia fedele compagna di sempre!"; anche Eleana e Rose furono rapite dalla situazione così si avvicinarono e con gran rispetto, portando la mano sul petto, accennarono un inchino, Elmut sorrise e rispose imitando il gesto delle due donne, aggiungendo "Nulla è cambiato, io sono lo stesso uomo che avete conosciuto, mi è stato affidato un compito molto importante, quello di garantire la libertà, la pace e la giustizia tra le genti che popolano la Pangea Conosciuta, ma questo io non potrò farlo senza avere l'aiuto di tutti voi" e così Jolen, parlando anche a nome di Eleana e Rose, rispose "Elmut, abbiamo sofferto tanto per tutto ciò che ti è accaduto ed abbiamo sempre creduto in te ritenendoti un uomo giusto e saggio ed ora più che mai siamo pronte a stare al tuo fianco." Dopo queste parole Wallace intervenne dicendo "Elmut, è ora di andare, è ora di guidare l'esercito della Coalizia verso la vittoria; a voi, meravigliose donne, dico di restare qui ed attendere il nostro ritorno". Elmut lo guardò e rispose "Wallace, io sarò in guerra al vostro fianco, ma ora spetta a te, che sei il reggente della Coalizia, comandare gli uomini e condurci alla vittoria, tu sei il nuovo reggente e sarai insignito, al termine della guerra, dinanzi a tutte le Sovranità regie; su, andiamo e diamoci da fare affinchè ciò che è stato scritto possa prendere forma." Così Elmut e Wallace, montati a cavallo, si mossero alla volta dei territori di Court, dove violenti scontri erano in corso e, raggiunti Bloden e Muskatt, riunirono gli eserciti ed accelerarono il passo. Rincuorati nell'animo e fieri nello spirito, ebbero la sensazione che le cose potessero volgere a loro favore e che la vittoria potesse essere veramente conquistata.

Era trascorsa la settima chiaroscura da quando le ostilità erano riprese e, nonostante fossero in minor numero per forze schierate, rapportabile ad una su tre, Shaflord, Karem e Mhiara resistevano con grande fermezza; tuttavia le perdite di uomini iniziarono ad essere notevoli, ma d'improvviso gli avvenimenti si capovolsero; infatti, quando Moude ed il suo immenso esercito giunsero sulla Piana Avallata dei territori a Nord della Foresta di Alama, egli, osservando i suoi schieramenti, si accorse che la maggior parte dei soldati era costretta a manovrare in modo macchinoso, accerchiata com'era dalle milizie avversarie, e le truppe erranti, fiore all'occhiello del suo grande esercito, erano state risucchiate abilmente dal nemico in un angusto e stretto spazio dove, costipate e schiacciate, erano in balia del contrattacco; quindi Moude, indispettito, urlò richiamando a sè Zoren e Vezin. I due raggiunsero Moude che, inviperito, continuava ad osservre l'esercito in combattimento e, preso da grande collera, si rivolse a loro dicendo "Voi state rendendo ridicola questa guerra, basta così!", ma Vezin, sentitosi accusato di qualcosa che non reputava giusto, ebbe l'ardire di rispondere replicando "Ma l'esercito si sta muovendo con grande determinazione e con le nostre forze stiamo schiacciando il nemico". Udite queste parole, Moude energicamente sguainò la spada e, con un fendente repentino, tagliò di netto il capo di Vezin e scalciò il suo cavallo, che iniziò a cavalcare con il corpo di

Vezin ciondolante, poi ripose la spada insanguinata nel fodero e, voltandosi verso Zoren, disse "il prossimo sarai tu, ora va e fa arretrare l'esercito, ordina di puntare verso Nord, saranno loro che dovranno venirci a prendere per fermare la nostra avanzata; muoviti piccolo essere insulso e portami anche la testa di tua sorella Zeyla." Intanto Gunter aveva portato sangue e sterminio nei territori già martoriati di Pozental ed era giunto sino ad Illand, sbaragliandone la resistenza ed entrando nella Rocca Merlata. Dinanzi a lui si trovarono Endrick e Màriàs, genitori di Mhiara, ed egli, senza alcuna pietà, li trafisse con la sua lama portando a compimento quella vendetta che aveva nutrito per tanto tempo; poi, dopo aver depredato e saccheggiato il palazzo, lo diede alle fiamme, così come tutti i territori circostanti, facendo di Illand un unico e grande rogo, quindi, soddisfatto della sua azione, riprese a muovere verso Nord con i suoi uomini per ricongiungersi alle truppe erranti. La nuova disposizione di queste e l'appoggio degli infami galeotti e dei ripudiati, cominciava a dare risultati; Shaflord, Karem e Mhiara erano impegnati in duri e violenti corpo a corpo ed i loro uomini continuavano a cadere, quando poi anche gli Urchidi ed i Molossi ebbero nuovamente lo spazio per agire, la situazione si complicò ulteriormente; la stessa cavalleria di Pozental, con i suoi robusti cavalli iridati, subiva gravi perdite e l'ascesa di Moude alla conquista dell'Occidente, sembrava prossima alla sua realizzazione. La Piana Avallata divenne un'immensa distesa di corpi straziati e mutilati nella quale era divenuto difficile combattere, così, quando all'esercito delle truppe erranti fu impartito l'ordine di cessare le ostilità e muovere verso Nord, Shaflord, Karem e Mhiara si convinsero che il loro esercito non sarebbe stato in grado di inseguirlo, né tantomeno di affrontarlo in campo aperto. Ma dal versante meridionale videro affacciarsi sulla Piana Avallata centinaia e centinaia di uomini con a capo Oscal mentre, quasi contemporaneamente, un lungo sibilo proveniente da Nord catturò la loro attenzione ed all'orizzonte videro apparire l'esercito dei Militiopliti e le forze falconiere con Bloden e Muskatt. Dallo scoramento, i tre iniziarono a nutrire la speranza di poter contrastare il grande esercito di Moude. Anche Gunter, con i suoi uomini, era rientrato dall'attacco lampo portato ad Illand ed aveva rimpolpato le fila delle orde dei malvagi, così, da lontano, transitando nella Piana Avallata, riconobbe Mhiara e, con ghigno beffardo, le rivolse un gesto portando la sua mano alla gola accennando un taglio di lama e sollevando il suo trofeo, un sacchetto dal quale ciondolavano dei preziosi monili e si distingueva una lunga collana, la collana che la madre di Mhiara, Mariàs, usava portare al collo. Mhiara comprese ciò che era accaduto ed ebbe una reazione incontrollabile e, come se avesse perso il senno, si lanciò al galoppo per raggiungere Gunter; quindi anche Karem e Shaflord, visto il gesto improvviso della donna, si mossero repentini per affiancarla. Mhiara raggiunse Gunter e accecata dall'ira, sguainò la makara ed iniziò a duellare con grande veemenza. I suoi colpi furono talmente forti che Gunter cadde da cavallo, così anche Mhiara smontò da Calliostro e seguitò ad attaccarlo con tutta la sua energia, quindi Gunter non ebbe modo neanche di reagire e venne trafitto due, tre, quattro volte di seguito e, quando il suo corpo stramazzò a terra senza vita, ella continuò ad accanirsi sul cadavere scagliando forti pugni sul petto e sul torace fino a quando Karem non la fermò, cingendola dalle spalle e trascinandola, ancora in ginocchio, lontana dal cadavere. Lo strazio della donna fu immenso, urla e lamenti di dolore, rotti da un pianto incessante e disperato, annichilirono gli animi dei soldati che stazionavano attorno a lei; Shaflord raccolse il sacchetto contenente il bottino e lo consegnò a Mhiara che, rialzatasi, rimontò su Calliostro ed in solitaria prese la direzione di Illand e Karem, dopo aver chiamato a se un drappello di soldati, la seguì.

Intanto una pattuglia delle truppe erranti, che era stata inviata in perlustrazione alla ricerca di viveri da razziare, aveva sconfinato sino a raggiungere il territorio di Nignoland, portandosi a ridosso della zona dove vi era il piccolo villaggio di Gnoland. Mugnol, accortosi dell'imminente pericolo, diede l'allarme alle sue genti e mise in atto il piano di sicurezza, conducendole segretamente nel rifugio accuratamente approntato nella grande cavità nascosta tra le rocce, quindi, con l'aiuto di Jofrad, attuò la stategia d'evacuazione, aggirando la pattuglia nemica in maniera ordinata e silenziosa, percorrendo sentieri nascosti e rendendo le sue genti quasi invisibili, tanto da non destare alcun sospetto che, in quei territori, vi fossero esseri che li abitavano. Il successo del piano fu completo quando nel fitto bosco, tra rovi e cespugli, i soldati nemici caddero uno dopo l'altro nelle trappole ricoperte di fogliame e non ebbero scampo. La comunità di Gnoland esultò per il successo così eclatante del loro piano di difesa, fatto non di lame ma di semplice ed arguta astuzia. Mugnol si complimentò con Jofrad ed il suo pensiero andò immediatamente ai due loro giovani soldati Ilbord e Timofte, quindi avvicinò la giovane Morela, compagna di Ilbord e, con tono affettuoso, le disse "Ilbord è un giovane con la testa sulle spalle e vedrai che presto tornerà tra noi assieme a Timofte, non temere, ne sono sicuro". Morela fece un sospiro e, sommessa, lo abbracciò rispondendo "Ti ricordi quando ti chiesi di lasciarlo andare? Beh, te lo chiederei di nuovo, anch'io sono sicura che presto tornerà."

Se a Gnoland erano riusciti a respingere l'attacco del nemico con la sola volontà e la speranza di riuscirci, nella Rocca di Monservat Zeyla, Amina, Ilbord e Timofte assistevano inermi all'evolversi degli eventi. L'angoscia e l'impazienza di non sapere chiaramente cosa stesse accadendo attorno a loro rendeva irrequieti i due di Gnoland, così Ilbord, smanioso di informazioni, decise di uscire dalla Rocca per trovare un punto d'osservazione che gli permettesse di capirne di più. Mentre Ilbord si apprestava ad esporsi dalla sommità di una ripida gravina, un rantolo selvaggio proveniente dal basso lo incuriosì e, acquattatosi tra i bianchi massi, osservò attentamente cosa fosse; una grande sagoma grigia era impegnata nell'intento di scalare la gravina, quando la figura alzò la testa annusando l'aria ed osservando cosa vi fosse attorno, i suoi occhi gialli ed i denti aguzzi terrorizzarono Ilbord che di fretta e furia rientrò nella Rocca avvisando dell'imminente pericolo. Zeyla, Amina e Timofte furono presi da grande spavento e pensarono dunque di fuggire abbandonando la Rocca ma, una volta aperta la porta, videro che, a poca distanza, il grande Molosso si dirigeva proprio verso di loro così, nella concitazione, rientrarono all'interno della Rocca sbarrando la porta ed ammucchiando sul suo retro un'infinità di travi di legno e parti di mobilia per ostruirne l'accesso, poi scesero nel ventre della Rocca attraverso delle ripide scale a chiocciola ed aprirono una botola dalla quale proseguirono a scendere sino a trovarsi in una grande e tetra cisterna, piena d'acqua che copriva le loro gambe sino alle ginocchia. La cisterna era un enorme raccoglitore di acque pluvie, di forma circolare, priva di uscite e di altre entrate, praticamente essi erano giunti in un luogo da cui era impossibile fuggire e l'unica cosa che rimaneva da fare era sperare che il famelico Molosso non fosse in grado di trovarli. La belva sfondò la porta d'ingresso e prese a fiutare il pavimento seguendo le tracce del loro odore così, rantolando rabbiosamente, addentò ferocemente una porta squarciandola e cominciò a salire le scale che portavano al piano rialzato, poi continuò a fiutare raggiungendo il sottotetto. Nel frattempo Zeyla, che stringeva tra le braccia il piccolo Meros, iniziò a sentire il peso dello sforzo ed Amina la aiutò, allevviandone la fatica e accogliendolo tra le braccia, ma il lungo indugiare al buio in quell'acqua gelida, aveva raggrinzito la loro pelle rendendola quasi macera e la sensazione di freddo iniziava a divenire insopportabile. Ilbord e Timofte che, a causa della loro statura, erano sommersi fino all'altezza della cintola, non si persero d'animo ed iniziarono ad esplorare lungo le pareti alla ricerca di una qualche via d'uscita; così, muovendosi a tentoni, Timofte s'imbattè in una leva di ferro collocata proprio lungo la parete della grande vasca. "Ilbord, Ilbord" sussurrò Timofte mentre la sua voce rimbombava nella grande vasca "ho trovato qualcosa, vieni a vedere", Ilbord raggiunse il compagno ed osservò attentamente, poi, con un sorriso, diede una pacca sulla spalla a Timofte dicendogli "Sìì, bravo! Questa leva serve sicuramente ad aprire qualche punto della cisterna dal quale le acque defluiscono, aspetta, fammi vedere meglio!" quindi cercò nella sua borsa di cuoio, che teneva sollevata per non farla bagnare, e prese una pietra ed una barretta focaia, così, strofinandola, l'accese e disse "questo è uno splendido ricordo della terra dei Forghi", quindi iniziò ad ispezionare attentamente guardando sul fondo della cisterna. "Ecco! Ho trovato!" esclamò Ilbord " qui sotto vi è una grande botola, guarda Timofte!" ma non appena finì di parlare, un cupo latrato li atterrì e dalla scala d'accesso alla cisterna apparve la feroce belva con gli occhi luminescenti, dalla cui bavosa bocca faceva mostra di bianchi denti aguzzi come lame pronti ad azzannare le sue prede. Zeyla ed Amina, terrorizzate, cominciarono a piagnucolare permettendo alla mostruosa belva di individuarle, così il Molosso, dopo aver ringhiato selvaggiamente, contrasse le sue zampe e si preparò ad avventarsi su di esse, ma Ilbord prontamente sollevò verso l'alto la barretta focaia ancora accesa ed agitandola attirò l'attenzione della feroce bestia verso di sé. Ma quando il Molosso, slanciatosi sui suoi possenti arti posteriori, era quasi lì lì sul punto di addentare tra le sue possenti fauci Ilbord, egli, con uno scatto repentino, lo evitò ed urlò "Timofte! Alza la leva!" quindi una grande botola si aprì sotto la feroce belva che, risucchiata dal vortice d'acqua, annaspando sprofondò. Il flusso e la corrente delle acque che scorreva defluendo nella grande botola divenne eccezionale, tanto da risucchiare anche Zeyla ed Amina che riuscirono a stento ad aggrapparsi ad un passamano lungo la parete della cisterna, resitendo alla sua furia. Ilbord, prontamente si avvinghiò ad una sporgenza metallica lungo la parete della grande vasca mentre Timofte stretto alla leva appena sollevata rimase penzolante. Così, quando la feroce belva sparì tra le acque, finendo sul fondo della botola, Timofte la richiuse prontamente riportando la leva nella sua posizione originaria. Il pericolo era scampato e i due di Gnoland soccorsero le donne in apprensione per il piccolo Meros, ma Amina era riuscita a tenerlo stretto a sè e, quando si udirono flebili vagiti, le loro angosce lasciarono il posto alla gioia e alla felicità. Passata la grande paura le loro forze si erano affievolite, quindi, zuppi, lasciarono la cisterna risalendo lentamente le scale e si recarono nell'atrio riparato della Rocca dove, dopo aver acceso il camino, si asciugarono e riposarono, coprendosi con calde coperte.

Mhiara e Karem giunsero ad Illand: dinanzi alla Rocca Merlata, ridotta in macerie, continuavano ad alzarsi colonne di fumo nero e denso. Lì trovarono alcuni uomini che avevano tradotto i corpi di

Endrick e Màriàs, allineandoli l'uno di fianco all'altro e coprendoli pietosamente con splendidi tessuti funebri. Tutta Illand era in macerie, del fiorente e ricco villaggio delle stoffe e dei tessuti non rimaneva che un'immensa distesa di cumuli di pietra e detriti, tempestata di focolai; lì oramai non vi era più nulla che potesse far rivivere a Mhiara i ricordi della sua infanzia e della sua giovinezza. Il palazzo nel quale era cresciuta non esisteva più ed i ricordi impressi nella sua mente erano l'unica cosa che le rimaneva. Karem, mestamente, aiutò a deporre le salme di Endrick e Màriàs in una fossa che fu ricoperta da una grande lastra di marmo bianco, sulla quale Mhiara depose alcuni fiori, poi la donna guardò attorno a sè per osservare ciò che rimaneva della sua Illand ed a capo chino rimontò su Calliostro decisa a tornare sul campo di battaglia. Affiancata da Karem nel suo lento trottare, stringendo tra le mani la collana della madre, sussurrò "Ora mi rimani solo tu." Karem, toccato nel profondo rispose "Non mi perderai, né io perderò te." Quello struggente momento rappresentò per i due il punto più triste di quella guerra di cui erano divenuti, senza volerlo, protagonisti, ma contribuì a cementare il loro amore in maniera indissolubile.

La guerra si faceva sempre più feroce e cruenta e, al sorgere della nona mesaria dall'inizio degli scontri, gli schieramenti impegnati occupavano un vasto territorio che andava da Nord di Pozental sino ai bastioni di Court e lambivano le terre di Rowit. Focolai di scontri erano dappertutto ed i due eserciti non erano in grado di organizzare azioni di intervento ben congegnate, tanta era la moltitudine di soldati impegnati e gli ampi spazi su cui a macchia d'olio si era esteso il conflitto. Insomma, un conflitto totale su di un vasto territorio in cui nessuna delle due forze riusciva ad avere il sopravvento sull'avversaria, rendendo la guerra sempre più difficile e dall'esito incerto.

Nel frattempo Moude aveva sostituito Vezin con il fedele nipote Maravos che, grazie alla sua grande abilità nel combattere, prese il comando delle truppe erranti al fianco di Zoren. Mentre sul versante Nord i Militiopliti e la falconeria Nilunga cercavano di arginare l'avanzata delle truppe erranti, a Sud e ad ovest Wallace, Shaflord ed Oscal contenevano le sfuriate dell'esercito degli infami ripudiati di Moude e del faccendiere Holz, elevato per l'occasione a comandante, non per meriti conquistati in battaglia, ma per mere esigenze contingenti. Gor di Zermia e Bedok di Valachia caddero l'uno dopo l'altro, trafitti dalle spade della crudele fanteria dal volto deforme del defunto Vezin, mentre i reduci Grizay, Tucton e Zumal, presenti anche nelle precedenti battaglie, continuavano a mietere vittime spalleggiando l'esercito di Moude, nonostante i loro capitribù fossero stati ferocemente trucidati per volere dello stesso.

In questo stato trascorsero altre chiaroscure e così Elmut, consapevole che le forze schierate dall'una e dall'altra parte rappresentavano il più grande e numeroso dispiegamento di tutti i tempi, di uomini impegnati in una guerra, e che mai popoli d'Oriente e d'Occidente si erano fronteggiati così duramente, si convinse che era oramai giunta l'ora della resa dei conti e pianificò una sua strategia per porre fine al conflitto. Elmut però era pienamente cosciente che la vittoria o la sconfitta dell'uno o dell'altro schieramento non era per niente scontata e sarebbe stata decretata oltre che dall'abilità e dalla capacità dei combattenti, anche da chi, per amor di patria, avrebbe sacrificato la vita per difendere un'idea di pace e libertà. Per questo valeva la pena combattere, ma trafiggere tanti cuori trapassandoli con fredde lame, per ottenere quella pace e quella libertà che in ogni uomo è insita nel suo essere sin dal primo vagito, era per Elmut il più grande cruccio, ma allo stesso tempo, purtroppo, rappresentava il prezzo da pagare, maledettamente inevitabile. Dunque, dopo aver consultato assieme al giovane Luk le carte dettagliatamente disegnate, Elmut, Muskatt e Bloden pensarono di agire mettendo in atto una strategia che avrebbe permesso di delimitare la vasta area in cui erano in corso gli scontri; per fare ciò pensarono che fosse necessario eseguire inizialmente una manovra di accerchiamento per poi, convogliando le forze, stringere in assedio gli avversari, costringendoli ad arretrare sino a farli concentrare in uno spazio delimitato dove le loro azioni sarebbero state facilmente controllabili. Una volta realizzata la manovra di accerchiamento, l'esercito della Coalizia avrebbe sferrato un attacco massiccio, penetrando nelle linee nemiche che, ammassate e circondate, non avrebbero avuto via di scampo. Per fare ciò, dunque, bisognava coordinare l'intervento progettato in modo perfetto ed armonico e così un'intuizione arguta di Bloden fu quella di far intervenire in loro aiuto le staffette degli oralforieri, che furono investite di un compito importante e delicato, quello di coordinare le azioni di come disporre le truppe e quando cominciare le manovre di posizionamento stabilite, comunicando i modi e dettando i tempi ai comandanti dell'esercito impegnati lungo il fronte della battaglia. Gli Oralforieri avrebbero utilizzato dei corni che, con il loro suono, sarebbero serviti a dare i segnali durante lo svolgere delle azioni. Tutto ciò però comportava molti rischi: il primo era che, disperdendo gli eserciti nella manovra di accerchiamento, le loro linee sarebbero divenute molto vulnerabili e facilmente attaccabili, quindi pensarono che il miglior modo di agire sarebbe stato quello di formare delle linee che da Sud marciassero verso Nord e viceversa, inanellandosi in cerchi concentrici, così da erigere un muro con una maggiore densità di soldati disposti su più file, le quali sarebbero state rinforzate dalla cavalleria che, in continuo movimento, avrebbe garantito un'adeguata copertura alle loro spalle. Il secondo rischio da correre riguardava proprio Elmut il quale sarebbe dovuto intervenire dal versante orientale per prendere alla sprovvista l'esercito avversario e sbaragliare i possibili rinforzi. Ciò era realizzabile soltanto con un allontanamento dalla battaglia di una parte dell'esercito, che avrebbe seguito Elmut in Oriente attraverso le terre degli Enidri, marciando poi in terre non conosciute. Da lì poi il reggente di Gloriosa avrebbe dovuto trovare in breve tempo un modo efficace per cogliere alle spalle il nemico, oltre che scoprire un percorso che gli avrebbe permesso di rientrare rapidamente dall'Oriente nei territori dove imperversava la guerra. Anche in questo caso fu trovata una soluzione, grazie alla fresca alleanza d'Oriente che Mhiara e Karem avevano stretto con i Soluzei di Uodoma e Mubak, egli pensò che l'unico modo era quello di farsi aiutare da loro, i quali, assieme al vecchio saggio Anglòs, avrebbero sicuramente contribuito all'impresa offrendo piena collaborazione. L'ultimo rischio, ma non di poco conto, era rappresentato dalla presenza nell'esercito avversario dei mostruosi Molossi e degli abominevoli Urchidi che, pur essendo in numero esiguo, non potevano esser sconfitti con una strategia che prevedeva un'azione di accerchiamento poiché, data la loro natura animale, avrebbero reagito d'istinto ribellandosi con furia incontrollabile a qualsiasi costrizione che ne avesse limitato spazi e movimenti. Dunque l'unico modo per contrastarli era quello di attaccarli e costringerli a ritirarsi dalla battaglia e qui Elmut pensò di dare a Bloden e ai suoi falconieri l'arduo, ma non impossibile, compito di costringere alla resa quei terribili esseri arruolati da Moude. Giunta la quarta tacca di chiaro, Bloden diede l'ordine ai falconieri di preparare i maestosi pennuti, i falconi rapaci di Nilunga dal rostro giallo arancio e dal piumaggio marrone argento, mentre fece posizionare il corpo scelto degli alti lancieri Nilunghi in prossimità della linea nemica già in assetto di lancio e diede il comando alla cavalleria di iniziare un'azione di disturbo per attirare l'attenzione delle abominevoli belve. I falconi vennero armati con particolari bussolotti tubolari, spesse pergamene fatte di resistenti fibre tessili arrotolate che, al loro interno, contenevano polveri di minerali acidule, tossiche ed urticanti che, a contatto con la pelle, la ustionavano corrodendola. I falconi erano addestrati per tenerle strette tra i loro artigli per poi, durante il volo, lasciarle cadere sull'avversario nel momento in cui il loro falconiere ne avrebbe dato l'ordine. I bussolotti erano arrotolati ermeticamente in maniera che, nel momento dell'impatto, il loro involucro si aprisse facilmente cospargendo del contenuto polveroso l'obiettivo prefissato. La cavalleria cominciò a muoversi, raggiungendo le abominevoli belve, poi, effettuando manovre elusive, attirò la loro l'attenzione conducendole fuori dalla mischia della battaglia, quindi, cavalcando lentamente, si fece inseguire portando astutamente le belve nella zona presidiata dai lancieri. I falconieri, con l'ausilio del suono degli arghilofoni, fecero alzare in volo i rapaci che, fluttuando nell'aria, individuarono le loro prede così, al successivo comando impartito, dopo aver puntato il loro bersaglio, con agilità piombarono sulle abominevoli belve lasciando cadere dalle zampe i bussolotti. Gli Urchidi ed i Molossi vennero centrati dai bussolotti che rilasciarono le loro polveri; le belve iniziarono a dimenarsi selvaggiamente, emettendo acuti guaiti, mentre le loro pelli furono ricoperte da grandi e putride piaghe ed i loro occhi socchiusi furono accecati; i rapaci furono richiamati e Bloden diede l'ordine ai lancieri di sferrare l'attacco contro quei bersagli ormai resi vulnerabili, così vennero scagliate acuminate e taglienti lance che trafissero più volte le belve uccidendole; i pochi Urchidi e Molossi rimasti in vita, ma gravemente feriti, indietreggiarono e seguendo il loro istinto animale abbandonarono il campo di battaglia, fuggendo rapidamente e dirigendosi verso il Sud, seguendo il percorso a ritroso che li aveva condotti ad Occidente. Zoren ed Holz assistettero inermi alla ritirata dei loro più acerrimi e distruttivi alleati, capirono di aver perso la componente più forte del loro esercito e dunque reagirono immediatamente serrando i ranghi delle loro truppe e, dopo averle fatte distribuire allineandole in schieramenti disposti su tre colonne, diedero ordine alla fanteria di attaccare le linee avversarie poste a meridione, a settentrione e ad Occidente. Con l'ausilio della cavalleria e degli arcieri, le truppe erranti avevano ripreso il sopravvento sugli schieramenti della Coalizia e dunque Elmut si rese conto che era giunto il momento di agire; così si rivolse a Wallace, a cui disse di provare a resistere altre cinque chiaroscure per poi dare inizio, assieme a Bloden, alla strategia pianificata, garantendo che il suo intervento alle spalle delle fila del nemico avrebbe rispettato quei tempi. Quindi Elmut mosse rapidamente, con il corpo scelto dei Militiopliti, verso la Terra degli Enidri per dare il via alla sua manovra d'attacco portata da Oriente.

22

Nella densa nebbia, veloce fu l'andare di Elmut, che raggiunse la Terra degli Enidri prima che sorgesse la luce, trovandosi al cospetto di Ydrea che lo accose con grande ossequio e lo condusse sulla via che portava ad Oriente. Elmut e Ydrea non ebbero molto tempo per parlare, vista l'urgente missione che l'erede del fregio regale si apprestava a compiere, ma l'oracolo incoraggiò il suo fare, ricordandogli che il destino della Pangea Conosciuta era nelle sue mani e che le speranze di tutte le genti erano riposte in lui; così quelle parole diedero ad Elmut grande sicurezza, rendendolo ancor più tenace nel suo fare. Alla seconda chiaroscura Elmut entrò nei territori dei Soluzei e, per evitare imboscate da parte delle tribù locali, diede l'ordine ai suoi uomini di smontare da cavallo ed avanzare senza brandire le armi, ma tenendo una mano rivolta verso l'alto, rendendo così evidente agli indigeni che le loro intenzioni erano tutt'altro che ostili. Così Elmut e i suoi soldati avanzarono con grande coraggio e quando gli indigeni Soluzei si accorsero della loro presenza, prontamente li accerchiarono, sbucando dal fitto bosco e piombando in terra dagli alti alberi. Elmut ordinò ai suoi uomini di non sguainare le spade e pronunciò ad alta voce i nomi di Uodoma e Mubak, facendo segno verso l'indigeno che lo fronteggiava di voler esser condotto da loro, poi, visto l'atteggiamento restio dell'indigeno, pronunciò alcune parole che gli erano state suggerite da Mhiara "No puniar, no puniar." L'indigeno, udite quelle parole, volse lo sguardo verso gli altri che presero a sorridere, così Elmut e i suoi uomini furono scortati pacificamente sino al villaggio dove erano accampati Uodoma, Mubak ed il vecchio saggio Anglòs.

La guerra era giunta al suo culmine e Muskatt, abilmente, faceva convergere le truppe a contrastare l'avanzata verso Nord di Zoren e, schierandole in assetto di difesa, riusciva a rallentarne l'azione; Bloden invece muoveva verso Occidente in appoggio a Karem che, incalzato dagli attacchi della cavalleria di Holz, era in gran difficoltà. Gli scontri più cruenti e sanguinosi si svolgevano sul versante meridionale, dove Shaflord e Oscal si fronteggiavano con Moude e con le sue terribili truppe di infami ripudiati, e nonostante tutto le linee della Coalizia reggevano, ma più il tempo trascorreva e maggiore era la pressione esercitata dall'esercito nemico. Moude si rese conto che mantenere una massiccia presenza di uomini sul versante meridionale non era stata una grande idea, poiché era stata indebolita la pressione sul versante opposto dal quale egli, una volta sfondata la linea di difesa avversaria, avrebbe avuto via libera per puntare verso i territori di Fulgenland. Dunque cambiò strategia, lasciando alla mercè di Shaflord ed Oscal solamente le truppe di veterani, e diede l'ordine a Maravos di far convergere il grosso del suo esercito nuovamente verso settentrione per affiancare Zoren. Moude in effetti non era a conoscenza della liberazione di Elmut e nessuno dei suoi esploratori gli aveva riferito della sua presenza sul campo di battaglia, quindi, vista la situazione, era fortemente motivato a raggiungere in breve tempo i territori di

Fulgenland e a conquistare il Castello Gloriosa nel quale avrebbe trovato l'agognata Armilla. La vecchia megera Ofera infatti aveva svelato a Moude che a Fulgenland era celata l'Armilla e che Manthanatos aveva tentato invano di trovarla prima di scoprire l'esistenza ed entrare in possesso dell'Armilla Scura di cui gli aveva fatto dono. Ofera aveva conosciuto Beruf degli Iferi che le aveva raccontato dell'ossessiva ricerca smaniosa di Manthanatos del monile e dei suoi scritti, che teneva secretati nella Torre Ut oltre Limitia. La megera di Kran era stata per breve tempo la compagna di Beruf che le aveva dato dei figli, quei figli storpi dai corpi piccoli e deformi e dalle lingue maligne che Moude aveva accolto a Nigrunta in segno di riconoscenza per le sue rivelazioni e per i suoi malefici servigi. Moude quindi era sicuro che le sovranità regie si sarebbero arrese al suo volere accettando la sconfitta e la sottomissione, una volta che egli avesse conquistato il luogo del potere della Coalizia e fosse entrato in possesso del secondo monile. Wallace era stato avvertito dalle staffette che l'esercito di Moude aveva effettuato manovre di convergenza e puntava a ricongiungersi con Zoren pronto a marciare inesorabilmente verso Nord, così operò un'abile contromossa per contenere il nemico; per arginare l'avanzata delle truppe erranti affiancò agli uomini di Muskatt ed alla cavalleria Nilunga la sua milizia, creando un fronte unico e compatto a protezione del versante settentrionale, poi fece giungere l'ordine sugli altri fronti di mantenere le posizioni e circoscrivere le aree degli scontri contenendo le sfuriate nemiche. Intanto la seconda chiaroscura dalla partenza di Elmut volgeva al termine e Wallace adunò nell'oscurità gli oralforieri per prepararli all'arduo compito che li attendeva; diede loro le consegne e li spronò a tenere alta la concentrazione in vista del loro imminente impiego.

Elmut ed i suoi uomini erano stati benevolmente accolti dai Soluzei e Uodoma, Mubak ed il vecchio Anglòs si mostrarono più che disponibili a contribuire con il loro aiuto a metter fine alla guerra. Mentre l'esercito ebbe modo di riposarsi dopo aver marciato per tre chiaroscure senza sosta, i quattro uomini trascorsero le tacche di scuro per approntare al meglio il piano d'azione. Fu deciso che i Soluzei, assieme alle tribù minori della Foresta Scura, avrebbero partecipato attivamente alla missione impiegando i loro uomini ed avrebbero inviato Mougiain, della tribù dei Fez, a Sud con l'intento di tagliare la strada ai rinforzi che erano diretti verso lo Spacco di Avaron pronti a rimpinguare l'esercito di Moude. Elmut rivelò quindi la strategia che sarebbe stata messa in atto dagli eserciti d'Occidente da lì a poco e la necessità di affrettare i tempi per intervenire a supporto di Wallace che non avrebbe resistito a lungo. Svelò anche il modo per trovarsi alle spalle di Moude giocando così l'effetto sorpresa e, rivolgendosi a Uodoma, disse "L'oracolo degli Enidri mi ha rivelato qualcosa di assai importante di cui avevo sentito dire, ma non ero certo che fosse reale; ella mi ha svelato che gli Enidri un tempo approntarono a Nord delle Rocce di Mombatt una cavità artificiale, che dall'Oriente permetteva di giungere in Occidente ed era utilizzata come rifugio dalle loro genti durante l'epoca del non conosciuto, quando i ghiacci e le nevi durante la stagione del Grandefreddo rendevano impossibile vivere sul monte Hidros. La cavità sotterranea fu scavata sotto il livello del Flumendoso ed è rimasta inutilizzata per moltissime e moltissime annuarie, tanto da esser dimenticata da tutti; nessuno ne conosce l'esistenza ma, secondo le indicazioni di Ydrea, essa si trova nel punto in cui il Grande Fiume inizia a stringere il suo alveo e le rocce sono meno frastagliate ed imponenti. La cavità è riconoscibile perché attorno vi è un'estesa macchia di vegetazione, cosa strana per quella zona rocciosa, ma creata appositamente per nasconderne l'ingresso. Essa sbuca in Occidente proprio nella zona delle Gravine di Court ed è il luogo migliore dal quale potremo effettuare l'attacco sorprendendo Moude. Risalendo dalle gravine sbucheremo alle spalle del nemico e punteremo dritto su di lui, poi… il resto sarà il fato a deciderlo." Uodoma ascoltò attentamente Elmut e annuì, poi rispose "Bene Elmut, il tuo piano d'azione sembra veramente perfetto, i miei uomini e quelli delle tribù minori saranno con te ed il fato seguirà la strada dell'uomo prescelto, che condurrà in una nuova epoca pacifica la Pangea Conosciuta e avvicinerà l'Oriente all'Occidente, dando vita ad un periodo intelligente e cosciente fatto di collaborazione tra i popoli e sostegno reciproco." Detto questo, Uodoma investì Mubak del supremo comando della tribù dei Soluzei ed ordinò a Mougiain di muovere rapidamente verso Sud, dando inizio al piano d'azione. Elmut ebbe parole anche per Anglòs e lo ringraziò per l'aiuto dato a Karem, Mhiara, Ilbord e Timofte così i due uomini ebbero modo di intrattenersi in lunghi discorsi ed il signore di Gloriosa si fece raccontare di Zeyla, di Moude, di Manthanatos e della sua esplorazione alla Torre di Ut.

Erano trascorse circa dieci mesarie dall'inizio del conflitto ed alla prima tacca di chiaro Elmut, Mubak ed Anglòs lasciarono il campo e, con il loro grande esercito eterogeneo, mossero verso le terre della città di Oicìci, per poi prendere la direzione verso ovest a costeggiare il Flumendoso alla ricerca della cavità segreta degli Enidri. Elmut, durante il suo cavalcare, fu affiancato da Mubak e da Anglòs e quando, attraversato il deserto di Gibuta, in lontananza vide le maestose colonne e le affusolate guglie bianchissime della città di Oicìci rimase senza parole. "Quella è Oicìci" disse Mubak "la città culla della civiltà più antica d'Oriente, dove tutto ebbe inizio; i popoli e le razze orientali discendono tutte da quell'unico ceppo, lì Gheoplana e Ordemisio diedero origine alla progenie di tutti i popoli conosciuti, la favolosa storia si perde nei tempi e la sua magnificenza è conosciuta da tutti, nessuno ha mai osato portare alla sacra città violenza o saccheggio o altre malvagità, tutto è rimasto intatto dalla sua creazione e, quando la guerra avrà termine, Elmut, potrai recarti dal misterioso reggente di Oicìci, Oifrà, che ne custodisce la purezza, la sacralità e l'austerità." "Sì, presto mi recherò da Oifrà" rispose Elmut con gli occhi ancora ammaliati dallo splendore della bianchissima e luminosa città e dalla magia del luogo che distava solo poche miglia da loro e vedeva allontanarsi alle sue spalle. La marcia continuò senza sosta e rossi bagliori del martoriato Occidente iniziavano a scorgersi all'orizzonte.

Moude incalzava ferocemente, costringendo Wallace ad una dura lotta per mantenere le posizioni; Shaflord ed Oscal, a Sud, riuscirono ad avere la meglio sui veterani delle truppe erranti e ripresero a risalire verso Nord, ma dovettero ripiegare repentinamente verso Occidente in aiuto di Karem che, con il suo amico Leowold e pochi uomini, erano inesorabilmente in balia del nemico. Gli eserciti della Coalizia resistevano strenuamente, mentre da Sud nuovi rincalzi continuavano a fornire forze fresche al terribile nemico e, non trovando ostacolo, continuavano ad ammassarsi tra le fila dell'esercito di Moude, rendendolo ancor più invulnerabile. Ma quando Mougiain, con le tribù indigene, prese lo spacco di Avaron distruggendo il ponte e, appoggiato dagli esuli dei popoli orientali, diede inizio a cruenti e feroci scontri, in cui vennero usate cerbottane dalle punte velenose, fionde dalle sfere acuminate e flagelli laceranti, allora inflisse una grande sconfitta alla retroguardia degli eserciti dei territori di Moudentak ed i pochissimi superstiti furono costretti ad arrendersi e a ritirarsi.

Ormai era giunta le terza tacca d'ombra della quinta chiaroscura dalla partenza ed Elmut costeggiava il Flumendoso scrutando tra le rocce alla ricerca dell'antro nascosto; d'un tratto Anglòs attirò l'attenzione dell'esercito esclamando a gran voce "Laggiù, laggiù! Guardate! Tra le rocce si intravede una strana macchia di vegetazione!", così, rapidamente, Elmut e Mubak fecero convergere gli uomini verso quel luogo indicato da Anglòs e con grande ardore, esplorando tra i rovi ed i cespugli irti e spinosi, individuarono il punto d'accesso della cavità. L'ingresso era nascosto da un cumulo di grossolani ciottoli, ricoperti e solidificati da muschi e piante rampicanti, che lo rendevano praticamente invisibile. Gli uomini cominciarono a scavare, aprendo un varco nella cavità nella quale si infilò Mubak, che ricomparve dopo pochi istanti e con voce fiera e soddisfatta esclamò "Ci siamo, questa è la grande cavità, lunga e profonda, che ci condurrà dritti ad Occidente." Così, nell'oscurità della chiaroscura sotto il roboante scorrere delle acque del Grande Fiume proprio sulle loro teste, migliaia di uomini si addentrarono nell'antro sotterraneo e, alla flebile luce delle fiaccole, cominciarono a percorrerlo immergendosi in luoghi carsici celati segretamente nelle viscere della terra. I loro animi erano pervasi da sensazioni di preoccupazione, che si mischiavano a forti emozioni; l'incognita della riuscita di quella azione rappresentava anche per loro una sorta di sorpresa, ma l'umore continuava ad essere alto, tanto che con spiritose e simpatiche battute i soldati si facevano beffe dei nemici dicendo tra loro "Gli uomini di Moude ci vedranno sbucare dal nulla e vorranno conquistare anche ciò che vi è sotto i loro piedi!; se è vero quel che si dice, egli è intervenuto in guerra per ritrovare la compagna che è scappata, forse perché aveva capito che il suo compagno avrebbe fatto una brutta fine!; dicono che la sua guardia personale abbia denti d'oro e d'avorio, così faremo un gran bottino!; metterò in testa larghe e grandi foglie così mi scambieranno per un albero che dalle foreste di Alama è venuto a cercare vendetta, che miserabili, hanno devastato una foresta per mostrare la loro forza, presto saranno loro a rimanere impalati come alberi!".

Ormai era giunta la prima tacca di chiaro e fragorosi lampi squarciavano il corposo manto di nubi, destando gli eserciti assonnati sul campo di battaglia, e nel torpore la guerra riprese cruenta come non mai. Wallace venne raggiunto da Bloden e diede l'ordine alle staffette oralforiere di mettersi in movimento per dare inizio alla strategia. La macchina da guerra di Moude riprese a muovere, catapulte rudimentali continuarono a scagliare pesanti massi contro gli uomini della Coalizia, mentre le truppe erranti costringevano ad indietreggiare il fronte posto a Nord, comandato da Muskatt, che contrattaccò mettendo fuori gioco le catapulte e alleggerendo così la pressione dei nemici. La cavalleria della Coalizia iniziò a spostarsi sui fianchi e ad attaccare da est e da ovest, costringendo i soldati di Zoren a ripiegare e compattarsi per forzare il fronte presidiato da Karem, puntando decisi verso i territori di Fulgenland. I suoni dei corni degli oralforieri iniziarono a riecheggiare sui campi di battaglia ed una moltitudine di soldati iniziò a disporsi su file serrate e ad accerchiare da Nord a Sud gli avversari, convergendo lentamente verso il centro; la cavalleria si distese armonicamente lungo i bordi dei cerchi formati dalla fanteria. I soldati posizionati nelle prime file del grande cerchio avanzavano compatti, protetti da scudi, ed i compagni posti subito a ridosso li spalleggiavano, brandendo taglienti picche direzionate ad altezza d'uomo, costringendo gli avversari ad indietreggiare. Zoren e Maravos realizzarono che l'astuta mossa di Wallace li aveva intrappolati, quasi immobilizzati: un grande esercito, circondato da un muro di uomini armati che avanzavano, rinforzato dalla cavalleria che incalzava alle spalle, rendeva vana ogni mossa di contrattacco. Lo stesso Moude si trovò accerchiato, quindi decise di dare l'ordine di forzare l'accerchiamento e di far convergere il grosso dell'esercito sul versante settentrionale, ma Bloden, visto il tentativo che le truppe erranti e gli infami ripudiati stavano effettuando, ordinò a sua volta ai falconieri di far intervenire i rapaci. I pennuti volarono di nuovo, lasciando cadere i loro bussolotti che fermarono il tentativo degli eserciti di Moude, mietendo molte vittime. Suoni di corni continuavano a dettare i tempi d'azione dell'esercito della Coalizia e gli schieramenti disposti in circolo continuavano a convergere con vemenza verso il centro, stringendo oramai in assedio i nemici che, farraginosamente, si ammassavano sempre più schiacciati dalla pressione dell'incalzante manovra. La bianca gravina di Monservat cominciò a sbriciolarsi ed una grande frana di massi e detriti ne squarciò il ventre; così, da intense nuvole biancastre di polveri, apparvero colonne di uomini seguite dalla cavalleria. Elmut si staccò e cavalcò mettendosi alla testa dello schieramento e diede carica agli uomini dicendo "È il momento della verità, la vittoria è vicina come la sconfitta, molti di noi, alla fine di questa chiaroscura, non ci saranno più, ma il ricordo di loro sarà legato ad una grande impresa, quella di aver ridato pace e libertà a tutta la Pangea;

io combatterò con voi e sarò uno di voi, vivrò o morirò e soltanto così sarò sicuro di aver dato senso alla mia esistenza e di aver fatto del bene a me, a chi sta al mio fianco e a chi verrà dopo di me; voglio svegliarmi da quest'incubo e penso che anche voi desideriate questo. Vero? Allora, su forza! che la gloria sia con voi e che possiate tutti, al calar delle tenebre, tornare dalle vostre genti fieri di aver contribuito alla loro libertà." A quelle parole Mubak sollevò la sua spada ed urlò "lottiamo per ciò che è nostro! Avanti!". Così, accompagnati da un continuo e ritmato suono emesso dai tamburi di pelle dei soldati Soluzei, l'esercito guidato da Elmut, attraversate le bianche gravine di Monservat, marciò sulla brughiera costeggiando il versante orientale dell'accerchiamento; gli oralforieri suonarono i corni emettendo lunghi sibili, dando così il segnale dell'arrivo di Elmut. Quel suono fu così dolce per Bloden e Wallace che si abbracciarono e sorrisero, poi Wallace esclamò "era ora che arrivasse quel vecchio brontolone!". Il muro di accerchiamento si aprì sul lato orientale ed Elmut ed il suo esercito entrarono rapidamente, per poi farlo richiudere alle loro spalle. Egli e Mubak divisero le forze in due schieramenti e avanzarono verso il nemico con impeto e coraggio. Wallace, Shaflord, Karem e Mhiara non esitarono un istante ed anch'essi si unirono ad Elmut in quella grande battaglia. L'esercito della Coalizia era così compatto e determinato che la vittoria sembrava essere alla loro portata, ma quando i reduci Grizay presero ad attaccare la cavalleria con le loro mazze ferrate ed i lancieri della guardia di Moude a contrattaccare, la situazione si complicò nuovamente. La guerra ormai era combattuta solo da soldati appiedati, che si muovevano con grande fatica. Mhiara, con la sua makara, con grande coraggio uccideva molti nemici, Shaflord invece usava una picca ed uno scudo con i bordi affilati, con il quale infliggeva colpi mortali, mentre Karem e Wallace, armati anch'essi di spade, attaccavano con grande abilità e velocità ed anche l'albino Golconda si distingueva per la sua grande audacia e per la sua tecnica. Anche Zoren e Maravos nel duello risultavano ossi duri e, con colpi precisi e mirati, mietevano vittime tra i soldati della Coalizia; Holz era l'unico che se ne stava in disparte, evitando di entrare nella mischia, mentre Moude, che osservava trottando lentamente dall'alto del suo cavallo, sferrava fendenti mortali a chiunque si trovasse alla sua portata. Egli dunque temporeggiava attendendo che il suo esercito prendesse il sopravvento, ma la sua guerra sembrava veramente finita e quando lo spocchioso Zoren venne sconfitto ed ucciso da Shaflord ed il riluttante Holz fu prima inseguito e poi ferito e trascinato via da Wallace, si rese conto che lui ed il nipotastro Mavaros erano l'unico comando che ancora resisteva a capo di un esercito ormai allo sbando. Così, quando la luce volse all'apice ed i suoi caldi raggi squarciarono le scure nubi dando colore alle terre e liberandole dalla tetra oscurità che le aveva avvolte per molto, troppo tempo, il grande esercito di Moude, sua creatura di conquista, era ormai ridotto ad una grossolana milizia disorganizzata ed impantanata che, in agonia, attendeva soltanto il colpo letale. Nella Fortezza Abbassì, come nella Rocca di Monservat, gli echi della guerra, ormai giunta al suo momento cruciale, rendevano ancor più angosciante e snervante l'attesa, ma negli animi la speranza di ottenere la vittoria aveva preso forza e, paradossalmente, un filo comune legava il desiderio delle donne d'Occidente Jolen, Eleana e Rose a quello delle donne d'Oriente Zeyla ed Amina, ossia l'ineluttabile sconfitta di Moude. Alla quarta tacca di chiaro Maravos mosse astutamente; egli, resosi conto che l'esercito della Coalizia aveva rafforzato le linee d'accerchiamento sul versante settentrionale, ed era impegnato in un'arcigna resistenza ad arginare il disperato tentativo disordinato e confuso degli infami ripudiati di Moude di penetrare dal quel versante, rapido si diresse sul lato meridionale dell'accerchiamento, riuscendo ad aprirsi un varco e a ricongiungersi con gli sciamani di Kran, che erano risaliti dal versante a Nord delle Foreste di Alama. Gli sciamani di Kran avevano portato al loro seguito l'ultima legione approdata in guerra, quella degli sciacalli grigi delle Terre di Limitia, terribili e feroci combattenti dalle corte lame bronzate, i migliori d'Oriente, dal volto tinto di terra grigia e dalle nere vesti, gli unici ad essere stati capaci di sconfiggere gli abominevoli Urchidi ed i mostruosi Molossi in una battaglia tra uomini e belve. Gli sciacalli grigi, in Oriente, erano anche detti i mentecatti di Limitia, poiché non dotati di comune intelligenza, ma soltanto di brutale forza fisica e grande abilità in battaglia, erano del tutto assoggettati al volere degli Sciamani di Kran che curavano e gestivano le loro azioni. Shaflord mosse all'inseguimento di Maravos che era intento a scompaginare le linee d'accerchiamento disposte dalla Coalizia con azioni improvvise e repentine. Il reggente di Pozental si trovò così a fronteggiare gli sciacalli grigi ed i loro padri putativi, gli sciamani di Kran, riuscendo ad arginare, seppur momentaneamente, la loro avanzata; quindi eroicamente sguainò la spada e sfidò Maravos in combattimento. Lo scontro fu cruento e gagliardo, ma Maravos ebbe la meglio e, con la sua lama, trafisse al costato Shaflord, che stramazzò a terra e fu selvaggiamente trafitto una seconda volta. Riverso al suolo fu soccorso da Grober ma, dopo aver sussurrato all'amico di resistere e vincere anche per lui, spirò.

Oscal, non fece neanche in tempo ad accorgersi della straziante morte di Shaflord quando fu travolto dagli sciacalli grigi che, guidati dallo sciamano Irecan, attaccarono la sua milizia annientandola, così, mentre egli tentava disperatamente di ritirarsi, venne intercettato e barbaramente ucciso.

23

Dal versante meridionale, dunque, erano entrate in scena nuove forze belligeranti che avanzavano, portando sconquasso al piano attuato dalla Coalizia e facendo ripiombare il conflitto in una nuova fase, confusa e dall'esito del tutto incerto. Karem, Mhiara e Wallace distolsero la loro attenzione dal contrastare, sul versante occidentale, i manipoli di Tucton e Zumal e si diressero verso Sud, per sfidare in campo aperto le nuove forze nemiche che avanzavano. Il loro amico Shaflord era caduto inesorabilmente sotto i colpi del nemico e, a poca distanza di tempo, anche Oscal si era dovuto piegare alla forte ed abile legione degli sciacalli grigi, intenzionata a risalire velocemente verso Nord. I tre della Coalizia si trovarono a fronteggiare proprio Maravos che, con i suoi uomini, si era schierato a ridosso della Piana Avallata, pronto ad attaccarli. Si era tra la prima e la seconda tacca d'ombra, quando l'astuto Moude realizzò che era giunto il momento di sfondare l'accerchiamento a Nord, favorito anche dall'impegno coatto di un grande numero di uomini della Coalizia che, sul versante meridionale, era costretto ad arginare la forza d'urto dei suoi nuovi alleati.

Tutto questo aveva aperto nuovi scenari, indebolendo le forze deputate ad accerchiare le truppe erranti e gli infami ripudiati; quindi, sfruttando la situazione, Moude concentrò gli sforzi di ciò che rimaneva del suo grande esercito, riuscendo a forzare le linee nemiche e a muovere verso i territori Nilunghi. Le intenzioni di Moude erano quelle di cingere d'assedio la Fortezza Abbassì, così da richiamare l'attenzione del nemico e poi, dopo averlo fatto concentrare in territorio Nilungo e distratto in un combattimento a difesa della Fortezza, egli lo avrebbe eluso, muovendo con i suoi infami ripudiati verso i territori di Fulgenland alla conquista del Castello Gloriosa, le cui forze a presidio, scarse e sguarnite, avrebbero permesso una facile conquista. Muskatt e l'albino Golconda furono i primi a ripiegare verso il territorio Nilungo e, anticipando gli infami ripudiati, giunsero alla Fortezza Abbassì, pronti a dare sostegno agli uomini di Bloden, che erano intenti ad organizzare la resistenza all'assedio ormai prossimo. Anche a Karem e Mhiara fu dato l'ordine di ripiegare verso Nord, lasciando ad Elmut, Wallace e Mubak il compito di fronteggiare gli ultimi baluardi avversari, che tenevano ancora in scacco un gran numero di soldati della Coalizia, rallentandone i movimenti, all'inseguimento di Zoren e Moude.

A Monservat intanto, Ilbord, Timofte, Zeyla ed Amina decisero di lasciare la Rocca e di dirigersi verso la Fortezza Abbassì, prendendo una scorciatoia che li avrebbe portati, attraverso le gravine di Court, verso il territorio Nilungo in brevissimo tempo, e così fecero. Bloden, su ordine di Elmut, sciolse l'accerchiamento e mosse anch'egli all'inseguimento degli infami ripudiati e delle truppe erranti, mentre Elmut affrontò gli ultimi reduci Grizay Tucton e Zumal. Grande apporto alle forze della Coalizia fu dato dagli indigeni Soluzei che, con a capo Mubak, aiutarono Elmut a sconfiggere le ultime resistenze dei reduci delle tribù d'Oriente utilizzando le loro cerbottane dalle punte velenose. Le scorribande degli sciacalli grigi furono terribili e molti Militiopliti impegnati in feroci combattimenti persero la vita; Elmut, affiancato da Wallace, si trovò coinvolto nella mischia della battaglia e fronteggiò Maravos; sceso da cavallo, iniziò a brandire la spada. Il giovane Maravos era agile nei movimenti e forte nell'uso della spada, ma Elmut aveva dalla sua grande esperienza nel combattimento ed astuzia nel posizionarsi. I due diedero vita ad una grande sfida fatta di repentini scambi e veloci stilettate, dove Maravos dimostrò tutta la sua abilità mettendo in difficoltà l'avversario, ma Elmut si difese con grande destrezza e contrattaccò colpendolo in pieno petto e lacerandone l'armatura. Maravos, rantolante a terra, fu finito da una lancia scagliata da Wallace.

I Militiopliti serrarono i ranghi e, agli ordini di Elmut, spalleggiati dai Soluzei di Mubak, attaccarono gli sciacalli grigi, i loro sciamani e ciò che restava della milizia di Maravos. Elmut e Mubak sbaragliarono arditamente gli avversari infliggendo loro una grave sconfitta quindi, rapidamente, mossero verso Nord all'inseguimento di Zoren e Moude diretti, con i loro eserciti, all'assalto della fortezza Nilunga di Abbassì. Ilbord, Timofte, Zeyla ed Amina riuscirono a raggiungere indenni la Fortezza ed Eleana diede riparo ai fuggiaschi, avendo grande pietà per Zeyla, Amina ed il piccolo Meros, che vennero accolti con affetto e comprensione. Il racconto di Zeyla riguardo alle sue vicende, rotto da un pianto dignitoso e liberatorio, sconvolse e rattristò gli animi di Jolen e Rose che le diedero conforto promettendole aiuto e protezione; la donna, vittima del male, era approdata in un luogo sicuro dove nessuno l'avrebbe giudicata, né tantomeno condannata per essere la compagna di Moude e la madre del suo erede Meros. Muskatt e Golconda fecero rinforzare la porta d'accesso della Fortezza Abbassì e raddoppiarono il numero degli uomini disposti lungo le alte mura, poi trasferirono le donne al sicuro, nell'ala interna della Fortezza, e si diressero sulla torretta fortificata ad osservare l'avanzata dei nemici; i falconieri fecero alzare in volo i rapaci in perlustrazione ed attesero gli avvenimenti. Dalla posizione di vedetta, tra scure nubi tinte di rosso ed arancio, Muskatt e Golconda videro entrare dalle colline di Halsat le truppe erranti con a capo Zoren, seguito a breve distanza da Moude con i suoi infami ripudiati, quindi immediatamente allertarono gli uomini asserragliati lungo le mura preparandoli allo scontro; Muskatt osservò ancora e vide che, mentre Zoren e le truppe erranti puntavano dritte verso la Fortezza Abbassì, Moude cincischiava, mantenendosi distante, quindi s'accorsero che il malvagio cominciava a muoversi in direzione Nord-ovest, deviando il suo percorso verso i territori di Fulgenland, diretto con gli infami ripudiati in direzione del Castello Gloriosa. L'orda delle truppe erranti era giunta a ridosso del bastione della Fortezza quando alcuni uomini sollevarono alte scale a pioli per arrembarne le mura fortificate; grandi funi munite di uncini di ferro vennero lanciate ed arpionate alle pareti, pronte per essere scalate, mentre feroci urla vennero emesse dai soldati che, bramosi di vittoria, si davano la carica. I soldati Nilunghi, asserragliati lungo le mura, risposero all'attacco lanciando frecce e riversando calderoni pieni di olii bollenti sui nemici intenti nell'arrembaggio. I rapaci Nilunghi ripresero a volare lanciando bussolotti, ma i soldati nemici si difesero coprendo i volti con spesse stoffe e proteggendo i corpi con grandi scudi, rendendo vano quel tentativo di attacco, quindi risposero scoccando numerose frecce che abbatterono alcuni pennuti, costringendo i falconieri a richiamarli frettolosamente in ritirata. Scalate le mura, numerosi combattimenti corpo a corpo presero forma e molti soldati dell'uno e dell'altro schieramento, colpiti mortalmente, precipitarono nel vuoto schiantandosi al suolo; Zoren ordinò a Sorasco di posizionare l'unica catapulta rudimentale ancora funzionante, quindi pesanti macigni furono scagliati sulle mura della Fortezza Abbassì. Un grande squarcio si aprì e Zoren ed i suoi uomini entrarono nel grande cortile, dando vita ad una violenta e feroce rappresaglia; sullo sfondo, a breve distanza, apparvero Karem e Mhiara, seguiti dalla loro milizia, che si riversarono ad affrontare le truppe erranti assiepate sotto le mura della Fortezza, quindi sopraggiunse Bloden che con i suoi uomini entrò repentino attraverso il varco aperto da Sorasco ed affiancò Muskatt e Golconda nella loro resistenza. Zoren fu attaccato da Bloden che gli tagliò di netto una mano e fu costretto ad indietreggiare dandosi alla fuga, ma Karem lo intercettò, infilzandolo mortalmente al costato; poi fu la volta di Sorasco che venne abbattuto dalla makara di Mhiara, mentre i pochi uomini delle truppe erranti ancora in vita batterono la ritirata, dandosi alla macchia e disperdendosi nelle terre adiacenti.

Intanto Elmut e Wallace, che erano in marcia verso il territorio Nilungo, ricevettero notizia dalle staffette della grande vittoria ottenuta alla Fortezza Abbassì, ma furono anche avvisati della manovra elusiva effettuata da Moude che, con i suoi infami ripudiati, si era diretto verso il Castello Gloriosa. Elmut e Wallace decisero di forzare il galoppo e, con a seguito l'esercito dei Militiopliti, cavalcarono all'inseguimento di Moude, mentre Mubak con i suoi Soluzei raggiunse la Fortezza Abbassì per ricongiungersi a Karem, Mhiara e agli altri soldati indigeni delle Foreste Scure che avevano onorato la difesa di Abbassì.

Quando oramai il crepuscolo era giunto al termine e l'oscurità prese forma, Moude fu costretto a rallentare il passo; i cavalli, bolsi e stremati, non erano più in grado di mantenere il ritmo di marcia imposto ed i suoi uomini, stanchi ed affamati, brancolavano confusi sulle aride ed ostili terre d'Occidente. Dopo aver fatto smontare gli uomini da cavallo nei pressi delle alture grevi di Fulgenland, ordinò di proseguire il cammino a piedi, forzando ulteriormente il passo, così, tra le radure macchiate da ispidi cespugli e rovi spinosi, Moude e gli infami ripudiati giunsero a Pianafiorita. Il vantaggio che aveva accumulato si assottigliava sempre più e quando Elmut e Wallace entrarono su Pianafiorita la distanza si era ridotta a circa mezzo miglio; Wallace avvistò Moude ed i suoi infami ripudiati e diede il comando agli uomini al seguito di dar fondo a tutte le energie, incitandoli a galoppare velocemente verso il nemico. Moude, oramai braccato, sentendo il fiato dell'avversario sul collo, ordinò ai suoi di fermarsi e prepararsi allo scontro; il suo sogno di raggiungere il Castello Gloriosa per impadronirsi dell'Armilla lucente era momentaneamente rimandato, ora doveva fare i conti proprio con il suo custode, Elmut. La distanza tra i due eserciti fu colmata e, quando Elmut si trovò a meno di cento piedi dall'empio nemico, fece fermare i suoi uomini e, trottando dinanzi a loro, tergiversò sull'ordine di attacco. Così, dopo aver volto il suo sguardo verso Wallace, nell'oscurità urlò "Moude, fermati ed arrenditi! È l'ultima opportunità che hai per salvare la vita!". A quelle parole seguì il silenzio, poi, improvviso, Moude sghignazzò e con tracotanza rispose "Tu devi essere Elmut, ma non eri morto? Alle mie spalle c'è il tuo Castello e presto sarà alla mia mercè, come la gente che ti ha seguito per tutte queste annuarie; il tuo tempo è finito, paladino del bene, presto sarò io a farmi scherno del tuo cadavere e a dare all'Occidente nuova luce; che tu possa essere maledetto per sempre!" Elmut ascoltò in silenzio quelle parole così vili e sprezzanti, poi, affiancato da Wallace, incrociò nuovamente il suo sguardo, così alzò il braccio e diede l'ordine di attaccare. Molte torce furono accese e buttate in terra, facendo brillare le verdi terre del campo di battaglia, così i Militiopliti, sicuri ed indomiti, avanzarono compatti per fronteggiare il nemico. Le spade si incrociarono in un brusio di voci e gemiti strozzati in gola per l'ennesimo sforzo portato con ardore e vigoria; soldati in penombra proseguirono, incuranti del loro destino, a sferrare colpi mortali e numerosi corpi, logori gusci di animi dall'indole gentile,

caddero al suolo esanimi. La stanchezza e le difficoltà ambientali ebbero il sopravvento sugli uomini di Moude che, fiaccati dalla lunga ed estenuante
guerra, cedettero grevemente. Moude, indomito,
non battè ciglio, non arretrò, ne tentò di trovare una
via di fuga, ma, sguainata la spada, diede sfoggio di
tutta la sua abilità e, quando si trovò nelle oscurità
di Pianafiorita di fronte a Wallace, ancora lucido e
sprezzante, esclamò "Vieni come un'ombra a sfidarmi, bene, così ti spedirò nelle tenebre dove potrai
raccontare di aver tentato invano di ostacolare il mio
cammino." I due uomini si mossero l'uno di fronte
all'altro studiandosi attentamente, mentre il loro respiro pesante ed affannato ne scandiva i passi; d'un
tratto una torcia, scalciata da un soldato, rotolando
sull'erba, ne illuminò i volti intrisi e contratti, così,
sfidando le paure e le angosce dei destini a loro as-
segnati, strofinarono le loro spade in uno stridulo
suono metallico, affidando alla fredda lama il loro
caldo desiderio di vivere. Attaccarono e pararono
abilmente le arcigne stilettate che vennero scambiate; non un'emozione trapelò dai loro volti e, quando le energie si affievolirono, l'uomo dall'indole un
tempo gentile, ma di cui l'anelito malvagio aveva
fatto un suo indomito guerriero, incalzò freneunica-
mente infierendo sul nemico. Wallace venne trafitto
e la sua gamba prese a sanguinare, poi, indietreggiando, si lasciò cadere, quindi, strisciando, accettò
la sua sorte, gettò la spada e strinse tra le mani la sua
gamba lacera e consunta dall'ultimo colore livido e
paonazzo. Il fiero avversario avanzò lentamente e,
senza proferir parola, con la punta della sua spada,

gli accarezzò il mento sollevandolo verso l'alto, poi, con sguardo torvo, la ritrasse e con le dita ne pulì il sangue preparandosi a sferrare il corpo mortale. Una voce sicura e decisa fermò il tempo e dalla luce di una torcia apparve colui il quale era stato destinato a tutt'altra sorte. "Moude, è me che cerchi, vero?" parlò Elmut, lasciando cadere la torcia dinanzi ai suoi piedi e rivolgendo la spada verso il basso, infilzandola nel terreno. Moude volse lo sguardo, lasciò la sua preda rantolante in terra e, con passo lento, si pose di fronte ad Elmut, così, scrutando nei suoi occhi, senza alcun tentennamento, rispose "Tu vuoi sapere se io cerco te? Beh, in effetti io cerco ciò che tu hai al polso e vedo che l'indossi con grande orgoglio; ero sicuro che fossi morto ed in viaggio verso le tenebre." Elmut accennò un laconico sorriso e rispose "No Moude, ho viaggiato verso le tenebre, ma il mio tempo non è ancora arrivato e neanche il tuo, non so quale sia il destino che ci accomuna e cosa ci riserva, ma ti chiedo di deporre la tua spada e far terminare questa guerra in modo differente, poiché troppo sangue d'Occidente e d'Oriente è stato sparso inutilmente; offri a me l'opportunità di ascoltare le tue ragioni ed io cercherò di aiutarti a capirne l'essenza e a sollevarti dagli oscuri pensieri che offuscano la tua mente; il tuo nobile animo non cova che questo sotto le mentite spoglie di quello che non sei." Moude scosse la testa e si lasciò andare ad un riso amaro e beffardo, quindi, sollevando la sua spada con le braccia rivolte in alto, rispose "E tu vorresti che io mi inchini a te, Omuncolo! E magari ti racconti i miei pensieri ed i miei desideri! Vedi, io sono stato prescelto per dare seguito a tutto quello che tu e quella stirpe indegna avete cercato invano di relegare nell'oblio, ma ora tutto è cambiato, ora io fonderò Oriente ed Occidente e permetterò che una nuova epoca d'immensa luce scura regni all'infinito; io sono il suo cavaliere e ho avuto in dono il compito di riportare a nuova vita quello che era e non mi fermerò dinanzi a nulla; Omuncolo, ancora cammini vero? Tra un po' andrai a far compagnia a tutti quegli uomini che hanno osato sfidarmi ed ora sono concime per la terra che, scura ed affamata, presto si nutrirà anche del tuo corpo e della tua anima. Alza la spada e vieni a morire!"

Le parole di Elmut caddero nel nulla e le due braccia, cinte ai polsi dalle armille, si incrociarono; l'uomo dal fregio regale diede prova d'essere un grande combattente e, dopo alcuni scambi rapidi e veloci, con fermezza, assestò l'attacco entrando con la sua lama nel costato dell'oscuro cavaliere e, come in un abbraccio ebbro di pietà, il corpo del malvagio si avvinghò al suo. Elmut sciolse il suo corpo da Moude che, a capo dinoccolato, barcollò, poi il suo respiro si fece convulso e trafelato ed il suo corpo si raccolse in ginocchio, sorretto dalla sua spada, quindi egli si lasciò cadere inerme al suolo, mentre dalle sue labbra un rivolo di sangue prese a solcare il viso grigio e tumefatto. Il suo sguardo fisso e scevro strusciato da palpebre livide e tremanti suscitarono in Elmut compassione, cosicchè fermò il suo attacco e non affondò altro colpo, ma si chinò al cospetto del suo nemico; poi, mestamente, sollevò le sue braccia e le raccolse sul petto, quindi avvicinò le labbra al suo orecchio e sussurrò: "Quello che tu volevi è solo un bracciale, è solo un bracciale, niente più… la fiducia ed il rispetto degli uomini si conquistano in altro modo, si conquistano con il cuore." Elmut si rialzò e destò l'attenzione dei soldati dell'uno e dell'altro schieramento che, attoniti, avevano assistito al combattimento. Così, dopo aver rifoderato la sua spada, parlò a gran voce: "Uomini! La guerra è finita, nessun vincitore né vinto sarà ricordato! Tornate alle vostre terre ed annunciate alle vostre genti che pace e libertà hanno trionfato e nuove amicizie tra i popoli d'Occidente e d'Oriente presto saranno sancite". Rincuorati da quelle laconiche e solenni parole, i soldati d'Oriente compresero il profondo significato e, coscientemente, ne fecero anche il loro volere, quindi smisero di combattere ed andarono pacificamente incontro ai loro avversari, prendendo a raccogliere e ad ammassare indistintamente i cadaveri dei caduti, per poi comporre alte pire funebri che illuminarono l'alba di una nuova era.

Elmut si avvicinò a Wallace, aiutandolo a fasciare la profonda ferita, quindi coprì con uno scuro mantello il moribondo Moude, poi fece improvvisare delle lettighe di fascine sulle quali vennero adagiati i loro corpi che, trainati da cavalli, presero la via del ritorno verso la Fortezza Abbassì. Elmut cavalcava di fianco a Wallace il quale, con voce tremula, disse: "Hai fatto quello che tutti desideravamo ponendo fine alla guerra e mi hai salvato la vita svelandomi cosa significa aver pietà e rispetto per gli altri uomini… potrai mai perdonarmi del male che ti ho fatto?" Elmut scosse il capo e abbozzò un sorriso, così, senza voltarsi, dall'alto del suo cavallo, rispose: "Ricordi quando, conducendomi alla Torre Spergiura, mi chiedesti di confessare e dire la verità affinchè mi fosse risparmiata la vita? ecco, questa è la risposta alla tua domanda. Vedi Wallace, noi abbiamo soltanto fatto ciò che doveva esser fatto, il bene che anela in tutti noi prima o poi trionfa sul male, a volte è solo questione di tempo e di volontà, godi dell'attimo e non pensare a ciò che è stato, ma rivolgi il tuo sguardo verso ciò che sarà, ora tocca a tutti noi dare un nuovo inizio, che sia un simbolo affiorato sulla pelle o un bracciale che cinge il polso di un uomo poco importa. Sta all'intelligenza ed agli animi retti e gentili di tutti coloro che vivono sulle terre d'Occidente ed Oriente dare armonia e pace; il nostro contributo non è nulla rispetto a ciò che potrà fare la volontà di tutte le genti che popolano la Pangea Conosciuta; godi dell'attimo, credi in te stesso e comportati rettamente e vedrai che il tuo fare sarà emulato da altri e da altri ancora e la chiaroscura successiva sarà sempre più luminosa."

Era così trascorsa la decima mesaria della duecentocinquantesima annuaria dell'Epoca dell'Equilibrio ed un tiepido soffio di vento aveva portato via con sè l'oscuro e nebbioso respiro del male che, relegato nell'oblio, deponeva le sue armi.

24

Alla prima Tacca di chiaro di una chiaroscura senza tempo, lo stridere rauco e continuo di variopinti uccelli migranti accolse i tenui colori che trasparivano nel loro volo e che, tra il grigio, il rosa e poi l'azzurro, trovavano il loro equilibrio; Elmut e gli uomini che erano in marcia verso la Fortezza Abbassì ammirarono silenziosamente la sfavillante luce che sorse intensa, calda ed inebriante. Così anche la natura volle ammonire gli uomini, ricordando loro che il calore e la luce trovano sempre spazio anche negli animi malvagi, illuminando e scaldando i loro cuori. Gli oralforieri annunciarono la fine della guerra e, ad ogni angolo della Pangea Conosciuta, vi furono manifestazioni di giubilo: danze e balli scossero ed allietarono le terre, che furono avvolte in un tripudio contagioso di festeggiamenti. Elmut ed i soldati, entrati in territorio Nilungo, furono accolti dal lancio di candidi fiori e dallo sventolare di drappi dai chiari colori, mentre una moltitudine di gente si accodava al corteo che lentamente continuava la sua marcia verso la Fortezza. Tra la folla festante spuntarono due alti cavalli con i loro cavalieri che, a gran fatica, si fecero strada andando incontro ad Elmut, così Muskatt ed il giovane Luk, ebbri di gioia, si erano riversati tra la gente, andando incontro ai vincitori.

Elmut fu affiancato dal giovane Luk che, visibilmente emozionato, fece un gran sorriso; così il Signore di Gloriosa si rivolse a lui dicendo "Vedi Luk, senza il tuo aiuto e di tutti gli uomini che sono caduti sui campi di battaglia non avremmo potuto capire quanto è importante gioire e festeggiare per cose così naturali come la pace e la libertà". Quindi, dopo aver dato una leggera pacca sulla testa del giovane, aggiunse "Sei un virgulto giovane e coraggioso ed hai la tempra del grande uomo, che ne diresti di aiutarmi e divenire, un giorno, reggente di Badenfor?" e Luk, con voce rotta dall'emozione, rispose "Sì Signore!" così Elmut si fece una grassa risata ed aggiunse "Sei un uomo di poche parole, quindi di molti fatti!"

Le porte si aprirono e, tra macerie e colonne di fumo bianche, di roghi soffocati da braccia intrise del sangue versato, il signore di Gloriosa entrò trionfalmente nel grande cortile. Bloden, Jolen, Karem, Mhiara, Mubak, Ilbord, Timofte, Eleana e Rose erano tutti lì, pronti ad accogliere l'uomo che aveva ridato speranza e gioia di vivere, provando sulla propria pelle cosa significasse sfidare il male. Anche Zeyla con il piccolo Meros ed Amina erano lì, l'una di fianco all'altra, commosse ed emozionate, ma allo stesso tempo crucciate ed intimorite di quale potesse essere la loro sorte; ma quando d'un tratto videro, tra la folla di soldati, comparire il vecchio Anglòs, ebbero un sussulto e si fecero strada tra la gente per raggiungerlo.

Zeyla lo abbracciò ed in lacrime gli porse tra le braccia il piccolo Meros poi, dopo essersi stropicciata gli occhi, domandò "Dimmi, è vero? È come io sento? Il male me lo ha portato via? Ed ora sono rimasta sola con mio figlio?" Anglòs accarezzò la testa del piccolo Meros, poi lo pose tra le braccia di Amina, quindi posò le sue mani sulle spalle di Zeyla e con voce roca ma ferma rispose "Sì, è come tu immagini, è come tu senti." Dinanzi ad uno stuolo di soldati, allineati ordinatamente, Elmut smontò da cavallo e, appena messo piede sul suolo, fu raggiunto da Jolen che lo abbracciò; poi fu la volta di Eleana e Bloden il quale, visibilmente commosso, prese a parlare "Elmut, io mi inchino a te, che l'effigie che hai in dono e l'Armilla che agghinda il tuo polso possano essere per tutti noi una guida verso tempi di pace ed austerità". Così anche Karem, Mhiara, Mubak, Ilbord e Timofte salutarono Elmut con grande rispetto e commozione, mentre Rose si precipitò verso Wallace aiutandolo a sollevarsi dalla lettiga. Elmut distolse la sua attenzione dalla folla adunata attorno a sé e con Jolen si diresse verso Anglòs e Zeyla, quindi abbracciò la donna, ne asciugò le lacrime e mestamente la condusse verso la lettiga adagiata su di un pagliericcio, dove giaceva Moude. Zeyla si chinò ed accarezzò il livido viso, poi prese tra le braccia il piccolo Meros e lo avvicinò al suo compagno dicendo "Eccomi affianco a te con nostro figlio, non lasciarci soli." Moude, tremante, digrignò i denti, aprì lentamente i suoi occhi e tentò di sollevare il capo verso la donna, ma non riuscì, poi provò ad allargare le sue braccia per accogliere il figlio, ma anche questo tentativo fu vano; grandi lacrime solcarono il suo volto livido, e, prossimo ad anelare l'ultimo respiro, sussurrò "Voi siete la luce ed io sono la tenebra, merito questa fine e chiedo il vostro perdono." E quando il sospiro del suo addio prese vita i suoi occhi, violacei e tenebrosi, tornarono a tingersi d'azzurro ed il suo viso si sciolse in un morbido sorriso. Zeyla avvicinò le sue labbra e lo baciò poi, pietosamente, gli chiuse gli occhi, quindi Elmut ordinò silenzio e la folla festante si ammutolì, rispettando ed onorando la memoria del nemico portatore di sventura, ma redento nell'animo in punto di morte. L'Armilla cinta al poso di Moude cambiò colore e divenne chiara, tornando ad essere un monile di metallo. Elmut la tolse delicatamente dal polso, quindi Amabeo, figlio di sua sorella defunta Rafia e del Nilungo Qurim, caduto in battaglia, gli diede uno scrigno dove Elmut ripose assieme le due Armille. Lo scrigno fu chiuso e sigillato, venne sollevato e mostrato a tutti, quindi Elmut, con tono solenne, parlò "Sia di monito per tutte le genti e sia riportato in tutte le terre d'Occidente e d'Oriente, che le Armille saranno custodite da colui il quale discende dalla stirpe del fregio regale e saranno celate in luogo ameno e segreto; la mia vita e quella dei miei discendenti saranno dedicate a mantenere il silenzio sulla loro esistenza, nessuno potrà ottenere potere, fama, gloria o benefici da questi monili; io vi esorto affinchè nessuno osi mai pensare di entrarne in possesso e vi invito a dimenticarvi della loro esistenza, poiché soltanto gli uomini sono artefici del loro destino e gli uomini hanno la capacità di riconoscere ciò che è giusto da ciò che è sbagliato, ciò che è bene da ciò che è male. I monili custoditi qua dentro non sono altro che freddi oggetti privi di alcun sentimento o ragione; la ragione ed il sentimento risiedono in voi e cercano sempre il sentiero che porta al bene e voi avete il compito di individuarlo e svelarlo a tutte quelle genti che stentano a trovarlo."

All'imbrunire Bloden fece allestire una grande pira, Zeyla avvolse Moude nel suo mantello e gli mise tra le mani il suo anello, quindi diede fuoco e, alla presenza di Amina, Anglòs e Mubak, attese che le alte fiamme avvolgessero il corpo di quell'uomo che in Oriente, per molto tempo, era stato considerato come il magnifico cavaliere dall'animo cortese. Zeyla decise che il vecchio Anglòs sarebbe stato il tutore del piccolo Meros, quindi lo invitò a trasferirsi con lei ed Amina presso la fortezza di Nigrunta. Elmut condivise la scelta della donna e si raccomandò ad Anglòs affinchè fosse un tutore modello, quindi si rivolse alla stessa Zeyla promettendole che presto si sarebbe recato a Nigrunta per farle visita ed incontrare uomini e rappresentanti dei territori d'Oriente, con cui sancire la pace e consolidare rapporti di collaborazione. Così Zeyla, il piccolo Meros, Amina ed Anglòs presero la via del ritorno verso l'Oriente accompagnati dalle milizie di Moudentak sopravvissute alla guerra; anche l'exodo ebbe fine ed una moltitudine di genti orientali che si era riversata disperatamente nelle terre d'Occidente alla ricerca di un luogo sicuro dove vivere, fece retromarcia, mentre altri, che ormai avevano trovato benevola e rispettosa accoglienza, preferirono stabilirsi definitivamente in quei territori per lungo tempo sconosciuti e favoleggiati.

Scese il buio sulla prima pacifica chiaroscura e Bloden ed Eleana diedero alloggio nella Fortezza Abbassì ai loro numerosi ospiti, tenendo in serbo un'inaspettata sorpresa per tutti. Così, al risveglio, i graditi ospiti si trovarono dinanzi ad uno stuolo di commensali giunti per festeggiare la lieta conclusione del conflitto: Mugnol, Jofrad e la giovane Morela di Gnoland, Maila ed Ardon degli Enidri e Uodoma assieme ai rappresentanti delle tribù della Foresta Scura, erano giunti sino ai territori Nilunghi per rendere omaggio agli uomini che avevano sconfitto il male. Un grande banchetto fu allestito da Eleana e la Fortezza Abbassì rivisse i fasti di un tempo; una lunga tavola adornata da meravigliose stoffe broccate ed apparecchiata di splendide stoviglie dipinte fu il preludio ad un memorabile e lauto pasto; pietanze di minestre vegetali, cacciagione e succulente portate dal sapore agrodolce allietarono i commensali, la vinerea contribuì a sciogliere le menti e divertenti episodi vennero raccontati suscitando gioia ed ilarità.

L'Oriente e l'Occidente, in armonia, seduti intorno ad un tavolo che amabilmente si scambiavano informazioni e curiosità, fu per Elmut la realizzazione di un desiderio per molto tempo agognato. I calici furono alzati per ricordare i caduti e particolare tributo fu riservato a Shaflord di Pozental, quindi al crepuscolo Bloden ed Eleana invitarono i commensali ad assistere dalla grande terrazza della Fortezza al volo dei rapaci Nilunghi che, ai comandi impartiti dai falconieri, offrirono un saggio della loro maestria ed agilità esibendosi in gradevoli ed inaspettate acrobazie. Di seguito Bloden parlò dalla terrazza, rivolgendosi a tutte le genti assiepate nel grande cortile, e, prendendo per mano la compagna Eleana, si pronunciò dicendo "Ora, con Eleana ed i nostri ospiti, daremo inizio ad una meravigliosa giostra nel grande cortile di Abbassì, poi ci diletteremo con canti e danze per ringraziare tutti voi per ciò che avete fatto e farete ancora; che cibo e vinerea vi siano offerti in abbondanza!". Così, nel grande cortile, mentre venivano disposti i banchetti e versati fiumi di vinerea, fu allestito un grande albero della cuccagna; Jolen, Rose, Karem e Mhiara furono invitati a gareggiare e, dopo che Eleana li ebbe bendati accuratamente, mise tra le loro mani lunghi bastoni e i quattro presero a brancolare, guidati ed incitati dalla folla. Mhiara goffamente colpì la testa di Karem, suscitando ilarità tra la gente, poi Jolen si avvicinò alla pignatta, ma la mancò, quindi Karem, con un colpo preciso, la ruppe ed una pioggia di piccoli e profumati fiori assieme a deliziosi stuffel iniziò a cadere per la gioia dei piccoli spettatori che, assiepati ad assistere alla gara, immediatamente si lanciarono a raccoglierli.

Dopo fu la volta della giostra dei cavalieri Nilunghi che, montati sui loro agghindati e lucidi cavalli, si sfidarono ad infilzare con corte lance un fantoccio di paglia rivestito d'abiti dagli accesi colori. Anche Muskatt volle partecipare e fece montare sul suo cavallo Ilbord e Timofte con i quali, percorso il perimetro a gran velocità, sferrò corte lance centrando il fantoccio e vincendo così la gara.

Il grande cortile divenne un brulicare festante di

genti che presero a danzare al suono degli strimpel-
latori; Ilbord e Timofte, assieme a Morela, furono
invitati ad unirsi alla festa e a suonare i loro stru-
menti, così anche Jolen, Rose, Eleana e Mhiara furono coinvolte nelle danze; in seguito anche Karem,
sotto lo sguardo divertito di Mhiara, si lasciò andare alla danza, ricordando i momenti felici trascorsi a
Gnoland. In quel gioioso frastuono ci fu anche chi,
non avvezzo alla danza, preferì godersi lo spettacolo dall'alta terrazza, intrattenendosi tra frivoli chiac-
chiericci e sbuffi fumanti di legnose pipe, godendo
di quel momento così spensierato e lungamente atteso. Si andò avanti così, spensieratamente, sino alle
prime luci della chiaroscura successiva, quando la
moltitudine di gente che affollava il grande cortile,
stanca ed assonnata, ma ancora inebriata dai festeggiamenti, si disperse.
Quindi venne il momento del congedo anche per i
commensali, che Bloden ed Eleana avrebbero ospi-
tato ancora volentieri; così Uodoma, Mubak assieme
ai capitribù ed alle milizie delle Foreste Scure, furono i primi ad andar via, prendendo la strada per l'O-
riente. Contemporaneamente anche Ardon e Maila
degli Enidri lasciarono i territori dei Nilunghi, poi
fu la volta di Ilbord, Timofte e l'allegra compagnia
di Gnolad, quindi si congedarono anche Karem e
Mhiara che decisero di recarsi dapprima a Court per
poi raggiungere, a breve distanza di tempo, Illand
e ridare alla sovranità più martoriata dalla guerra
una nuova regnante. Invece Rose ed il convalescen-
te Wallace preferirono trattenersi ad Abbassì fino
a quando la guarigione del reggente di Rowit non

fosse completata.

Le spoglie del compianto Shaflord presero la strada di Pozental assieme ai cavalieri del defunto reggente ed al suo successore Grober, mentre Elmut, Jolen, Amabeo, il giovane Luk, Muskatt e Golconda si misero in cammino per rientrare a Gloriosa.

Holz, divenuto ormai zimbello nei racconti popolari per la sua falsità e manifesta idiozia, fu rinchiuso nella Torre Spergiura, mentre i due cospiratori di Badenfor che avevano contribuito alla sua rocambolesca fuga dalle carceri di Ausilium furono catturati e giustiziati.

Le mesarie che seguirono furono di riflessione ed interlocutorie per tutti i sovrani della Coalizia; Elmut ebbe modo di prendere coscienza della sua natura di erede della stirpe del fregio regale, ottemperando agli impegni morali che ne derivavano, così si prese cura di occultare lo scrigno che celava le Armille e di fare edificare una nuova e segreta cripta, nella quale traslò i resti del giovane Eron e di tutti i discendenti. Jolen attese la stagione del Grandecaldo e propose ad Elmut di andare e fare visita a Rose e Wallace che, nel frattempo, avevano definitivamente consolidato il loro rapporto e si erano stabiliti a Rowit nella Rocca dalle due Guglie. Karem e Mhiara raggiunsero Illand dove contribuirono alla ricostruzione del borgo e Mhiara, in memoria dei suoi familiari, fece edificare un nuovo palazzo sulle rovine della vecchia Rocca Merlata, nella quale prese a vivere insieme a Karem. A Pozental Grober divenne il reggente e si dedicò ad amministrare i territori con grande dedizione, mantenendo integro il metodo utilizzato da

Shaflord e circondandosi, per dare stabilità e continuità, dei vecchi consiglieri. Leowold divenne il reggente di Court, mentre Badenfor fu affidata alle cure di Muskatt e Golconda nell'attesa che il giovane Luk fosse istruito da Unegard nel compito di reggente.

La nuova era fu battezzata l'Epoca Aura e l'annuaria zero fu festeggiata a Gloriosa, dove Elmut e Jolen invitarono tutte le sovranità regie d'Occidente e d'Oriente e nominarono Amabeo nuovo comandante dei Militiopliti. Trascorse alcune mesarie dall'inizio dell'Epoca Aura, Elmut riunì presso la Torre Nord di Gloriosa le sovranità regie della Coalizia e nominò nuovo reggente Wallace, il quale volle che Elmut mantenesse il ruolo di consigliere e fosse la sua guida nell'espletamento di quell'importante incarico. In seguito, quando la mite stagione del Mezzocaldo fece la sua comparsa, Elmut propose a Wallace, Karem e Mhiara di intraprendere un lungo viaggio nelle terre d'Oriente per stringere e consolidare rapporti di amicizia e collaborazione; immancabile fu la partecipazione al viaggio di Ilbord e Timofte che, in quell'occasione, portarono anche Morela. La carovana si recò in territorio Enidro e fu accolta amabilmente dall'Oracolo Ydrea, poi proseguì in territorio soluzeo facendo visita a Uodoma e Mubak ed alle altre tribù indigene delle Foreste Scure. Accompagnati da Uodoma e Mubak visitarono la favolosa città di Oicìci, ma Elmut non ebbe modo di incontrare Oifrà, che preferì restare nel mistero, pur sapendo che l'erede del fregio regale si era recato con intenti pacifici; quindi la carovana mosse alla volta dei territori autonomi di Moudentak, raggiungendo Nigrunta dove ad accoglierli vi furono il vecchio Anglòs, Zeyla, Amina ed il giovanissimo Meros. Così anche Nigrunta visse i fasti di un tempo e Zeyla si vestì da gran cerimoniere, organizzando un banchetto al quale parteciparono tutti i rappresentanti dei vari territori adiacenti a Moudentak, dei Grizay, dei Tulton e degli Zumal e quelli delle tribù minori delle Foreste Grigione e Mozipon. Il banchetto rappresentò l'occasione per tessere nuovi rapporti e per dare vita ad una Coalizia anche nei territori d'Oriente. A reggere la Coalizia d'Oriente fu scelto il leale e fedele Mubak, che aveva dimostrato sia grandi doti morali in tempo di pace che notevoli capacità di guida e comando in tempo di guerra. Uodoma volontariamente abdicò a suo favore, concedendogli la guida dei Soluzei, e con grande commozione lo definì come un suo figlio. La carovana riprese il cammino e si spinse fino ai territori dei Zermi e dei Valachi, dove Elmut pregò Mubak affinchè si prodigasse nel ricostruire i villaggi rasi al suolo in tempo di guerra e riunire le genti sopravvissute, donando nuova dignità a quei popoli quasi estinti. Quindi si inerpicarono sulle pendici del Monte Avaron ed attraversarono il Grande Spacco, luogo dove ebbe inizio il conflitto tra l'Oriente e l'Occidente, ed anche lì Elmut, con poche parole, fu in grado di rendere quel posto, che nella memoria di tutti evocava brutti e nefasti ricordi, qualcosa di unico ed eccezionale. "Vedete?" disse Elmut "A volte dal male viene anche del bene, questo luogo diverrà la porta d'accesso tra l'Oriente e l'Occidente, qui sarà edificato un grande e solido passaggio attraverso il quale usi, costumi, culture,

merci e tante altre cose potranno diffondersi liberamente, permettendo confronto, crescita e sviluppo
alla nostra civiltà."
Così il viaggio ebbe termine ed il resoconto fu più
che soddisfacente, molti furono i giudizi positivi e
gli apprezzamenti per le proposte innovative fatte
da Elmut, tanto che furono accettate e condivise da
tutte le sovranità regie di entrambe le sponde del
Flumendoso. La visione di Elmut di accomunare
tutti i popoli e le genti in una volontaria e pacifica
forma collaborativa avente intenti e scopi comuni
condivisi prese forma e rese consapevoli che per ottenere ciò, si sarebbero dovute affrontare e superare
molte difficoltà, che nelle annuarie successive avrebbero creato attriti e frizioni tra i popoli, ma tutto questo ormai non faceva più paura, anzi incoraggiava e
stimolava ancor più a rendere quella meravigliosa
visione utopistica una mera realtà.
Nell'annuara successiva, verso il termine della stagione del Grancaldo, Wallace e Rose ricambiarono
la visita di Elmut e Jolen recandosi nei territori di
Fulgenland. Trascorsero parecchie chiaroscure, ospitati presso il Castello Gloriosa, e, mentre le due donne si dedicarono a rilassanti passeggiate sulle verdi
terre di Pianfiorita, Elmut e Wallace si prodigarono
in lunghe battute di caccia, accompagnati dai fede-
lissimi Levrian e Levriel. E proprio durante una di
queste battute Elmut condusse Wallace sui Monti
Fulgenti, sino ai confini più occidentali dei territori conosciuti, cosi scrutando l'orizzonte avvolto dal
Nulla roboante, tra chiari e tenui bagliori, Elmut
confidò al suo amico un grande desiderio: "Guarda

Wallace, sono più volte che mi reco in questo luogo ed osservo, e più osservo e più mi sento attratto dalla curiosità di sapere cosa c'è oltre questa cortina grigia e luminosa che avvolge la nostra Pangea; lì verso il basso s'intravede una immensa distesa blu, è acqua! Non è altro che tantissima acqua!... quindi perché non...?" "Andare oltre?" rispose Wallace, osservando attentamente il punto indicato da Elmut, "Sì, andare oltre, attraversare l'immensa distesa d'acqua per sapere cosa vi è", continuò Elmut, rapito da forte emozione "in fin dei conti gli uomini vivono di sapere ed il sapere nutre le menti e fortifica gli animi." Wallace smise di osservare e volse il suo sguardo verso Elmut, poi scosse la testa ed accennò un sorriso dicendo "Hai ragione Elmut, l'uomo nasce per vivere una vita in cui si nutre di conoscenza ed anela l'intimo desiderio che i suoi sogni diventino realtà e magari rendano felice lui stesso e gli altri, quindi perché mettere limiti a chi sogna ad occhi aperti qualcosa che possa rendere migliore la vita di tutti? a molti ciò sembra irrazionale ed impossibile da fare ed in tanti non hanno il coraggio di osare, giustificando così a sé stessi la paura di provare ad andare oltre a quello che conoscono e possono comprendere senza correre rischi e pericoli, ma... amico mio... per qualcuno magari così non è!".

Versi improvvisati e a voi regalati...

"Gira per la via, sotto il braccio con sé ha Krònachia
Da quando lo ha comperato è come se lo avesse indossato
Entra nel bar ed ordina un caffè ma tempo non ce n'è
Il lavoro lo stressa ed i problemi della vita deprimono la stessa
tuttavia si siede in un angolo e ripone il libro sul tavolo
poi con la mano destra delicatamente lo sfoglia mentre il barista osserva dalla soglia
Egli sorride e dice cosa c'è?
Il barista stracco e basito si avvicina incuriosito, molla lo straccio ed improvviso si rilassa seduto
Il tempo è tiranno lo sa, ma adesso che anche lui leggerà Krònachia molte cose comprenderà
non dare alla tua mente sempre pensieri torbidi ed angusti, ma vivi la tua vita nei tempi giusti
senti la tua anima racchiusa nel grembo e non affannarti a correre contro il tempo
lascia che il tempo si ricordi di te spesso per aver semplicemente rispettato te stesso
Fai un'orecchia alla tua vita, così come a una pagina di Krònachia tra le tue dita
guarda tutto ciò che hai già fatto e che ancora farai, perché l'amore per te stesso nessuno te lo darà mai"

Ema   -Krònachia-

Sommario